ICE COLD
迷蹤

泰絲・格里森——著　宋瑛堂——譯

TESS GERRITSEN

謹以拙作獻予聖地牙哥的坎尼（Kearny）中學恩師Jack R. Winans
您的教誨令我終生受益無窮

1

愛達荷州天使平原

這女孩是真命天女。

自從她隨同家人遷入公社後，幾個月來，傑瑞麥亞一直觀察著她。女孩的父親是木匠喬治．薛爾頓，隸屬建築隊，工藝平庸；她的母親姿色普通，令人過目即忘，被指派到公社的烘焙隊服務。進入公社之前，這家人某天來到愛達荷瀑布市蹓躂，路過傑瑞麥亞的教堂，入內尋求安慰與救贖。當時夫妻倆屬於待業狀態，走投無路，傑瑞麥亞從他們的眼中可以看出，這一雙迷途的心靈正苦尋寄託，任何寄託。

他們無異於待採收的農作。

現在，薛爾頓夫婦與女兒凱蒂居住在C屋，位於新落成的髑髏區。每週的安息日，薛爾頓一家坐在被指定的第十四排。薛爾頓家在C屋前院栽種著幾株蜀葵和向日葵，這些欣欣向榮的植物也裝飾著所有住家的前花園。在集居會裡，薛爾頓家和其他六十四個家庭相似得幾乎難以分辨，大家一同工作，一同禱告，每週安息日的晚上一同用餐。

然而，讓薛爾頓家獨一無二的一大重點是，他們家有位相貌出眾的千金，一位令傑瑞麥亞無法移開視線的女孩。

從傑瑞麥亞的窗戶，他看得見凱蒂在校園裡。目前正值午休時間，學生在教室外活動，享受溫煦的九月天，男生穿白襯衫配黑長褲，女生穿粉色系的長裙洋裝，個個都看起來健康可愛，備受秋陽呵護，也平凡無二。但即使置身在天鵝群般的女孩中，凱蒂．薛爾頓依然出色，倔強的捲髮和盈盈的笑聲讓她獨樹一幟。女孩發育得真快，傑瑞麥亞心想。短短一年間，凱蒂已從兒童蛻變成亭亭玉立的小淑女。晶瑩的明眸，閃閃生姿的秀髮，瑰紅的臉頰，全是生殖力的象徵。

她和兩個女生站在大果櫟的樹蔭下，低頭竊竊私語著，宛如拉斐爾筆下的美惠三女神❶。校園裡的活力洋溢在她們四周，學生們聊著天、玩耍、踢著足球。

突然間，傑瑞麥亞注意到一個男生朝著三女神走去。傑瑞麥亞不禁皺眉。這男生年約十五，金髮亂如茅草，雙腿修長，褲管已遮不住腳踝。走到一半，男生停下來，彷彿想鼓足勇氣繼續前進。隨後，他抬起頭，往女生的位置直走。走向凱蒂。

傑瑞麥亞貼著窗戶看。

男生靠近時，凱蒂抬頭微笑，對著這位同學笑得溫柔天真。幾乎能肯定的是，這男生的心頭只有一件事。傑瑞麥亞當然猜得出那小子的腦袋在想什麼。罪惡。齷齪。男生開始和凱蒂交談，另外兩位女生知趣地悄悄走開。校園人聲嘈雜，傑瑞麥亞聽不見他們的對話內容，但他看得到凱蒂偏頭聆聽的姿勢，看到她撥走肩膀上頭髮時的嬌羞神態。他看見男生傾身向前，像是想嗅嗅她身上的芳香。是麥金農家的臭小子嗎？亞當還是亞倫什麼的。集居地住了好多家庭，小孩太多了，傑瑞麥亞記不住所有人的名字。他向下怒視這兩個小孩，緊抓門框，指甲摳進油漆。

❶ 天帝宙斯與 Eurynome 所生的三個女兒，代表美麗（beauty）、熱情（charm）與歡樂（joy）。

他向後轉，走出辦公室，重重踩著樓梯下樓，每跨一步，上下排牙齒咬得更緊，氣得胃酸灼穿腹部。他氣沖沖地走到戶外，來到校園門口時卻停下腳步，極力壓制怒火。

不行。怒髮衝冠有損顏面。

校鐘響起，午休結束，學生紛紛回到教室。他佇立原地，穩定心情，深深吸氣，集中注意在剛收成的牧草所散發出的草香，凝神於來自公社廚房的麵包香。在集居地的另一邊，工人忙著興建禱告廳，嗚咽的鋸子和十幾支錘子工作聲此起彼落，全是誠懇勞動的美德之音，全是齊心協力、共迎上帝榮光的寫照。而我正是大家的牧羊人，他心想。我帶領大家前進。看看眾人心血的成就！這座村子蓬勃發展，幾十間新屋即將落成，只消看這景象一眼，就知道這群信徒日益成長茁壯。

靜下心之後，他打開門，走進校園，經過基礎班的教室，聽見小朋友唱著字母歌。他走進中級班的教室。

老師坐在講桌後，一見到他，驚喜得跳起來。「古德先知，本班太榮幸了！」她熱情洋溢地說。「我不知道您今天要來參觀。」

他報以微笑，女老師臉紅起來，對他的關注喜形於色。「珍妮特修女，沒必要這麼緊張。我只想進來向貴班打聲招呼，看看大家在新學年的學習情況。」

她以笑容面對學生。「古德先知特地親自過來拜訪我們，是我們的榮幸，對不對？請大家一起歡迎他！」

「歡迎您，古德先知。」全體學生齊聲說。

「在新的學年，各位是不是一切順利？」他問。

「是的，古德先知。」學生再次齊聲回應，和聲完美到像是事先排演過。

他留意到，凱蒂．薛爾頓坐在第三排。他也注意到，剛才和她打情罵俏的金髮男生，坐在接近她正後方的位子。慢慢地，傑瑞麥亞開始在教室走動。後面的牆上以圖釘固定著學生的圖畫與作文，他邊看邊點頭微笑，表現出真心欣賞的模樣。但他的注意力只擺在凱蒂一人的身上。凱蒂坐在自己的課桌椅上，儀態端莊，視線向下，是任何一個遵守禮教的女孩應有的姿態。

「我不是有意要打擾教學的進行，」他說。「請繼續上課吧，假裝我不在場。」

「呃，好的。」老師清清嗓子。「同學們，數學習作本請翻到二〇三頁，從第十題做到第十六題，寫完之後，我們再來對答案。」

鉛筆尖開始在紙張上嗦嗦出聲，傑瑞麥亞繼續周遊課堂。學生們不敢妄然正視他，目光聚焦在各自的課桌上。這一節上的是代數，是他小時候沒興趣學習的科目。走到對凱蒂示好的金髮男生的位子時，傑瑞麥亞從他背後看見練習簿上的姓名：亞當．麥金農。搗蛋鬼一個，改天找他來開開刀。

傑瑞麥亞來到凱蒂的位子，從後方駐足觀看她。她緊張之下，匆匆填寫一個答案，然後擦掉，遮蓋後頸的長髮散開來，裸露出一片肌膚，膚色羞赧成深紅，彷彿被他的凝視灼傷。

他湊近一些，吸收凱蒂的香味，一陣熱流往他的下體直竄。少女肌膚氣息之鮮美，在世上絕無僅有，而這女孩的香甜氣息更是無人能出其右。隔著凱蒂的緊身胸衣，他依稀能辨識甫發育的酥胸。

「別緊張，同學，」他低語。「我以前代數也不太好。」

她仰頭看，笑容迷人，令他頓時語塞。沒錯，這女孩是不二人選。

鮮花與緞帶裝飾著教堂長椅，也懸掛在新落成的禱告廳裡，從高聳的橫樑上傾瀉而下。大量的鮮花使得場內宛若伊甸園，花香撲鼻，瑩瑩閃爍。晨曦從圓窗照耀進來，兩百人歡唱著讚美詩。

喔，天主，吾人是您的子民。您的羊群豐碩，您的恩典富饒。

歌聲轉弱之後，風琴突然演奏起嘹亮的樂章。信眾轉頭，注視著凱蒂．薛爾頓，見她呆立門口。幾百顆眼珠盯著她，令她不知如何是好，她只能猛眨眼。她這身蕾絲綴邊的純白禮服出自母親之手，全新的白緞鞋從裙襬下面露出來，頭戴著白玫瑰串成的少女花冠。風琴持續彈奏著，信眾期待著，凱蒂卻不肯動作。她不想動。

強迫她跨出第一步的人是父親。他揪住凱蒂的手臂，指甲掐進肉裡，無疑是在默默對她下令：諒妳不敢丟老子的臉。

她開始走，美美的緞鞋包著麻木的腳，朝向可怕的聖壇前進，走向上帝欽定為夫婿的男人。

她瞥見座位上有幾張熟悉的臉孔：師長、朋友、鄰居，也有和母親一同在烘焙隊服務的黛安修女。她也看見負責養牛的雷蒙德修士，她喜歡去撫摸柔軟的牛腰。母親也在場，站在最前面的一排。最前排是榮譽座，只保留給最得寵的信徒，母親向來無緣躋身前排。母親的表情好光榮，好得意，戴著玫瑰花冠，站姿猶如皇后一般尊貴。

「媽咪，」凱蒂低聲喊。「媽咪。」

然而此時，信眾唱起另一首讚美詩，歌聲淹沒了她的聲音。

來到聖壇，父親終於放開她的手臂。「聽話。」他沉聲告誡，然後走向她母親身邊。凱蒂轉身想跟著爸爸走，可惜她的逃命路線被擋住了。

攔路者是傑瑞麥亞．古德先知。他牽起她的小手。

凱蒂的皮膚冰冷，被他這麼一握，感覺好燙。他的手好大，包住她的小手，令她覺得自己受困在巨人的掌心之中。

信眾開始高歌婚禮進行曲。歡欣結褵，天堂祝福，在天主關愛下永誌不渝！

古德先知把她拉過來身邊，他十指如爪，刺入皮膚，痛得她哼了一聲。這一捏的意思是：從現在開始，妳是我的人了，是奉上帝之意、永遠許配給我的人。妳只有遵命的份。

她轉頭望向父母，默默央求雙親帶她離開這裡，帶她回家，但父母歌頌著，滿面春風。凱蒂望向全廳來賓，尋找一個肯救她脫離噩夢的人，然而觸目所及，眾人全都以笑臉、點頭贊同婚事。在禱告廳中，花瓣在日照之下閃閃動人，祝福歌聲隨音符起落。

在禱告廳中，沒人聽見，也沒人想聽十三歲少女的寂靜嘶喊。

2

十六年後

地下情的這條路已走到盡頭，但兩人都不願承認，只顧著談論大雨成災的路面、今早交通的亂象、她從機場起飛的班機會不會被延誤。他們避談雙方都在意的心事，但莫拉·艾爾思從丹尼爾·布洛菲的語氣聽得出來，從自己的語調也聽得見，同樣既平板又壓抑。兩人極力佯裝這段感情完全沒有變質，只不過是因為昨晚沒睡飽而體力透支，卡在同樣痛苦的對話中，而這種對話是做愛後必響起的尾聲。聊完這種話，總是讓她覺得想再度貼上對方、激情纏綿。

但願你能每晚待在這裡陪我。但願我們每天早上能一同醒來。

莫拉，此時此地的我是妳的。

這個你，不是完整的你。在你二選一之前都不完整。

她望穿車窗，看著其他車輛嘩然駛過豪雨的景象。丹尼爾捨不得做出抉擇，她心想。何況，即使他選擇我，即使他放棄神父的身分並脫離他的寶貝教會，罪惡感仍將永遠存在，時時怒視著我們，宛如他的隱形情婦。莫拉看著雨刷刮走瀑瀉而下的雨水，沉鬱的天色襯托出她的心境。

「快來不及了，」他說。「妳有先上網辦登機手續嗎？」

「昨天有。我已經把登機證列印出來了。」

「好。這樣能為妳爭取幾分鐘。」

「可是，我有行李要托運。隨身行李箱裝不下我的冬季服裝。」

「召開醫學研討會，怎麼不挑個出太陽又溫暖的地點？偏偏挑在十一月去懷俄明州？」

「這時候的傑克遜荷爾據說很美。」

「百慕達也是。」

她偷瞄丹尼爾一眼。車上比較暗，隱藏了憂愁在他臉上劃出的線條，但她看得見他漸白的髮絲。不過才一年的時光，她心想，我們老了好多。愛得辛苦，所以為我們增添了歲數。

「等我回來，我們找個溫暖的地方去度假，」她說。「一個週末就好。」她縱情一笑。「把全世界忘光光，乾脆一走就是一整個月。」

丹尼爾不語。

「這樣要求也算過分嗎？」她細聲說。

丹尼爾的嘆息充滿倦意。「我們再怎麼想忘掉全世界，世界也不會消失，而且最後還是必須回來。」

「我們沒有什麼事是必須做的。」

他對莫拉顯露的神情是無盡感傷。「妳自己都不太相信這句話吧，莫拉。」他把視線轉回前方的路。「我也不信。」

你說得對，她心想。我們都屬於負責到底的類型。準時上班，準時納稅，滿足這世界對自己的期待。帶他奔向天涯海角吧，做一些狂放、瘋癲的事吧，這種話可以盡情講，但永遠辦不到。

丹尼爾也一樣。

來到出境航廈前，丹尼爾靠邊停車。有幾秒的時間，兩人坐在原位，避開對方。莫拉看著搭機旅客在人行道排隊辦登機，人人裹著雨衣，在十一月上午的風雨中看似送葬儀式。車上暖呼呼的，她不太想下車，不願加入這群垂頭喪氣的旅客行列。她思忖著，這班飛機不搭也罷，乾脆讓丹尼爾調頭送自己回家去。我們如果能繼續討論幾小時，或許能探討出一個對雙方兩全其美的辦法。

有人用指關節敲敲擋風玻璃，莫拉向上一看，原來是機場警察在瞪他們。「這裡只准下車，」他斥責。「不許停太久。」

丹尼爾搖下車窗。「她馬上就下車。」

「可別拖上一整天。」

「我幫妳抬行李。」丹尼爾說，然後下車。

兩人站在人行道上發抖，一時說不出話來，四周是噗噗響的巴士和交警的哨聲。假如他是我的丈夫，莫拉心想，我們會當場吻別。然而，長久以來，她與他在潛意識裡早已習慣避免在公眾場合做出親熱的舉動，儘管他今早沒戴教士領，但連禮貌性的一抱也覺得危險。

「這個研討會，我不是非去不可，」莫拉說。「我們可以整個禮拜膩在一起。」

他嘆氣。「莫拉，我不能平白無故失蹤一個禮拜。」

「什麼時候才可以？」

「請假需要喬時間，不是說走就能走。以後有空，我們一起去度假，我保證。」

「只不過，一定要去外地，對不對？一定要去個沒人認識我們的地方。我多希望不必出遠門，就能和你朝夕相處一星期。」

警察又朝他們的方向過來，丹尼爾向他望一眼。「等妳下個禮拜回來，我們再商量。」

「喂，先生！」警察吶喊。「趕快把車子開走！」

「我們當然會再商量。」她笑了。「商量是我們最拿手的事情，對吧？我們之間，好像只有『商量』的份。」她拎起行李。

丹尼爾揪住她的手臂。「莫拉，拜託妳，我們不要這樣不歡而散。妳知道我愛妳。我只是需要時間來解開這個結。」

她從丹尼爾的臉上看出痛苦。這幾個月來的欺瞞、舉棋不定和愧疚感，留下了傷疤，也在共處的歡樂時光罩上陰影。此時的她，大可用微笑來安慰丹尼爾，或者握一握他的手臂來讓他寬心，但這時她被自身的痛蒙蔽了，只想得到報復。

「來不及了。」她說完轉身走開，進入航廈。玻璃門咻然在她背後關上時，她立即後悔剛才那句話。可惜她一停下來，回頭望向窗外，他卻已經坐進自己的車。

這具男屍的雙腿被撐開，顯露破裂的睪丸、灼傷的臀部與會陰。剛才演講者不先警告來賓，就直接播放這張停屍間的相片，在場人士卻無一動容，光線黯淡的旅館會議廳裡連暗暗驚呼的聲響也沒有。這群人見多了殘缺的遺體，早已麻木。對於看過、摸過焦屍的人而言，對於熟悉其氣味的人來說，他們不太容易被幾張呆板的幻燈片嚇到。以坐在莫拉旁邊的白髮男人為例，他居然無聊到瞌睡連連，在半暗的會議室裡莫拉看見他頻頻打瞌睡，拚命想趕走睡蟲，對螢幕上連番上陣的血腥圖片完全免疫。

「各位看見的是汽車炸彈引爆後造成的典型傷勢。死者是四十五歲的俄羅斯生意人，遇害當天上午坐進自用的高級賓士。沒想到他一發動引擎，同時觸發了暗藏在座椅下面的炸藥。各位從這幾張X光片看得出來……」演講者按一下滑鼠，下一張PowerPoint幻燈片出現在螢幕上。這張X光片顯示從恥骨被炸開的骨盆，金屬碎片與碎骨被轟進軟組織裡。「爆炸威力把車子的碎片垂直向上送進死者的會陰，爆破了陰囊，也切斷坐骨結節。很遺憾的是，類似的爆裂物傷害事件將來會越來越常見，尤其是在恐怖攻擊事件頻傳的這個年代。這一顆炸彈相當小，目的只在奪取駕駛的性命。如果惡化到恐怖攻擊，爆炸的威力勢必更強幾倍，死傷也更為慘重。」

演講者再按滑鼠，這次呈現的是器官切除後的相片，血光淋淋的內臟陳列在綠色覆蓋巾上，猶如肉店的商品。

「有時候，即使受害人受到致命的內傷，表面依舊不太看得出來。這個案例發生在耶路撒冷的咖啡店，受害者遇到自殺炸彈客的攻擊。死者是十四歲的女性，肺臟遭受劇烈震盪，腹腔內的臟器也被震破，臉孔卻安然無恙，死狀祥和如天使。」

下一張相片引起觀眾喃喃感嘆，難以置信。女孩的表情近似安詳休息中，毫無缺憾的臉龐沒有皺紋，也沒有憂慮。濃密的睫毛下是深色的眼珠。沒想到，最能震撼全場病理人士的畫面不是模糊的血肉，而是美。女孩橫死時才十四歲，也許死前的一刻想著學校的作業，或遐想著漂亮的洋裝，或回味著她在街頭瞥見的男生，絕不會想像到肝、肺、脾臟不久會被攤在驗屍桌上，更無法想像到兩百名病理專家齊聚一堂，對著她的相片瞠目結舌。

開燈後，觀眾心海的波濤仍未平息。其他人依序離開之際，莫拉繼續坐著，低頭看著剛才做的筆記，上面寫滿了鐵釘炸彈、包裹炸彈、汽車炸彈、埋藏式炸彈的重點。在製造憂苦的方面，人類的創意還真是無窮無盡。她心想，人類精於殘害同類，卻在愛這一學科的成績丟人現眼。

「對不起，妳該不會是莫拉．艾爾思吧？」

在她的前兩排，有個男人從位子上起立，她望過去。這人的年齡和她差不多，高個子，常運動的體態，皮膚被曬黑，金髮被豔陽挑染過，讓她一眼產生「加州男孩」的主觀印象。他的長相有點眼熟，但莫拉記不起在哪裡見過，因此她暗暗訝異，因為任何女人絕對忘不了這種型男臉。

「我就知道！是妳，錯不了吧？」他哈哈笑。「妳剛走進來，我一看就認出來了。」

她搖搖頭。「不好意思，我實在想不起來在哪裡認識你。」

「因為事隔太多年了嘛。而且，我已經剪掉馬尾。我是道格．康牧里，史丹福醫學院預科。多少年了？二十年了吧？被妳忘掉，我一點也不意外。拜託，連我自己都會認不出自己。」

一幅舊影像倏然閃入莫拉的腦海，她看見一個長金髮的年輕人，被曬紅的鼻樑上架著一副護目鏡。當時的他比現在纖細許多，宛如穿藍色牛仔褲的惠比特犬。

「我們是不是在同一間實驗室上過課？」她問。

「定量分析。大三。」

「二十年前的事了，你竟然記得？好厲害。」

「那門課的東西全還給老師囉，不過我記得妳。妳坐在我對面，是全班的第一名。妳後來不是進了加大舊金山校區的醫學院?」

「對,不過我現在住在波士頓。你呢?」

「加州聖地牙哥。太陽和海水讓我上癮,我捨不得離開加州。」

「我現在最想要的正是陽光和海水。才十一月,我就已經被凍煩了。」

「我倒是有點喜歡這邊的雪,玩得很開心。」

「那是因為你不必每年花四個月住在雪地。」

這時候,會議室裡的人已走完,旅館員工正在收拾椅子,把音響器材用輪車運走。她與道格隔著兩排座位,平行走向門口,邊走邊問他:「今晚的雞尾酒會上,我會碰到你嗎?」

「我應該會去。不過,晚餐是各吃各的吧?」

「主辦單位是這樣排定的,沒錯。」

兩人一同走出會議室,進入旅館大廳,裡面擠滿了佩戴同一種白色名牌的醫生,拎著主辦單位發的同一款手提袋。兩人等著電梯,極力找話題來繼續聊。

「對了,妳的先生有來嗎?」他問。

「我是單身。」

「校友雜誌刊登過妳的婚訊,我有點印象。」

她訝然看著道格。「你連這種事情都在注意?」

「好奇嘛,想知道同學的近況。」

「我是結過婚,四年前分手了。」

「喔,遺憾。」

她聳聳肩。「我倒不會。」

兩人搭電梯到三樓，一同走出電梯。

「雞尾酒會見了。」她說著揮手道別，取出房間鑰匙卡。

「妳晚餐有約人嗎？我一個人，如果妳想一起用餐，我負責找一家好餐廳，等妳電話。」

她轉身想回應，道格已經在走廊上走開，手提袋掛在肩膀上。莫拉看著他離去的背影，另一幅道格．康牧里的影像忽然冒出來，這次他穿著藍色牛仔褲，拄著拐杖，在校園的中庭一跛一跛走著。

「你那年摔斷腿，對不對？」她大聲問。「好像是在期末考的前幾天。」

他笑笑，轉身過來。「妳只記得我的那件事啊？」

「我現在才慢慢回想到。你去滑雪，發生了意外，對不對？」

「不對。」

「不是滑雪跌斷腿？」

「唉。」他搖頭。「重提那件事，太丟臉了。」

「你躲不掉了，非告訴我不可。」

「條件是，妳要陪我吃晚餐。」

電梯門此時又打開，她愣了一下，看見一男一女走出來。這兩人挽著手，踏進走廊，顯然是一對，也毫無遮掩的意思。情侶不都應該這樣做嗎？莫拉心想。這兩人一起進房間，把門帶上。

她看著道格拉斯。「我想聽聽那段往事。」

3

他們提早溜出雞尾酒會，在提頓村的四季度假村用餐。連續聽了八個小時的演講，主題全是持刀殺人案和爆炸案、子彈和麗蠅，死字連篇，莫拉聽得受不了，現在逃回正常的世界，她總算鬆一口氣。在這裡，閒聊的話題扯不到腐屍，今夜最嚴肅的課題是在紅白酒之間二選一。

「快說吧，你是怎麼在史丹福摔斷腿的？」她問。道格正拿著酒杯，搖晃著杯中的黑皮諾❷。

他苦著臉。「我本來希望妳忘了那件事哩。」

「是你承諾我在先，所以我才答應一起晚餐。」

「不是因為本人妙語如珠？不是衝著大男孩的魅力？」

她笑了。「呃，多少也有啦。不過，重點還是在你摔斷腿的由來。我有預感，那件事一定很絕。」

「好吧。」他嘆氣。「實話實說吧。我爬到威爾波宿舍的屋頂玩，結果摔下去。」

她凝視著道格。「天啊，那一棟很高耶。」

「等我發現時已經太遲了。」

「你是喝多了吧？」

「當然。」

「所以說，只是大學生亂搞出來的意外，沒啥奇怪的。」

「妳的口氣好失望。為什麼？」

「我還以為，過程會稍微多了那麼一點……新鮮感。」

「這個嘛，」他承認，「我倒是保留了一些細節。」

「比方說？」

「我當時穿著忍者裝。戴著黑面具。拿著一把塑膠劍。」他聳肩表示尷尬。「還有，被救護車送去醫院，恥辱到家啊。」

她打量著道格，鎮靜的目光具有專業態度。「你最近還有穿忍者裝的習慣嗎？」

「看吧？」他狂笑一聲。「妳就是常常這樣，所以大家才怕妳！換成別人，他們一定只是嘲笑我。妳呢？妳卻以一句非常合乎邏輯、非常嚴肅的問題來回應。」

「你有嚴肅的答案嗎？」

「一個也沒有。」他端起酒杯，做出乾杯的手勢。「這杯敬愚蠢的大學惡作劇。願大家永生記取教訓。」

她喝一小口，放下酒杯。「你剛說大家怕我，是什麼意思？」

「妳在大學時代就很讓人敬畏了。當年的我，不過是個愛耍寶的男生，課不乖乖上，酒喝太多，睡得太晚。妳就不一樣了。妳是強者喔，莫拉。妳完全知道人生的方向。」

「所以大家怕我？」

❷ 產於法國勃艮第頂級紅酒，由黑皮諾葡萄（Pinot Noir）釀製而成。

「妳甚至有一點點恐怖。因為妳的進取心很強，其他人沒有。」

「我以前給人那種印象，我自己卻完全沒感覺。」

「妳現在也一樣。」

她反芻著這句話。她想起，每次她一走進刑案現場，警察總是不約而同閉嘴。她也想起耶誕慶祝會，自制的她規定自己只喝一杯香檳，別人則越灌越瘋。外人永遠也看不見莫拉．艾爾思醫師酒醉、大嗓門、肆無忌憚的一面。他們只看得見她允許大家看的表象——一個自制的女人。一個讓人畏懼的女人。

「看準目標專心前進——這算哪一國的缺點？」她為自己辯護。「在這個世界上，不專心哪能達成目標？」

「被妳講到弱點了。因為不專心，所以我每件事都要拖好久才能完成。」

「你不是念到了醫學院？」

「不是馬上去念。大學畢業後，我先鬼混兩年，把我爸氣得直跳腳。我還當了酒保，在馬里布教沖浪，抽了數不盡的大麻菸，喝了太多低級葡萄酒。日子好愜意。」他奸笑。「不是艾爾思醫師能認同的生活。」

「我的確不會走你那條路。」她再淺酌一口。「以前是一定不會。」

他挑起眉毛。「意思是，妳現在會考慮？」

「人難免會變，道格。」

「是呀，看我就知道！我連做夢也想像不到，自己居然會變成無聊的病理專家，被鎖在醫院地下室裡。」

「所以說，基於什麼樣的因素，你才從海灘痞子脫胎換骨，變成人人尊敬的醫生？」

服務生端著主餐過來，他們的對話暫停。莫拉點的是烤鴨，道格是羊排，兩人等著服務生為他們研磨胡椒、斟酒。等到服務生走後，道格才回答剛剛的問題。

「因為我結婚了。」他說。

她始終沒在道格的手指上看見婚戒，而在此之前他沒有提過感情的事。這份表白令她赫然抬頭，但他的視線不在她的臉上，而是聚焦在另一桌，望著有兩個小女孩的一家人。

「從一開始就不對盤，」他承認。「我在一場宴會認識她。金髮大美女，藍眼珠，腿好長好長。她聽到我正在申請醫學院，所以憧憬著當醫師娘的好日子。她沒想到的是，在我週末去醫院輪班的時候，她會獨守空閨。等到我的病理學住院實習結束，她已經愛上別人。」他把刀子切進羊排。「幸好，葛雷絲歸我。」

「葛雷絲？」

「我女兒。今年十三歲，從頭到腳和她媽媽同樣漂亮。但我只希望她走知性路線，別學她老媽。」

「你的前妻現在呢？」

「她改嫁了，丈夫從事銀行業，住在倫敦。我們運氣好的話，她一年會聯絡我們兩次。」他放下刀叉。「所以我才變成單親爸爸。現在的我，有女兒，有房貸，有一份聖地牙哥退役軍人管理局的工作。夫復何求？」

「你快樂嗎？」

他聳聳肩。「和史丹福屋頂忍者憧憬的未來差太多了。不過，我沒有怨言。世事無常，人總要學著調適。」他對莫拉微笑。「妳多幸運，現狀完全符合妳當年的志願。妳大學時想當病理學家，現在果然是。」

「以前的我也想結婚，可惜敗得好慘。」

他端詳著她。「妳身邊沒有男人，讓我很難相信。」

她突然胃口盡失，烤鴨的碎片在餐盤上被她推著走。「其實，我有一個交往對象。」

他彎腰過去，熱切關注。「請繼續。」

「交往差不多一年了。」

「交往得很認真吧。」

「我倒不確定。」他的眼神令她不舒服，因此她把注意力轉回烤鴨。她感受得到道格在審視她，想解讀弦外之音。原本是輕鬆的話題，話鋒一轉，突然深入私人領域。解剖刀亮出來了，秘密開始外流。

「認真到教堂鐘聲鐺鐺響嗎？」他問。

「不會。」

「為什麼？」

她看著道格。「因為他另有所屬。」

他靠向椅背，詫異之情明顯。「我從來沒想到，像妳這麼理智的人，居然會愛上有家室的男人。」

她想糾正卻及時打住。嚴格說來，丹尼爾・布洛菲確實是已婚男人，結婚的對象是教會。全天下最愛吃醋、要求最多的配偶莫過於此。假如和他結婚的只是一個女人，莫拉搶走他的勝算必定比較高。

「我猜，我沒你想的那麼理智，」她說。

道格訝然一笑。「妳一定有放蕩的一面，只是我從來沒見過。在史丹福，我是怎麼看走眼的？」

「那是好久以前的事了。」

「本性難移吧。」

「你不是也變了？」

「沒有。在這件Brooks Brothers的休閒西裝下面，一顆海灘痞子的心依然怦怦跳著。醫學只是我的職業，莫拉，是我的飯碗，不能代表我的本性。」

「現在的我，你認為是什麼樣的人？」

「和史丹福的那人一樣。精明能幹。敬業。一個不太會犯錯的人。」

「但願如此。假如我不會犯錯就好了。」

「和妳交往的這個男人——愛錯對象了？」

「我還不準備承認是。」

「妳後不後悔？」

道格的問句令她怔了一怔，倒不是因為她不確定如何回答。她知道自己並不快樂。當她聽見丹尼爾的車子駛進車道時，當丹尼爾敲她家的門時，她的確嘗到幾口幸福的滋味，但她也曾夜復一夜獨坐廚房桌前，以千杯葡萄酒來解愁，強消千百筆怨恨。

「我不知道。」她過了幾秒才說。

「我從來不後悔。」

「即使歷經婚變之後？」

「即使是歷經那場婚災之後。我相信，每一個經驗、每一次錯誤的決定，都能讓我們學到東西。所以我們不應該害怕犯錯。我遇到事情，習慣直接跳進去，有時候會踩到地雷，不過最後，船到橋頭自然直。」

「所以說，你放心接受冥冥之中的安排？」

「對。而且，我晚上也睡得踏實。我沒有疑惑，也不會在衣櫃裡塞一堆焦慮。人生苦短，沒必要去煩惱那麼多東西。人應該放輕鬆，多多享受人生風景。」

服務生過來清走餐盤。雖然莫拉只吃一半，道格卻是整盤入胃，以他擁抱人生的方式大嚼羊排，縱情歡樂。接下來是點心，他點了一客起司蛋糕和咖啡，莫拉只要一杯黃春菊茶。點心上桌時，道格把起司蛋糕推向兩人的中間。

「吃吧，」他說。「我知道妳想吃一點。」

她笑著拿起叉子，叉起一大塊來吃。「被你帶壞了。」

「如果人人都守規矩，人生多無聊？何況，吃起司蛋糕只不過是小小的罪過。」

「等我回家後，我可要懺悔。」

「妳幾時回去？」

「禮拜天下午。我想多待一天，逛逛這附近。傑克遜荷爾的景色很壯觀。」

「妳打算自己去觀光嗎？」

「除非有個帥哥蹦出來，自願帶我去走走。」

他吃一口蛋糕，邊咀嚼邊沉思。「我可變不出什麼帥哥給妳，」他說，「不過，我可以替妳推薦一個行程。我女兒葛雷絲也跟來了。她被我兩個聖地牙哥的朋友帶出去看電影。我們四個人計劃開車去一間小山莊，在那附近玩越野滑雪，禮拜六出發，過一夜，禮拜天早上回來。我們租的是雪佛蘭Suburban廂型車[3]，多妳一個人也沒差別。如果妳想加入，我相信地方也夠大。」

她搖搖頭。「我不想當電燈泡。」

「不會不會。他們會很歡迎妳的。我認為妳也會喜歡他們。阿羅是我的至交，他白天是個枯燥的會計，天一暗……」道格沉聲，發出陰險的低吼。「他變成綽號是神秘排餐先生的名人。」

「什麼人？」

「他寫了一個部落格，在網路上紅得發紫。全美被米其林評等過的餐廳，他每間都吃過，現在他開始吃遍歐洲。我叫他『大白鯊』。」

[3] Suburban有廂型車、休旅車等款式，為儘量避免行文出現英語，也為與下文出現的休旅車區別，此後出現的Suburban多以「廂型車」表示。

莫拉笑了。「有趣的人。另一位呢？」

「伊蓮。她和阿羅交往了幾年。她好像是做室內設計之類的工作，我不太清楚。我認為妳們兩個女生應該談得來。而且，妳有機會認識葛雷絲。」

她再吃一口起司蛋糕，細細嚼著，一面考慮。

「欸，我又不是向妳求婚，」他開玩笑。「只不過是兩天一夜的行程嘛，有我十三歲的女兒管著，沒有人會亂來的。」他湊過去，藍眼珠熱切盯著她。「快答應啦。我想出來的瘋狂妙點子，事後證明幾乎是全都好玩透頂。」

「幾乎？」

「畢竟人算不如天算嘛，完全出乎意料的事情難免會發生一兩次，讓人大呼驚奇，所以才有『人生如一場冒險』的俗話。有時候，人有必要放心接受冥冥之中的安排。」

就在這一刻，她凝視著道格．康牧里的眼睛，覺得道格看她的眼光有異於常人，覺得他能穿透她一身防人的盔甲，看清她的內心世界，能洞悉這位總是不敢隨心所欲的女人。

她瞪著點心盤子。起司蛋糕已經吃光了；最後一塊什麼時候下肚的？她不記得了。「讓我考慮看看。」她說。

「沒問題。」他笑一笑。「妳不考慮，怎麼稱得上是莫拉．艾爾思呢？」

那天晚上，她回到旅館房間後，撥電話給丹尼爾。

聽丹尼爾的口氣，她知道他的身邊有人。他的語調禮貌客套，像在和教區信徒對話。她聽得見背景有人在討論事情，談論著暖氣的燃料費用、修繕屋頂的支出、善款金額減少。是教會的一場預算會議。

「妳那邊怎樣？」他問。語氣悅耳而含糊。

「比波士頓更冷，地上已經有積雪。」

「這裡的雨一直沒停過。」

「我的班機禮拜天晚上會到。你可以去機場接我嗎？」

「我會去。」

「之後呢？我們可以回我家吃宵夜，如果你想過夜的話。」

遲疑一陣。「我大概沒辦法。讓我考慮看看。」

和她剛才塞給道格的答覆幾乎相同。她也記得道格的說法。有時候，人有必要放心接受冥冥之中的安排。

「我禮拜六再打給妳，可以嗎？」他說。「到禮拜六，我的空檔會比較確定。」

「好。如果電話沒接通，你別擔心，我可能會脫離手機收訊的範圍。」

「禮拜六再聯絡。」

沒有告別時的我愛你，只是輕聲道再見，通話就此結束了。他和她的親密言行僅止於密室。每次見面都經過事先的規劃，事後會被反覆分析。道格會罵她說，考慮太多了吧。考慮得如此周詳，她並沒有因此更快樂。

她拿起旅館的電話，撥給總機。「可以幫我接道格拉斯．康牧里的房間嗎？謝謝。」她說。響四聲後，道格接聽。「喂？」

「是我，」她說。「邀請的時效性過了沒？」

4

這場冒險的起頭尚屬理想。

星期五晚上，兩日遊的一行人相約見面喝飲料。莫拉走進旅館的雞尾酒廳，發現道格和同行的人已經就座等她。阿羅．季林斯基的外形確實像是吃遍米其林餐廳的饕客，既胖又禿，胃口大，笑起來也開懷。

「我習慣說，越多越好！多妳一個人，我們更有藉口在晚餐時點兩瓶葡萄酒，」他說。「妳只要跟緊我們，莫拉，我保證讓妳玩得盡興，尤其是在行程由道格作主的時候。」他湊過去低聲說：「他的人格，我可以擔保。我幫他報了好幾年的稅，沒有人能比會計更能摸清一個人的底細。」

「你們兩個在講什麼悄悄話？」道格問。

阿羅抬頭，故作無辜。「只是告訴她，陪審團的人選全部被收買了，不然不會判你有罪。」

莫拉噗哧笑出來。沒錯，她的確欣賞道格的這位朋友。

但是，她對伊蓮．薩林吉的觀感仍是未知數。言談之間，雖然伊蓮面帶笑容，笑得卻有點僵緊。伊蓮的裡裡外外大致可用一個「緊」字形容，例如她穿的黑色緊身滑雪褲，她平整得出奇的臉皮。她的年紀與身高和莫拉差不多，纖瘦如模特兒，腰細得令人稱羨，維護小蠻腰的自制力也讓人佩服。一瓶葡萄酒，由道格、莫拉、阿羅一起喝，伊蓮卻只喝加了一片萊姆的礦泉水，矜持地謝絕阿羅積極搶食的那碗堅果仁。莫拉看不出這一對有何交集，更無法想像他們在交往。

道格的女兒葛雷絲也是一團謎。據他描述，前妻是個大美女，得天獨厚的基因顯然傳給女兒了。雖然葛雷絲才十三歲，金髮的她已經出落得美豔動人，雙腿修長，眉目如畫，藍眸如冰晶。但是她的美只可遠觀，冰冷又毫無親和力。四個大人的對話中，她幾乎是一個字也不肯貢獻，只坐著聽iPod，始終不願摘下耳機。現在，她故作姿態地大嘆一口氣，駝背的坐姿直起來，顯出瘦長的身材。

「爸，我可以回房間了吧？」

「別這樣嘛，乖女兒，再坐一會兒，」道格勸她。「有我們在，能無聊到什麼地步？」

「我累了。」

「妳才十三歲，」阿羅逗她。「以妳這種年紀，應該是迫不及待陪我們去飆舞才對。」

「少了我，你們又不至於聊不下去。」

道格這才注意到她的iPod，不禁皺眉。「關掉好嗎？儘量聊聊看嘛。」

葛雷絲白他一眼，臉上寫滿青少年的輕蔑，背又駝下去。

「……沿途的餐廳嘛，我全調查過了，沒有一間值得去品嚐，」阿羅說。他再抓一把堅果仁，塞進嘴巴，擦擦沾了鹽粉的手。他摘下眼鏡，擦拭鏡片。「依我的看法，我們應該直接去山莊吃午餐。至少他們的菜單上有牛排。煎個像樣的牛排有多難呢？」

「我們才剛吃過晚餐咧，阿羅，」伊蓮說。「你卻已經想到明天的午餐，真不可思議。」

「妳最瞭解我，我是規劃型的人，喜歡叫鴨子排成一行[4]。」

「特別是塗滿柳橙醬的鴨子。」

「爸，」葛雷絲以怨聲說，「我真的好累。我想去睡覺了，不行嗎？」

「好啦，行，」道格說。「不過，妳要在七點之前起床。我打算在八點出發，行李要先上車。」

「我們也應該上床了吧，」阿羅說。他站起來，撣掉襯衫上的碎屑。「走吧，伊蓮。」

「才九點半。」

「伊蓮，」阿羅再催，這次朝著莫拉和道格的方向傾一傾頭，若有所指。

「喔。」伊蓮對著莫拉瞄一眼，目光帶有猜忌的意味，接著她起立，身段輕柔如獵豹。「很高興認識妳，莫拉，」她說。「明早見。」

道格等著三人離開，然後對莫拉說：「葛雷絲太孩子氣了，不好意思。」

「你的女兒確實很漂亮，道格。」

「她的腦筋也不賴，智商一百三，今晚看不出來。她通常不會這麼安靜。」

「也許是因為我中途加入吧？她大概不太高興。」

「別胡思亂想了，莫拉。如果她有意見，她自己要去調適。」

「如果多了我，讓你們覺得彆扭——」

「會嗎？妳覺得會嗎？」他的目光有問到底的意思，莫拉不得不說真心話。

「一點點。」她坦承。

「她才十三歲。這個年紀的小孩，渾身上下都彆扭。我拒絕讓她支配我的人生。」他舉杯。「敬我們的冒險！」

她也舉杯，兩人一面喝，一面相視淺笑著。雞尾酒廳的燈光黯淡，具有減輕歲數的效果，道格的容貌回復為她印象中的那個大學男生，變回在屋頂穿忍者裝的輕狂青年。她也覺得變年輕了，膽子大起來，無所畏懼，準備開始闖蕩。

「我保證，」他說，「我們會玩得很開心。」

前一晚，天開始飄雪。早上，他們把行李抬上廂型車的後面時，停車場的車子已覆蓋著三吋厚的白雪，潔淨無瑕，令聖地牙哥四人組連聲讚嘆不已，直呼好美。道格與阿羅請三位小姐站在旅館門口，堅持要替她們拍照，大家穿著滑雪裝，笑臉被凍得瑰紅。對莫拉來說，下雪不是新鮮事，但現在的她受到加州人的感染，也由衷讚嘆雪多麼白皙、乾淨，飄落睫毛上的動作多麼輕柔，自天而降的姿態多麼安靜。波士頓的雪季漫長，下雪意味著苦哈哈鏟雪，融水滲透進靴子，大街小巷到處是骯髒的雪泥，因此波士頓人把下雪當成是硬著頭皮應付的苦差事，只求春神快快來。但是，這場雪不太一樣；這是假期雪，她對天微笑，和這群人同樣樂得輕飄飄，對一個瞬間變新、變亮的天地感到著迷。

「各位，我們這一趟絕對會樂翻天！」道格宣佈。他把租來的越野滑雪板固定在車頂。「有

❹ get my ducks all in a row，意指事情安排得井井有條。

新的雪。有迷人的同伴。在熊熊壁爐火前晚餐。」綁好車頂架上的物品後，他最後再扯一扯，看看是否牢靠。「好了，隊友，我們出發囉。」

葛雷絲坐進副駕駛座。

「嘿，乖女兒，」道格說。「讓莫拉坐我旁邊，如何？」

「可是，我坐這位子坐慣了。」

「人家是我們的客人。應該把坐前座的機會讓給她。」

「道格，讓她坐前面吧，」莫拉說。「我坐後面，完全不會有意見。」

「妳確定嗎？」

「百分百。」莫拉爬進廂型車的後排。「我坐這裡很舒服。」

「好吧。不過，我建議妳們兩個輪流坐前面。」道格以眼神責怪葛雷絲，但葛雷絲的耳塞型iPod耳機已經入耳，她凝視窗外，假裝沒聽見。

其實，莫拉完全不介意獨佔最後一排。坐在阿羅和伊蓮的後面，莫拉的景觀是阿羅的地中海禿和伊蓮的時髦黑髮。莫拉是最後一刻才加入的新人，對他們的往事、圈內人笑話聽得一頭霧水，但她對旁觀者的角色是安之若素，隨著他們一同駛出提頓村，往南出發，進入越下越深的雪鄉。雨刷左右擺動著，宛如節拍器，刮除成團落下的雪花。莫拉靠向椅背坐，欣賞著沿途的景色。她期待著壁爐前的午餐，期待著午後滑雪的樂趣。因為是越野滑雪，不是坡道滑雪，所以絲毫不必緊張，不用擔心跌斷腿、摔破頭，或是滑跤時醜態畢露。越野滑雪是靜靜劃過靜謐的樹林，只聽得見雪板劃過細雪的咻聲，只感受得到冷風入肺的那份宜人的凍感。在病理學研討會上，她見過太多殘屍的影像，現在有幸能外出一遊，遠遠拋開死亡的陰影。

「雪下得滿急的。」阿羅說。

「這車的輪胎很耐用，」道格說。「租車連鎖的店員說，雪下再大也不怕。」

「你有看過氣象預報嗎？」

「有。預報會下雪。沒啥稀奇的。」

「我們該不會趕不上山莊的午餐時間吧？」

「蘿拉說，我們會在十一點三十二分抵達目的地。蘿拉可是從來不出錯的喔。」

莫拉提高嗓門：「誰是蘿拉？」

道格指著架在儀表板上的攜帶式GPS。「蘿拉就是她。」

「為什麼老是把GPS當成女生看待？」伊蓮問。

阿羅笑說：「因為女人喜歡指揮男人。既然蘿拉說，我們可以在正午之前抵達，我們可以提早吃午餐。」

伊蓮嘆氣。「你呀，滿腦子是吃吃吃。」

「正確用語是用餐。人來世上走一遭，享用正餐的次數有限，所以最好——」

「餐餐吃得盡興，」伊蓮替他接話。「阿羅，我們知道你的人生哲學。」

阿羅轉頭看莫拉。「我媽生前煮得一手好菜，她教我，不要把食慾浪費在平凡無奇的食物上。」

「難怪你這麼苗條。」伊蓮說。

「哎喲，」阿羅說。「妳今天心情好奇怪。我以為妳很期待今天的滑雪行程。」

「我只是沒睡飽。你昨晚有一半的時間在打鼾。我今晚可能要堅持自己住一間。」

「不行啊，拜託，我買耳塞給妳嘛。」阿羅一手將伊蓮摟過來。「小蜜糖。寶貝。別讓我單獨睡嘛。」

伊蓮抽身而出。「你害我扭到脖子了啦。」

「嘿，各位，這片雪景多漂亮，快看！」道格說。「真是冬季仙境。」

駛出傑克遜荷爾一小時，他們看見一幅招牌：「最後一座加油站」。道格把車子開進葛拉伯加油站雜貨店，大家下車去上洗手間，在狹窄的雜貨店走道裡閒逛，看著商品架上的零食、佈滿灰塵的雜誌、擋風玻璃的冰刮。

阿羅站在塑膠包裝的牛肉乾棒前，笑著說，「誰敢買這種東西來吃？成分有九成是亞硝酸鈉，其他全是二號紅色素。」

「有賣吉百利巧克力，」伊蓮說。「要不要買一些？」

「大概已經擺了十年。哇，好噁心，這裡也賣甘草糖繩。我小時候吃這種東西吃到吐。進這裡，好像時光倒流到一九五〇年代。」

阿羅和伊蓮在零食區，邊逛邊竊笑，莫拉則拿起一份報紙，準備去結帳。

「那份是一個禮拜前的舊報紙，妳應該知道吧？」葛雷絲說。

莫拉轉頭，訝異葛雷絲竟然對她說話。耳機終於不塞在她的耳朵裡了，但她的iPod依舊播放中，音樂從耳機唧喳流瀉而出。

「那份是上個禮拜的報紙，」葛雷絲指出。「這間店賣的東西全部過期了。這幾包洋芋片，已經擺了一年。我猜甚至連petrol都餿掉了。」

「謝謝妳的提醒。我想找東西來讀，這份不看白不看。」莫拉取出錢包，心想，葛雷絲是美國孩子，怎麼會以petrol一字來稱呼「汽油」？這事再為葛雷絲的神秘添上一筆。葛雷絲走出門，瘦臀裹在緊身牛仔褲裡，邊走邊微微擺動，毫不知道自己對旁人的影響。守著收銀機的老頭看得嘴巴合不攏，活像看見一頭奇珍異獸在自家的店裡走動。

等到莫拉也離開雜貨店，葛雷絲已經坐進廂型車，不過這次她改坐後座。「公主終於遜位了，」道格替莫拉開門時低聲說。「換妳坐前座來陪我。」

「我坐後面其實無所謂。」

「我可不要。我剛跟她溝通過，她已經不計較了。」

伊蓮和阿羅走出店門，笑著坐進車子。

「那間店，」阿羅說，「真像一台時光機。那幾支造型糖果盒，你們看見沒？絕對是二十年前的古董，還有櫃檯裡的那個老傢伙根本就像《陰陽魔界》裡跑出來的怪物。」

「對，他的確很怪。」道格說著發動引擎。

「用『令人毛骨悚然』來形容更貼切。他說，希望我們不是要上西天。」

「什麼意思？」

「你們這群人全是罪人啊！」阿羅鼓足丹田，模仿電視傳教士的口吻，以鄉土腔說。「全都註定下地獄！」

「說不定他只是叫我們小心一點，」伊蓮說。「雪下得這麼大。」

「似乎越下越小了。」道格彎腰向前，側頭看天空。「咦，我好像看見一小塊藍天。」

「天生樂觀派，」阿羅說。「道格的個性就是這樣。」

「往正面的方向思考，心想事必成。」

「午餐趕得及最重要。」

道格看GPS。「蘿拉說，預計在十一點四十九分抵達，不會餓到你的。」

「我已經餓了，而現在才十點半。」

GPS的女聲下令：「在前方岔道靠左前進。」

阿羅高歌起來：「無論蘿拉要什麼……」

「全順著蘿拉的意思……」道格應和著，來到岔道時往左前進。

莫拉望向車窗外，並沒有看見什麼小塊的藍天，只見雲層低垂，看到遠山的白色山腰。

「又開始下雪了。」伊蓮說。

5

「我們一定是轉錯彎了。」阿羅說。

雪花直落，比剛才更加濃密，雨刷來不及刮走的雪花立刻在擋風玻璃上密佈。廂型車持續爬坡已近一小時，路面早已被越來越厚的皚皚白雪覆蓋。道格伸長頸子，拚命辨識前方的路況。

「你確定這條路沒走錯吧？」阿羅說。

「蘿拉說是這條。」

「蘿拉只是盒子裡的一個沒有身體的人聲。」

「我設定叫她挑一條最短的路線，就是這條路。」

「最短的，也是最快的一條嗎？」

「你想開車，換你來開。囉唆什麼。」

「好兇喔。問一下也不行嗎？」

伊蓮說：「轉進這條路以後，我們就沒有看見其他車子了。從那間怪怪加油站以後也不見人煙。這裡為什麼一個人也沒有？」

「你有地圖嗎？」莫拉問。

「置物箱裡應該有，」道格說。「租車公司提供的。不過按照GPS，我們走的路線沒有錯。」

「是啊，走進鳥不生蛋的深山了，」阿羅嘟噥著。

莫拉把地圖拿出來，攤開，研究了半晌，才慢慢從陌生的地名當中悟出方向。「我在地圖上找不到這條路。」她說。

「妳真的知道我們現在的方位嗎？」

「路不在地圖上。」

道格把地圖搶走，攤在方向盤上，邊開車邊看地圖。

「欸，後座乘客能貼心叮嚀一句嗎？」阿羅大聲說。「行車時，眼睛注意前方，好嗎？」

道格甩開地圖。「爛地圖一張。畫得不夠詳細。」

「也許是蘿拉搞錯了。」莫拉說。天啊，連我也用同一個蠢名字來稱呼GPS。

「她的版本比那張地圖還新。」道格說。

「這條可能是照季節開放的路，或者是私人道路。」

「我們轉彎進來時，怎麼沒看見私人物業的招牌？」

「這樣的話，我們應該調頭回去，」阿羅說。「我是說真的，老兄。」

「往回走三十英里，才能回到剛才的岔道。你到底想不想在餐廳打烊前吃午餐？」

「爸？」葛雷絲從後座高聲問。「出了什麼事？」

「沒事，女兒。我們只是在討論該走哪一條路。」

「你是說，你不知道怎麼走？」

道格發出莫可奈何的嘆息。「我知道路，不用擔心，我們不會迷路的！如果大家不要窮緊張，我們可以開始盡情開心。」

「調頭吧，道格，」阿羅說。「這條路真的是越走越恐怖。」

「好吧，」道格說。「表決的時候到了。大家開始投票。」

「我贊成調頭回去。」阿羅說。

「伊蓮？」

「我認為應該讓駕駛決定，」她說。「道格，你決定怎樣做，我就依你的意思。」

「謝謝妳，伊蓮。」道格瞥向莫拉。「妳投誰一票呢？」

這話另有含義。她從道格的眼神看得出：支持我。相信我。這眼神也令她回想起二十年前的道格，當年的那個傻大學生穿著褪色的夏威夷衫，無憂無慮，毫無羈絆，別擔心，快樂就好。道格就是這樣的人，從屋頂跌下來，摔斷了腿，撿回小命，卻從來不曾喪失樂觀之心。現在，他以眼神要求莫拉信任他，而莫拉也想投他一票。

但她無法漠視自己的直覺。

「我認為我們應該調頭回去。」她說。這番回答似乎深深傷了道格的心，宛如遭人辱罵。

「好。」他嘆氣。「政變了，我看得出來。等我找到合適的地方，我會把車子轉頭過來，按照來時路往回走三十英里。」

「我剛才和你是同一陣線喔，道格，」伊蓮說。「你可別忘掉。」

「有了，這裡應該夠寬。」

「等一下！」莫拉說。她正要說的是：那一邊可能有山溝。可惜道格已經轉動方向盤，廂型車以大弧形迴轉，雪地突然被右輪壓垮，車子冷不防向右傾斜，把莫拉摔向車門。

「天啊！」阿羅大叫。「你在搞什麼鬼呀？」

車子突然靜止，車身幾乎歪斜成側躺的姿勢。

「可惡。可惡，可惡！」道格罵道。他把油門踩至極限，引擎哎哎叫，輪胎在雪地上空轉。他換成倒車檔，想退出凹地，車子只移動幾英寸，哆嗦一陣之後不再移動，輪胎又空轉著。

「前後換檔看看！」阿羅提議。

「我已經在試了！」道格把排檔換至最低，嘗試讓車子向前走。輪胎嗚咽著，卻使不上力。

「爹地？」葛雷絲的嗓音單薄，帶有恐慌的味道。

「沒事，女兒。不會有事的。」

「我們怎麼辦？」葛雷絲快哭了。

「怎麼辦？打電話求救就好。叫一部拖吊車過來，把車子拉出這裡，我們就能繼續上路。」道格伸手掏出手機。「午餐可能來不及了，那又怎樣？當成是一場歷險記嘛。妳回學校以後，不愁沒話題好聊。」他頓一下，對著手機皺眉。「誰的手機有訊號？」

「你的沒有？」伊蓮說。

「大家都檢查一下，可以嗎？」

莫拉從包包取出手機。「一格也沒有。」

「我的也沒有訊號。」伊蓮說。

阿羅附和：「我也一樣。」

「葛雷絲？」道格轉身看女兒。

她搖搖頭，以哭音說：「我們是不是被困住了？」

「大家放輕鬆嘛。辦法是人想出來的。」道格深呼吸一次。「既然無法求救，我們只好自救。我們自己來把這部爛車推回路面。」道格換成空檔。「好了，大家下車。我們應該推得動。」

莫拉的車門被雪地緊緊封住，無法從右前門下車，因此爬過排檔桿，坐進駕駛座，然後由道格拉她一把，扶她從左前門下車。她一腳踩進深及小腿的雪地。站在傾倒的車子旁邊，她這才領悟到置身多大的難題之中。廂型車剛才脫離路肩，滾進一道深溝，右側的輪胎被雪吞噬到底盤，左輪騰空，連雪地的表層也沒沾到。車子這麼大，我們絕對推不出山溝。

「我們辦得到的，」道格興致勃勃說。「來吧，大家同心協力。」

「協力做什麼？」阿羅說。「沒有拖吊車，哪可能拉得動那輛爛車？」

「我願意試試看。」伊蓮說。

「妳的腰沒受過傷，說得倒輕鬆。」

「少發牢騷了，阿羅。盡一點力嘛。」

「謝謝妳，伊蓮，」道格說。他從口袋掏出手套。「葛雷絲，妳坐進駕駛座，由妳負責開車。」

「我又不會開車！」

「妳只要把車子轉回路面就行，乖女兒。」

「不能找別人開嗎？」

「妳是最輕的一個，其他人負責在外面推。好嘛。我扶妳進去。」

葛雷絲的臉色惶恐，但她還是爬進駕駛座。

「乖女孩，」道格說。他跋涉進山溝，雪深及臀部。他戴著手套，把雙手放在車屁股。「怎樣？」他抬頭問三位成年人。

伊蓮率先踉蹌走進山溝，在道格身邊立定。莫拉接著走下去，雪從褲管下面鑽進去，滲進靴子裡。她的手套放在車上，只好赤著手，摸到鋼鐵車身時被凍得像灼傷。

「我一定會閃到腰。」阿羅說。

「怕腰痛，就等著被凍死，」伊蓮說。「你到底要不要下來？」

阿羅開始戴手套，頭上加一頂羊毛帽，動作慢吞吞，然後大費周章地為脖子纏上圍巾，禦寒裝備齊全之後，他才踩進山溝。

「準備好了沒？一起推！」道格說。

莫拉卯足全力推著車，靴子向後滑。她聽得見身旁的阿羅在悶哼，感覺到車身開始搖向前去。

「開車啊，葛雷絲！」道格吶喊。「左轉！」

廂型車的前端開始一吋吋往前移，朝路面前進。大家繼續推，莫拉用力過度，手臂開始發抖，腿筋也發痛。她閉上眼皮，一口氣卡在喉嚨裡，每一分氣力專注在推動三噸重的鋼鐵。她覺得鞋跟滑了一下。轉眼間，廂型車也開始滑動，朝著他們倒退而來。

「小心！」阿羅大喊。

莫拉連忙往旁邊跌撞開來，向後滑的車子側倒在山溝中。

「好險！」阿羅大叫。「我們差點被壓扁了！」

「爹地！爹地，我被安全帶綁住了！」

道格倉皇攀上車身。「忍耐一下，女兒，我去救妳出來。」他扯開車門，伸手進去拉出葛雷絲。葛雷絲喘著氣，跌在雪地上。

「唉，我們完蛋了。」阿羅說。

所有人爬出山溝，站在路邊，凝視著Suburban廂型車。車子現在側躺著，被雪埋了一半。

阿羅大笑一聲，語氣夾雜歇斯底里。「能確定的事情是，我們一定趕不上午餐了。」

「大家來想想辦法。」道格說。

「有什麼好動腦筋的？那輛車重得像坦克，我們絕對推不動。」阿羅把圍巾拉得更緊。「而且，野地冷得要命。」

「山莊離這裡多遠？」莫拉問。

「根據蘿拉的指示，還要走二十五英里。」道格說。

「從加油站到這裡將近三十英里。」

「對。我們差不多在正中間。」

「嘩，」阿羅說。「這地點太妙了。」

「阿羅，」伊蓮說。「住嘴。」

「話說回來，我們剛走了三十英里路，多半是上坡，從這裡往回走的話，大部分是下坡路，」道格說。「往回走比較輕鬆。」

阿羅瞪他。「你想叫我們在大雪裡走三十英里？」

「不對。你和女人待在這裡，你們可以全部爬回車子裡面取暖，我去拆車頂上的越野滑雪板，自己滑雪下去求救。」

「這樣來不及。」莫拉說。

「我辦得到。」

「現在已經中午了，你只剩幾小時的日光，天一暗，你摸黑滑雪，很容易跌進山谷。」

「她說得對，」伊蓮說。「滑雪那麼遠，至少要一整天，也許要兩天。而且，雪下得這麼厚，你的速度快不起來。」

「麻煩是我惹出來的，我負責救大家出去。」

「少白痴了，道格，留下來吧。」

但道格已經涉雪下山溝，拆下車頂的滑雪板。

「唉，我再也不敢講牛肉乾棒的壞話了，」阿羅嘟噥著。「早知道就買幾支。至少裡面有蛋白質。」

「你不能走，道格，」伊蓮說。「天太晚了。」

「天黑了，我就停下來，造一個雪窟之類的。」

「你知道怎麼造雪窟嗎？」

「有那麼難嗎？」

「你會被凍死的。」

「爹地，不要走。」葛雷絲也下山溝，抓住父親的一手，拉著他離開滑雪板。「求求你。」

道格抬頭望著路上的朋友，提高嗓門，以吶喊宣洩悶氣。「我盡力想辦法解決難題，你們瞎了眼睛嗎？我盡力想把大家救出去，你們卻一直唱反調！」

突如其來的怒火震驚了其他人，大家噤聲不語，在寒風中哆嗦。大家開始體認到難題的嚴重性。我們有可能死在這裡。

「總會有人路過吧？」伊蓮望向其他人，尋求認同。「我是說，這條是公用的路，一定會有人開鏟雪車過來吧？整條路不可能只有我們。」

「一路開過來，妳有看見其他人嗎？」阿羅說。

「距離大馬路又沒那麼遠。」

「看看這場雪，已經堆積了一呎半，而且越來越深。如果鏟雪車經常出動，不會拖到現在才來。」

「你想講的是什麼？」

「這條一定是按季節開放的路，」阿羅說。「所以才沒有列入地圖上。該死的GPS叫我們抄捷徑，叫我們翻山越嶺。」

「遲早會有人路過的。」

「會呀，春天來了再說吧。幾年前發生過一件事，大家有印象嗎？奧勒岡州有一家人，以為他們開的是主要道路，結果車子開到荒郊，整家人受困雪地。沒有人去找他們。過了一個禮拜，丈夫決定走路去求救，最後被凍死。」

「住嘴，阿羅，」道格說。「你嚇到葛雷絲了。」

「連我也被嚇到了。」伊蓮說。

「伊蓮，我只是想讓妳知道，這件事不是道格兩三下就能替我們解決的。」阿羅說。

「我知道，」伊蓮說。「你以為我有那麼笨嗎？」

一陣風颳過路面，雪花迎面而來，莫拉被刺得瞇眼。她再睜開眼皮時，看見其他人杵在原地，彷彿被寒天麻痺了，被絕望凍僵了。這時又來了一陣風，她轉身保護自己的臉，這時她才看見一小片綠色，在白茫茫的背景中更顯鮮明。

她朝向綠色的物體跋涉，一步接一步，靴子被路上的雪吸住，難以拔出來。

「莫拉，妳想去哪裡？」道格問。

她不顧道格的呼喚，繼續向前走，逐漸接近目標時，她看清那片綠色其實是一面招牌，表面被雪覆蓋大半。她擦掉附著在表面的雪花。

私人道路

守望巡邏區

閒人勿近

積雪太多，她看不見從馬路岔進去的支道，只能從蜿蜒入密林裡的一條窄道辨識出途徑。支道的入口以鐵鏈阻擋車輛進入，環環皆被冰雪包住。「這邊有一條路！」她呼喊。其他人蹣跚向她走來時，她指向招牌。「上面寫說，僅准居民通行，表示這條路走下去，一定找得到民房。」

「路口被鐵鏈鎖住，」阿羅說。「裡面大概沒人。」

「至少可以讓我們避一避風雪啊。現在我們只愁沒地方避寒。」

道格笑笑，把莫拉擁入懷中，貼向他的羽毛夾克。「我就知道帶妳來是件好事！艾爾思醫師，妳的眼光真敏銳！假如沒有妳，我們鐵定漏看這條小路。」

他鬆開莫拉時，莫拉注意到伊蓮正瞪著他們，表情並不友善，令莫拉隱隱心驚。那種表情一閃而逝，伊蓮趕緊把頭轉向廂型車。「我們把行李拿下車子吧。」她說。

由於他們不知道行李要提多遠，所以道格建議大家只帶過夜的必需品。莫拉留下行李箱，只拎起皮包和手提包，裡面是盥洗用品和一件毛衣。

「伊蓮，妳該不會想帶走整箱子的行李吧？」阿羅說。

「這箱是我的隨身行李，裡面有我的首飾和化妝品。」

「荒郊野外的，要那些東西幹嘛？」

「裡面也有其他東西。」

「什麼東西？」

「其他東西。」她朝私人道路邁出第一步，滾輪式行李箱在背後犁出一條溝。

「看樣子，我只有替妳搬運行李的命。」阿羅嘆氣說，拉起她的行李箱。

「必需品拿齊了沒？」道格喊。

「等一等，」莫拉說。「應該在車上留一張紙條。萬一車子被人發現，可以求救。」她從皮包取出紙筆寫道：受困雪地，請呼叫救援。我們進了這條私人道路。她將紙條放在儀表板上明顯的位置，關上車門。

「好了，」她說著戴上手套。「可以了。」

一行人跨過鏈條，走進私人道路，阿羅拖著伊蓮的滾輪式行李箱，氣喘吁吁地走。

「等我們回到家，道格，」阿羅喘著氣說，「你欠我一頓大餐。豐盛的大餐。凱歌皇牌香檳。魚子醬。一塊和洛杉磯一樣大的牛排。」

「別講了，」伊蓮說。「你越講，我們越餓。」

「反正大家都餓了，沒有差別。」

「再講也不能止餓。」

「不講，肚子照餓。」阿羅蝸步前行，行李箱在雪地拖出一道痕。「照這情形來看，連晚餐也吃不成了。」

「繼續走下去，一定能找到食物，」道格說。「居民即使把房子封起來，去外地過冬，食品儲藏間裡通常會留一些東西。花生醬啦、通心粉之類的。」

「連通心粉聽起來都讓人流口水，可見我們已經餓慌了。」

「各位，人生如冒險。就把今天的事當成從飛機上跳傘，能不能安全降落地面，就讓命運去決定吧。」

「道格，我和你的個性有差別，」阿羅說。「我可不會從飛機上跳下去。」

「你連你錯過的是什麼都不曉得。」

「午餐。」

每跨一步都很艱辛。儘管氣溫遽降，莫拉的滑雪大衣裡汗流浹背。每次吸氣，她的咽喉就被冷空氣凍痛。帶頭走在平整的雪地太累人，她只好讓道格超前，讓道格先踩出足跡，然後循著被他踩出的雪洞前進。現在的她是昂然行軍，左腳，右腳，左腳，不顧肌肉痠，不顧胸痛，無視於褲管濕冷。

上到一處緩升坡的頂端，莫拉回頭望著背後被踩出來的亂雪。道格忽然停下來，莫拉差點一頭撞上他。

「各位！」道格回頭對所有人打氣。「我們得救了！」

莫拉走向他的身邊，瞭望前方的一座山谷，看見十幾棟房子的屋頂。她也看到幾支煙囪，但不見裊裊升空的煙。前方的路面覆蓋著平整的雪。

「我看不見人煙。」她說。

「迫於現況，我們可能需要強行進入其中一棟。不過至少今晚過夜不成問題。沿著這條路走下去，我判斷大概有兩英里的路，所以我們在天黑之前應該能走到。」

「欸，看，」阿羅說。「這裡又有一面招牌。」他向前再走幾步，抹掉表面的雪。

「上面寫什麼？」伊蓮問。

阿羅說不出話，只盯著招牌看，彷彿上面寫著他看不懂的外語。「加油站那老頭不是講了一句奇怪的話嗎？我終於明白他的意思了！」他說。

「你在說什麼？」

「是那個村子的名稱啦。」阿羅站開，莫拉才看見招牌上的字。

西天

6

「怎麼看不見配電盤？」阿羅說。

「完了，那我的iPod怎麼充電？」葛雷絲問。

「配電盤可能在地下，」道格說。「他們說不定也有發電機。都二十一世紀了，沒有電，日子怎麼過得了？」他調整背包的位置。「來吧，路還很長，我們的目標是在天黑之前進村子。」

他們開始走下坡，寒風宛如蕁麻，積雪使得每一步都近乎苦役。道格負責開道，在無瑕的雪地上踩出一條路，後面以一直線跟進的是葛雷絲、伊蓮、阿羅，殿後的是莫拉。這段路雖然是下坡，越來越深的雪卻讓他們走起來艱辛無比。現在，大家把說話的力氣全省下來，一心戮力於舉足向前走。

對莫拉來說，今天事事都出乎她的意料。她心想，早知道就關掉GPS，照地圖走準沒錯，現在保證已經到達山莊，坐在爐火前品嘗美酒。早知道當初就回絕道格的邀約，現在就不會跟著這群人活受罪，現在會好端端地坐在旅館房間裡，暖暖過一夜。有選擇機會的時候，她優先考量到的是安全。安穩的投資、安全的車子、平安的旅程。她只肯在選擇男人的方面冒險，而每次的人選都不盡理想。先是丹尼爾，現在是道格拉斯。她在心裡記上一筆：今後避免和D開頭的男人交往。除了D之外，這兩個男人完全不一樣。道格的魅力在於他的牛性狂野，有點莽撞。受道格的薰陶，她也想放縱一下。

結果卻是如此不堪，她暗罵自己，繼續踏著山路而下。遇到一個衝動行事的男人，我任由他牽著走，走進今天的災難。更慘的是，他拒絕承認這場災難的嚴重性，而且災情只見加深，全無緩和的跡象。道格的世界永遠是大晴天，碰到惡劣的場面也認定將有圓滿的結局。

天光開始暗淡。他們已走了至少一英里，莫拉的腿開始沉重如鉛。假使她累得倒下去，其他人可能完全聽不見。加上天色一暗，可能怎麼找也找不到她，隔天早上她會被埋在雪裡。在這裡，消失是多麼容易的一件事啊。你在風雪之中迷途，被積雪掩埋，別人根本不知道你出了什麼事。這次兩天一夜的行程來得突然，她沒有向波士頓的友人提過。她只是聽從道格的勸，跳脫常軌，隨興所至，搭上這群人的便車去玩。她想藉這機會暫時忘卻丹尼爾，宣示個人的自主權，試圖讓自己相信命運仍掌握在自己的手裡。

她的手提包從肩膀上滑落，手機蹦出來，掉落雪地。她彎腰撿起來，抹掉雪花，查看訊號強度，仍然是一格也沒有。她暗罵，沒用的垃圾手機，然後關機省電。她想知道丹尼爾是否來電留言過。她一直不回電，丹尼爾會不會緊張？或者，他會誤以為她想冷戰？他該不會索性不再聯絡，等她主動破冰？

如果你等太久，恐怕會等到我的屍體。

一股怒火燒起來，她氣丹尼爾，氣道格拉斯，氣倒楣透頂的這一天，對著最後這堆積雪出氣，像蠻牛似地衝過及臀的雪地。她踉蹌走出積雪，跟著其他人走上平地，大家全停下來喘息，呼出一團團雲霧。雪片像白蛾，翩翩降落時製造出柔柔的嘀、嘀聲。

在逐漸加深的暮色中，兩行一模一樣的房子陰森地、默默地出現在眼前，每一座屋頂的斜角雷同，有著相同的車庫、相同的門廊，連門廊上的鞦韆椅也屬於同一款式，甚至連每一家的窗戶數目也相等。這些民房全是複製品，是同一個模子打造出來的，令人越看越怪。

「哈囉？」道格喊。「有人在家嗎？」

他的話在周圍的山壁迴盪，然後沉靜下來。

阿羅也喊：「我們是和平使者！有帶信用卡唷！」

「別亂開玩笑了，」伊蓮說。「你想害我們被凍死嗎？」

「沒有人會被凍死啦。」道格說。他走向最靠近的一棟，踏上門廊階，走進屋簷覆蓋的門廊去敲門。他靜候幾秒，然後舉手再敲。唯一的聲響是門廊鞦韆椅的吱吱嘎嘎，椅子已被風雪冰封。

「直接開門進去吧，」伊蓮說。「我們的狀況緊急。」

道格轉動門把，門開了。他回頭望其他人。「希望裡面沒有人舉著獵槍對準我們。」

屋子裡面並沒有比外頭溫暖。五人在幽暗的屋內站著發抖，像五頭噴火龍在吐氣。窗外的最後一抹餘暉逐漸減弱。

「有人帶手電筒嗎？」道格問。

「我應該有，」莫拉說著在皮包裡翻東西。她應工作所需，平日會攜帶迷你型的Maglite手電筒。「可惡，」她喃喃說。「我剛想起，我把手電筒留在家裡。我以為研討會應該用不到手電筒。」

「這間房子有沒有電燈開關？」

「牆壁上沒有。」伊蓮說。

「我也找不到任何插座，」阿羅說。「沒有插電的東西。」他停頓一下。「喔——我認為，這間房子不用電。」

一時之間，大家無言以對，喪氣得講不出話來。他們聽不見時鐘滴答，聽不見電冰箱的馬達呼呼運轉，四周是死寂的真空。

突如其來的金屬碰撞聲嚇得莫拉跳一下。

「對不起，」阿羅說，站在壁爐附近。「我剛撞翻了壁爐用具。」他停了一下。「欸，這裡有火柴。」

他們聽見劃火柴的聲音，在飄搖的火光裡看見岩石壁爐邊堆積著柴薪，火柴接著熄滅。

「我們來生火。」道格說。

莫拉記得她在加油站買的報紙，從皮包裡拿出來。「這些紙，生火用得著吧？」

「不必了，這裡有一堆。」

在黑暗中，他們聽見道格摸索著起火用的樹枝，把舊報紙揉成團。他再點燃一支火柴，紙著火了。

「讓普世光明吧。」阿羅引用《聖經》。

屋內光明起來，熱氣也來了，樹枝開始燃燒，送來一波又一波求之不得的溫暖。道格添加兩塊木頭，大家湊近過來，享受著熱火與溫馨之光。

現在他們比較看得清屋內的景象。家具的材質是木頭，手工樸素而簡便。壁爐外圍的地板有一片手工編織的大地毯，牆上沒有吊飾，只有一幅加框的畫像，主角是一個男人，眼珠黑如煤炭，黑色的頭髮濃密，目光朝上，虔誠望天。

「這裡有一盞油燈，」道格說。他點燃燈芯，面帶微笑，看著屋內明亮起來。「有了油燈，也有一大疊柴薪，只要爐火不熄滅，房子裡應該會越來越暖和。」

壁爐底仍有前人留下的灰燼，莫拉看著壁爐皺眉。爐火燒得旺，火舌如亂牙向上跳動。「我們剛才忘了先打開煙道。」她說。

「燒起來沒有問題啊，」道格說。「沒有白煙亂竄的情形。」

「怪就怪在這裡。」莫拉蹲向壁爐，仰頭向煙囪裡瞧。「煙道已經開了。」

「有什麼好奇怪的？」

「雪鄉的人到了冬天，在封屋之前，不是通常會把爐灰掃乾淨，把煙道關起來？」她停頓一下。「怎麼連門也不鎖？」

大夥兒沉默無語，爐火把木頭燒得滋滋響，時而劈啪出聲。莫拉看見，其他人游目張望四周的陰暗處。她知道同樣的想法也出現在他們的腦裡。*屋主該不會沒走吧？*

道格站起來，拾起油燈。「我想去檢查一下這房子的其他地方。」

「我跟你一起去，爹地。」葛雷絲說。

「我也去。」伊蓮說。

這時大家全站著，沒有人願意留下來。

道格帶領大家進入一條走廊，油燈在牆上投射著移動的人影。他們走進一間松木地板的廚房，裡面有幾座碗櫥，有一座烹飪用的柴爐。滑石洗手台上方有個汲取井水用的壓水機。但是，吸引眾人目光的是餐桌。

桌上擺著四份餐盤、四支叉子、四杯結冰的牛奶。餐盤上的食物已經凍結——每碟上都有一團黑黑的東西，旁邊是一堆像水泥的馬鈴薯泥，表面覆蓋著一層薄霜。

阿羅拿叉子戳一戳其中之一。「看起來像是肉團。哪一盤是給寶寶熊❺吃的？」

沒有人笑。

「他們的晚餐來不及吃，」伊蓮說。「牛奶倒進杯子了，晚餐也上桌，然後卻……」她講不下去，望向道格。

在廚房裡，一陣陰風突然掃進來，動搖了油燈的火。窗戶也沒關。道格走過去，由左向右關上。「這也是怪事，」他看著洗手台，皺眉說。洗手台裡也堆積了一層雪。「天氣這麼冷，有誰會把窗戶開著不關？」

「快來看。這裡面有食物！」阿羅開著食品儲藏間裡的櫥子，裡面的架子上堆著補給品。「有麵粉、乾燥的豆子。也有好多玉米罐頭、桃子罐頭、醃漬食品，夠我們吃到世界末日了。」

「有了阿羅，我們不怕找不到晚餐。」伊蓮說。

「狩獵採集的工作交給我準沒錯，至少我們不會挨餓了。」

「你呀，絕對不會眼睜睜等著餓肚子。」

「如果在那座柴爐也生火，」莫拉說，「屋子裡的增溫速度會快一些。」

道格望向二樓。「前提是，屋主沒有漏掉其他窗戶沒關。我們應該去檢查這間屋子的其他地方。」

又沒有人願意留下來。道格探頭進空空的車庫，然後走向樓梯底。他抬起油燈，但燈火只照亮忽明忽暗的樓梯，最頂端是一片漆黑。他們開始上樓，殿底的莫拉周遭的亮度也最低。在恐怖片裡，最先遭殃的人總是跟在最後的一個，殿後者不是背後中箭，就是率先被斧頭劈中。她向後瞄，只看見背後黑如幽井。

道格駐足查看的第一間是臥房。大家擠進房間裡，看見一張大的雪橇床，床具摺得整齊，床尾有一口松木嫁妝箱，上面掛著一件藍色牛仔褲，腰圍是男人的三十六吋，皮帶老舊。地板的另一邊鋪著雪，窗戶又沒關。道格過去關上。

莫拉走向抽屜櫃，上面有一幀加框的相片，錫質相框的式樣簡樸。她拿起來，看著這張四人的合照。四人對著鏡頭，一男一女，中間站著兩個九或十歲的小女孩，金髮緊緊紮成辮子。男人把頭髮向後直梳，眼神威武，似乎在說，膽敢質疑我權威的人給我站出來。女人的長相平庸而蒼白，金髮結成辮子，臉部淡無血色，整張臉似乎和背景融成一片。莫拉想像著，這女人在廚房裡操勞，辮子紮不住淺金色的頭髮，有幾簇垂掛在她的臉上。她也想到，這女人在餐桌上擺好餐盤與叉子，然後逐盤舀出馬鈴薯泥、肉團、肉汁。

接著發生什麼事？這家人怎麼會擺著熱騰騰的餐點不吃，任其結冰？

伊蓮握住道格的手臂。「你有聽見嗎？」她悄悄說。

❺ Baby Bear，芝麻街裡的角色。

大家僵在原地不敢動。這時莫拉才聽見吱嘎聲，好像人腳踏著地板而來。

道格慢慢移向走廊，走向第二道門，高高提著油燈踏進去，發現這間也是臥房。

伊蓮霎然笑出來。「天啊，我們好白痴！」她指向衣櫃。窗戶開著，風吹得衣櫃門來回吱嘎擺動。這間有成對的單人床，她鬆了一口氣，在其中一張床上坐下。「只不過是空屋一間嘛！我們卻自己嚇自己。」

「被嚇到的人只有妳自己吧。」阿羅說。

「才怪。你剛才也被嚇破膽了。」

莫拉關上窗戶，向外凝視夜景，看不見光，也不見其他活人的跡象。桌上有一疊練習簿，封面印著：居家自學方案第四級。她翻開來，見到裡面有一頁是拼字練習。學生的姓名印在封面內頁：艾比蓋兒．史卓頓。莫拉猜，她是相片裡的女孩之一。這間是她們的臥室。然而，她環視這房間的牆壁，看不太出女童住過這裡的跡象。牆上沒有電影海報，沒有青少年偶像的相片，整間只有兩張整齊的床鋪和練習簿。

「這棟房子應該沒有別人了，」道格說。「只有我們。我們可以守在這裡，等人來找我們。」

「要是沒有人來呢？」伊蓮問。

「遲早有人會發現我們失蹤了。我們不是在滑雪山莊訂了房間？」

「山莊會以為我們只是爽約。而且，我們在感恩節之後才收假上班，離現在還有九天。」

道格看著莫拉。「妳回家的班機是在明天，對不對？」

「對，不過，沒有人知道我跟你一起出來，道格。發現我失聯，他們也不知道該從何找起。」

「哪有人會來這種鬼地方找人？」阿羅指出。「鳥不拉屎的深山啊！積雪融化要等到春天，路才恢復通行，換句話說，我們要等幾個月才會被人發現。」阿羅也在床上坐下來，坐在伊蓮身邊，低頭以雙手撐頭。「天啊，我們完蛋了。」

道格看著這群灰心喪氣的同伴。「我可不著急。食物和柴薪多的是，不至於挨餓受凍。」他豪邁地對著阿羅的背拍一下。「好了啦，老兄，人生如冒險。這已經是不幸中的大幸了。」

「能夠不幸到什麼程度？」阿羅問。

沒有人回答。沒有人想回答。

7

等到珍．瑞卓利警探趕抵現場，路人已開始圍觀。吸引人群的是波士頓市警局巡邏車的警燈，驅使他們過來的是一份超自然的本能。每當壞事一發生，這份本能似乎總能號召群眾前來。命案會散發出獨特的費洛蒙，被這些人嗅到了，他們貼著鐵絲網圍牆，看著「任你堆」個人倉儲公司裡的景象，希望有幸瞥見吸引警察而來的慘案。

瑞卓利下車後，扣住外套阻擋寒風。今天上午，雨停了，天空放晴，氣溫也隨之驟降。下車後，她才發現自己沒有帶禦寒的手套，身上只有乳膠手套。她還沒有防冬的措施，車上仍未準備冰刮和雪刷。然而今天晚上，冬天絕對是來定了。

她走進外門，進入倉儲公司的園地，和守衛現場的基層員警交換心得。圍觀人群看著她，舉起手機猛拍照。*嘿，媽，看看我這幾張刑案現場的相片。*瑞卓利心想，拜託你們，行不行？日子過得太閒了吧？她踩著冰冷的路面，走向二十二號小倉庫，能感受到鏡頭跟著她移動。三位裹著冬衣的員警在這裡站崗，手插在口袋裡，帽子壓得低低的，以抵抗寒風。

「嘿，警探。」其中一人喊。

「東西在裡面嗎？」

「對。佛斯特警探已經進去和經理瞭解案情了。」警員向下伸手，握住門把，把鋁門向上拉。門轟隆隆開啟，裡面堆了很多雜物，瑞卓利看見搭檔巴瑞．佛斯特。他正站著和一位中年婦人對話。婦人身穿白色的羽絨衣，大衣厚到看起來像胸部綁著幾顆枕頭。

佛斯特介紹雙方。「這位是朵蒂．杜根，是任你堆公司的經理。這位是我的搭檔珍．瑞卓利警探。」他說。

三人的六隻手全在口袋裡；天氣太冷了，連制式的禮節也省略。

「報警的人是妳？」瑞卓利問。

「是的，警探。我剛剛告訴佛斯特警探說，我發現裡面的東西時有多麼震驚。」

一陣風颳進來，把水泥地上的紙屑吹得到處跑。瑞卓利對站崗的警員說：「把門關上，好嗎？」

三人等著鋁門向下關閉，而這裡面和外面同樣冰冷，差別只在於寒風進不來。他們的頭上掛著一顆無罩的燈泡，無情的燈光聚焦了朵蒂的眼袋。就連年紀不到四十的佛斯特，在這燈光的照射下也顯得困頓，活像中年人，臉色貧血而蒼白。這間小倉庫裡堆滿了殘破的家具。瑞卓利看見一張已磨破皮的沙發，上面披著一條花得俗氣的布。她也看見一張骯髒的諾加海德革躺椅，幾張式樣完全不搭調的木椅。家具太多了，靠著牆壁堆疊到十英尺之高。

「她每年準時繳租金，」朵蒂說。「每年十月，我會接到她寄來繳年費的支票。在本公司，這間算是比較大的一間，長三十英尺，寬十英尺，不算便宜。」

「承租人是誰？」瑞卓利問。

「貝蒂．安．波麥斯特，」佛斯特回答。他翻閱筆記，朗讀出他記下的重點。「她從十一年前開始租這間，本人住多徹斯特。」

「過去式？」

「她死了，」朵蒂說。「我聽說是心臟病發作，死了好一陣子了。我本來不知道，去催繳租金的時候才發現。她沒有拖欠的紀錄，所以我就覺得事情不對勁。我聯絡她的親戚，只找到一個住在南卡羅萊納州的痴呆老舅舅。她老家在南卡州，有南方人的鄉音，聽起來好柔美。她大老遠搬來波士頓，最後孤零零死了，我覺得好可憐。那是我當時的感想啦。」她喟嘆一笑，裹著蓬鬆的夾克哆嗦。「世事難料啊，對不對？像她這樣的南方淑女，外表那麼甜美。她這堆東西，總不能一直擺著，我只好拍賣看看，但是總覺得過意不去。」她朝四周看看。「也值不了多少錢。」

「妳在哪裡發現的？」瑞卓利問。

「後面的那面牆旁邊。那邊有個插座。」朵蒂帶警探穿越滿山滿谷的椅子，來到一部大型冷藏櫃。「我以為，她冰的是什麼值錢的肉品之類的。我在想，除非是有什麼值得冰起來的東西，不然何必整年插電呢？」她停下來，看著瑞卓利和佛斯特。「兩位不介意的話，我想暫時走開。我實在不想再看見。」她轉身，向門口撤退。

瑞卓利和佛斯特交換眼色。掀開冰櫃的人是瑞卓利。冷氣從冰櫃裡升起，模糊了櫃內的物體。冷氣消散後，裡面的東西才清晰起來。

一張男人的臉孔裹在透明塑膠袋裡向上望，眉毛與睫毛蒙上一層冰，裸露的身體被摺成抱腿的姿勢，膝蓋觸胸，否則全身無法被塞進狹小的冰櫃。雖然他的臉頰被凍得乾癟，皮膚卻不見皺紋，年輕的肉體保存得良好，宛如一塊上等的肉，被包裝、結冰，以利日後使用。

「她租這一間的時候，堅持問清楚的一件事是電源可不可靠，」朵蒂說。她偏開臉，避免看見冰櫃男屍。「她說，電力中斷的話，她的麻煩就大了。現在我總算知道原因。」

「妳對她還有什麼認識？」瑞卓利問。

「我剛才已經對佛斯特說過了。她按時繳租金，支票從不跳票。租我這些小倉庫的顧客通常是來來去去，不太想聊天，很多人都有不幸的遭遇，有的變成無殼蝸牛，家當全被運來這裡擺著。裡面的東西被拍賣也值不了多少錢。大部分的例子像這一間。」她揮手比一比靠牆堆積如山的舊家具。「只有原主才認為有價值。」

瑞卓利慢慢掃視貝蒂・安・波麥斯特認為值得保存十一年的物體。以每月兩百五十美元來計算，她一年必須支付三千美元，十幾年來閒置這些東西的費用超過三萬。這裡的家具很多，足以裝飾一棟四間臥房的居家——不講究品味的話還可以。幾座碎料板製成的抽屜櫃、書架，已經扭曲變形。泛黃的檯燈罩老化而脆弱，看似一摸就碎。看在瑞卓利的眼裡，這些全是沒用的垃圾，但貝蒂・安看見破皮沙發、長短腳的椅子時，她認為是寶物或垃圾呢？

此外，冰櫃男屍被她歸類為哪一種物品？

「這男人是她殺的吧？」朵蒂問。

瑞卓利看著她。「經理，我不知道。我們甚至不清楚他的身分，只能等法醫的驗屍報告。」

「如果她沒有殺人，何必把人塞進冰櫃？」

「世人做的事，怪事可多著呢。」瑞卓利合上冰櫃蓋，慶幸自己不必再看凍結的臉、覆冰的睫毛。「也許，她只是不想失去他。」

「我猜，當警探的人都看過不少怪事。」

「多到我不願意去想。」瑞卓利嘆了一口氣，蒸氣吐了一團。這間小倉庫冷得令人受不了，詳細蒐證時必定辛苦，她想到就畏縮。至少這次不必和時間賽跑，不用擔心證物消失或嫌犯逃走。

瑞卓利的手機響起。「抱歉，」她說著站開幾步去接聽。「我是瑞卓利警探。」

「對不起，這麼晚了還打擾妳，」丹尼爾．布洛菲神父說。「我剛和妳先生通過電話，他說妳正在刑案現場辦案。」

她接到布洛菲神父的電話並不意外。教會將丹尼爾．布洛菲分派給波士頓市警局，刑案現場若有人慟失親屬，市警局通常會電請神父過來安撫。「還好，丹尼爾，」她說。「這案子大概沒有親屬，不需要勞駕神父過來開導。」

「我這通電話，其實是想請教莫拉的事。」他停頓下來。這話題無疑令他難以啟齒。這也難怪。他和莫拉的地下情瞞不住瑞卓利，他也一定明白瑞卓利不贊成他和莫拉交往，只是瑞卓利從未當面指責過。

「莫拉一直不接電話，」他說。「我很擔心。」

「說不定她只是不想接。」瑞卓利想說的是：尤其是你的電話。

「我已經留言五、六次了。我在想，也許妳能聯絡上她。」

「我還沒試過。」

「我想確定她沒事。」

「她不是去參加一場研討會嗎？說不定她關機了。」

「所以說，妳不清楚她去哪裡。」

「好像是在懷俄明州的什麼地方。」

「對，我知道她大概在哪裡。」

「你試過她住的旅館嗎？」

「問題是，她今天早上退房了。」

瑞卓利轉頭時，小倉庫的門又打開，法醫低頭鑽進來。「我現在有點忙。」她對布洛菲說。

「她預定明天退房。」

「所以說，她改變主意了。她安排了其他行程。」

「她沒有告訴過我。我擔心的是，我聯絡不上她。」

瑞卓利對法醫招手，看見他在家具堆之間擠身來到冰櫃前的佛斯特。她急著回去辦正事，因此以簡慢的語氣說：「搞不好她不想接電話。你有沒有想過，她說不定想單獨靜一靜？」

他沉默下來。

這問題問得無情，話一出口，她馬上後悔。「你應該曉得，」她改以較溫和的口吻說，「這一年她很辛苦。」

「我知道。」

「丹尼爾，決定權全在你手上。決定者是你，選擇者也是你。」

「我知道應該抉擇的人是我，妳覺得我知道這一點會比較好受嗎？」

瑞卓利聽出他的心痛，因此在心裡想：人類何苦自作孽呢？兩個學養俱佳的人，怎麼會作繭自縛呢？早在幾個月前，她就料到會有這一天，知道荷爾蒙終將退燒，新戀情的光彩也會漸漸失色，伴隨各人的只有悔恨、怨懟。

「我只想確定她是不是平安，」他說。「假如我不擔心，我也不會打擾妳。」

「我沒有掌握她行蹤的習慣。」

「妳總可以代我去關心她吧？」

「怎麼去關心？」

「打電話給她。也許被妳說中了，她或許只是在過濾我的來電。我們臨別前的對話不太……」他支吾一陣。「結尾的氣氛不是很理想。」

「你們吵架了？」

「沒有。不過我讓她失望了。我知道。」

「所以她才不肯回你的電話。」

「話雖這麼說，但拒絕回電不像她的作風。」

這一點倒是有道理。莫拉的個性太謹慎了，不會失聯太久。「我撥個電話給她吧。」瑞卓利說完掛斷電話，同時慶幸自己的人生如此安定。沒有淚，沒有風波，沒有狂喜暴怒，只有甜蜜在心頭，因為她知道，此時此刻丈夫和女兒正等著她回家。她感覺到，情場風暴波及到周遭許多人，例如父親愛上另一個女人而拋棄元配，而佛斯特的婚姻最近才崩潰。大家的行為都跳脫常軌，都不照規矩行事。她撥著莫拉的手機門號，一面心想：身邊仍有理智的人，只剩我一個嗎？

對方的手機響了四聲，她聽見應答語：「我是艾爾思醫師，目前無法接聽，麻煩您留言，我會儘快回電的。」

「喂，醫師，我們想知道妳去哪裡了，」瑞卓利說。「回通電話吧？」她掛掉後凝視自己的手機，忖度著莫拉不肯接聽的各種理由。脫離收訊範圍。電池耗盡。也許她擺脫了丹尼爾・布洛菲，擺脫了工作，命案和腐屍是眼不見為淨，在懷俄明玩得過火，所以才沒空回電。

「妳沒事吧？」佛斯特呼喚。

瑞卓利把手機收進口袋，望向他。「沒事，」她說，「應該不會有問題。」

8

「這裡發生了什麼事，大家有什麼看法？」猛灌威士忌的伊蓮說，有點口齒不清。「這家人跑去哪裡了？」

五個人在壁爐前圍成半圈，裹著從冰冷的二樓臥房抱下來的毛毯，周圍的地板上散置著晚餐的殘餘物。他們吃的是罐頭食品，有豬肉、豆子、起司通心粉，也拿鹹餅乾沾花生醬來果腹。這一頓高鈉大餐佐以一瓶廉價威士忌下肚。威士忌放在食品儲藏間裡，藏在幾袋子的麵粉和砂糖後面，被他們挖出來分享。

是女主人的威士忌，錯不了，莫拉心想。她記得相片裡的女人，兩眼無神，表情呆滯。食品儲藏間最適合女人藏酒，因為丈夫如果認定煮飯是女人家的任務，絕對不會進來廚房亂翻東西。莫拉喝一小口，威士忌順著喉嚨向下燒，令她不禁納悶，一個女人有什麼樣的難言之隱，怎會以暗地酗酒來麻痺神經、尋求慰藉？

「有了，」阿羅說，「我想出一套合理的情節，能解釋為何全家人走光光。」

伊蓮再添一杯，只攙加幾滴白開水。「說來聽聽。」

「晚餐時間到了，髮型難看的老婆把晚餐舀上桌，大家坐下來，正要禱告或進行什麼習慣動作，這個時候，老公突然抓住自己的胸口說：『我心臟病發作了！』所以全家坐進車子，飆去醫院。」

「前門也不鎖就走？」

「何必鎖呢？這裡有什麼寶貝，誰會想闖空門？」阿羅不屑地朝著家具揮一揮手。「何況，方圓幾英里一個鬼影也沒有，怎麼會有小偷？」他停下來，舉杯做出自我挖苦的乾杯動作。「在場人士另當別論。」

「我覺得，他們已經走了好多天。為什麼一直不回家？」

「路被堵住了。」莫拉說。她抽出她在葛拉伯加油站雜貨店買的報紙，雖說是今天早上的事，感覺卻恍若隔世。她把報紙攤開，挪近火光範圍，讓大家看得見標題。她早上買報紙時已經注意到這條新聞。

寒流再起

近一星期秋老虎發威，高溫直逼華氏七十度（攝氏二十一度），但寒流即將來襲。根據氣象預報，週二晚間的降雪將達兩到四英寸厚，威力更強的寒潮將接踵而至，預計在週六降下一場更大的雪。

「也許這家人回不來了，」莫拉說。「也許他們在禮拜二的寒流之前離家，那時候這條路還能通行。」

「這能解釋窗戶沒關的現象，」道格說。「因為他們走的時候氣溫還偏高。後來，寒流開始。」他朝莫拉的方向歪歪頭。「她很厲害吧？我不是說過嗎？艾爾思醫師總是能演繹出一套合乎邏輯的理論。」

「這表示，這家人正在等著通車的一天，等著回家。」阿羅說。

「除非他們改變主意了。」伊蓮說。

「門沒鎖，窗戶沒關，他們非回來不可。」

「回這種地方？沒電，沒鄰居。神經正常的女人，哪受得了這種房子？鄰居全跑去哪裡了？」

「這是一個糟糕的地方，」葛雷絲輕聲說。「換成是我，我不會想回來。」

大家轉頭看她。葛雷絲坐得遠遠的，毛毯裹得好緊，在陰影裡酷似一具木乃伊。她始終不講話，iPod不知在播放什麼，她聽得出神，但現在她摘下耳機，自個兒瑟縮著，瞪圓了眼睛，張望屋內。

「我看過他們的衣櫃，」葛雷絲說。「主臥房的。你們知道嗎，男主人有十六條皮帶？十六條喔，每一條各掛在一個鉤子上。衣櫃裡面也有麻繩。衣櫃裡為什麼會有麻繩？」

阿羅緊張地嘿嘿笑：「我想不出什麼限制級的理由。」他被伊蓮輕拍一下。

「我不認為他是好人。」葛雷絲凝視著火光範圍外的暗處。「說不定他老婆帶著小孩逃走了。說不定她們逮到機會，溜掉了。」她停頓一下。「如果她們運氣好的話。如果沒有被他打死的話。」

裹在羊毛毯裡的莫拉哆嗦一陣。即使是威士忌也驅趕不了突然籠罩室內的寒意。

阿羅伸手拿酒瓶。「嘩，要講鬼故事的話，最好多準備一點鎮定劑。」

「你已經喝夠多了。」伊蓮說。

「還有誰想講營火鬼故事？」阿羅望向莫拉。「以妳從事的工作，妳的故事應該講不完。」

莫拉瞥向葛雷絲，見少女又恢復沉默。莫拉心想，如果連我自己也被這種狀況搞得心裡毛毛的，十三歲的小女生會害怕到什麼地步？「我覺得這時候不適合講鬼故事。」她說。

「不然冷笑話？病理專家不是最擅長講停屍間笑話？」

莫拉知道，寒夜漫漫，他只是想閒聊解解悶，但她沒有這份興致。「我這一行沒什麼趣事，」她說。「相信我。」

大夥兒無言半晌。葛雷絲往壁爐靠近一些，注視著爐火。「要是能待在旅館該有多好。我不喜歡這地方。」

「我同意妳的看法，」伊蓮說。「這房子讓我心底發毛。」

「唉，不會吧？」道格說，又照常以樂觀的角度來審視現狀。「這棟房子蓋得不錯，很牢靠，能大致說明這家人的背景。」

伊蓮輕蔑一笑。「是啊，但選家具的品味爛透了。」

「飲食的品味也是。」阿羅指向被吃光的豬肉豆子罐頭。

「難吃嗎？你吃得倒很快。」

「伊蓮，情況危急，為了求生存，不得不吃。」

「你們有看見衣櫃裡的衣服嗎？清一色格紋布和高領衫。拓荒時代的裙裝。」

「有了，有了，我慢慢能想像到這一家人的模樣了。」阿羅以手指按著太陽穴，閉上眼皮，模仿印度教大師產生幻象。「我看見……」

「名畫《美式哥德》！」道格應和。

「不對，是影集《豪宅鄉巴佬》！」伊蓮說。

「喂，老媽，」阿羅學鄉下人的口音說，「再幫我舀一匙燉松鼠肉。」

三位老友爆笑得前仰後合，一方面是威士忌在作祟，另一方面是恥笑無緣見面的人實在是樂趣無窮。莫拉不想加入。

「妳看見什麼呢，莫拉？」伊蓮問。

「快說嘛，」阿羅催她。「陪我們玩遊戲嘛。妳覺得他們是什麼樣的人？」

莫拉環視室內，看見牆上缺乏飾品，只有那幅裱起來的畫像。在畫像裡，黑髮男人向上望，態度崇敬，眼神具有催眠作用。屋內沒有窗簾，沒有小飾物，唯一的書籍是DIY說明書，例如《柴油引擎修理須知》、《水電入門》、《居家獸醫手冊》。這個家不是女人的家，不是女人的世界。

「這個家由男主人全權掌控。」莫拉說。

其他人望著她，等她說明。

「你們看見了嗎？這客廳的每一項東西，哪個不是冷冰冰的，只講求實用？找不到妻子的痕跡，好像她根本不存在似的，簡直是隱形人。在這個家，女人沒有地位，被關在這裡，逃生無門，只好藉威士忌澆愁。」她停下來，因為她突然想起丹尼爾，淚湧上眼眶，視線模糊起來。我不也一樣？受困情網，無法脫身，和獨守山谷沒有兩樣。她眨一眨眼，視線恢復正常，這才發現眾人盯著她看。

「嘩，」阿羅輕聲說。「面對一棟空屋，就能做出這樣的心理分析，好厲害。」

「是你們要問感想的。」她喝乾杯底的威士忌，重重放下酒杯。「我累了，想睡覺。」

「大家都需要睡覺，」道格說。「我想熬夜幾小時，守著火。爐火不能熄滅，所以我們應該輪班看火。」

「我接下一班，」伊蓮自願。她蜷縮在地毯上，拉起毛毯蓋住身體。「時間到了叫我。」

大家紛紛躺下，想在編織地毯上找個舒服的睡姿，壓得地板吱嘎響。即使壁爐有火，客廳依然有寒意，毛毯下的莫拉仍穿著夾克。他們剛才從樓上的床鋪抱枕頭下來，她分到的枕頭有汗臭和刮鬍爽膚水的氣味。是男主人的枕頭。

就這樣，她嗅著男人味沉沉入睡，夢見一個目光無情的黑髮男人，站著低頭看她睡覺。她從男人的眼神看出敵意，沉睡的身體卻無法動彈，無法自我防禦。她驚呼一聲醒過來，嚇得瞪大眼睛，心跳如鼓。

沒有人站在她身邊。她向上凝視著空曠的黑影。

她的毛毯滑掉了，客廳裡好冷。她望向壁爐，發現柴火已經熄滅，只留幾塊紅光閃閃的木炭。阿羅背靠著壁爐，低頭呼呼大睡著。他沒把爐火守好。

莫拉被冰冷的地板凍僵，不停顫抖，站起來，對著壁爐再添一塊木頭。木頭幾乎是瞬間起火，不久便燒得劈啪響，散放出一波波宜人的熱氣。她不悅地瞪向阿羅，但阿羅卻一動不動。她暗罵，沒用的傢伙。這些人連一盆火都看不好，我對他們能指望什麼？把自己的命運託付在這群人的手上，失策啊。她已厭倦了阿羅的俏皮話、葛雷絲的怨言、道格樂觀到讓人厭煩的態度。此外，伊蓮令她不舒服，但她說不出癥結何在。她記得，道格在路上擁抱她時，伊蓮的眼色有異。我是插花攪局的人，是歡樂四人組的局外人，她心想。所以伊蓮討厭我。

爐火這時燒得旺盛明亮。

莫拉看手錶。凌晨四點了。差不多是她接班的時辰，乾脆別睡，守到天亮好了。她站起來伸懶腰之際，眼角瞥見一個現象。爐火照明的範圍邊緣閃現一點光輝。她湊過去看，發現木質地板上有幾小滴水珠。接著她注意到，在火光範圍之外有一小片白色的粉狀物。剛才有人開門，雪被吹進來了。

她走向門口，看到雪還來不及融化。她低頭去檢查雪花。印在粉雪上的是一只鞋印。

她轉頭，趕緊掃瞄全客廳，默數睡覺的人數。一個也不缺。

門沒上鎖；昨晚就寢前，大家懶得去鎖門。何必鎖呢？這一帶又沒有人煙。

她拉上門閂，走向窗戶往外望。雖然客廳裡又逐漸暖和起來，她照樣裹著毛毯發抖。風吹得煙囪嗚咽，她聽見雪花劃過窗玻璃的搔刮聲。她看不清窗外的情形，外頭只是一片黑。反過來說，外面的人必定看得見她，因為她的背後有爐火照耀著。

她從窗口退下來，在地毯上坐下，繼續發抖。門邊的雪已經融化，僅存的鞋印也不見了。也許門是在半夜被吹開了，有人起床去關門，所以留下鞋印。也許有人開門去查看天氣，或者去雪地小便。現在她的睡意全消，坐著看黑夜變白天，窗外的烏黑開始翻灰。

她的同伴沒有人翻身。

她站起來，想再添柴，發現只剩最後幾塊木頭。外面小屋裡的柴薪多的是，但可能很潮濕，放進壁爐之前必須先乾燥一下。如果不趁現在抱一些進來烘乾，白天勢必沒柴可燒。她望著熟睡不醒的同伴，嘆著氣。我不出去抱柴，還能指望誰去？

她穿上靴子，戴好手套，以圍巾包臉，打開前門閂，縮頭迎向寒風，向外跨出第一步，隨手把門帶上。寒風掃上門廊，冷冽如千針刺骨。鞦韆吱嘎抗議著。她低頭看，沒看見鞋印，但她想想，如果真有鞋印，早就被風磨平了。牆上掛著一支溫度計，顯示室外溫度是零下十一度。感覺更冷。

門廊階被雪淹沒，她邁出前腳，以為會踩到最上面的一階，不料她踩滑了，摔了一跤，撞擊力順著脊椎往上竄，痛感在頭顱裡爆發。她呆坐在原地片刻，被清晨的日光照得猛眨眼。日光從藍天斜射而來，把大地照耀得眩目。風颳走一把粉狀雪，撒在她的臉上，她哈啾一聲，頭疼得更嚴重。

她站起來，拍一拍褲子，瞇眼看著屋頂晶瑩的積雪。在兩排屋子之間，有一道純潔無瑕的新雪，邀請她過去踩一踩這堆無人碰過的完美雪景。她撇開踏雪的衝動，只是繞過屋角，在雪深及膝的環境下奮鬥前進，目標是小木屋。劈好的柴薪堆在小木屋裡，她想從最上層拉下一塊卻拉不動。木頭被凍成一團了。她一腳抵住柴堆，再使勁拉扯。啪嚓一聲巨響，結冰的樹皮忽然剝落，她向後跌撞，靴子被埋在冰雪下的東西絆倒，整個人摔在地上。

天剛剛亮，她就已經摔兩次跤了。

她的頭好痛，眼睛有被日光灼傷的感覺，肚子既餓又反胃，是昨晚喝太多威士忌的結果。一想到早餐又要吃豬肉煮豆子，她的心情更差。她掙扎著起身，四下搜尋剛才被她扯掉的木頭。她踹著雪，踢中一個障礙物。她隔著手套向雪地裡挖掘，摸到硬物。不是落地的那塊木頭，而是體積更龐大的物體，是被凍結在地面的東西，正是剛才絆倒她的異物。

她繼續撥開積雪，被眼前的景象霎然愣住。她不忍心看，倒退走開，然後轉身朝屋內直奔。

9

「這家人一定是把牠留在外面，害牠被活活凍死。」伊蓮說。

五人僵著臉，圍著狗屍站一圈，彷彿在墓穴旁哀悼死者，四周的寒風尖銳如碎玻璃。道格剛用鏟子把雪鏟開，現在完整的狗屍曝露出來，狗毛被雪冰得亮光點點。是一隻狼犬。

「太狠了吧，竟然把狗留在雪地裡？」阿羅說。「殘忍。」

莫拉跪下去，戴著手套去摸狗的身體側面。狗屍被凍僵了，身體硬如石頭。「我看不出外傷。而且不是流浪狗，」她說。「牠看起來天天有飯吃，而且掛著項圈。」金屬狗牌上雕刻著不太相稱的名字：幸運。「顯然是人類的寵物。」

「牠可能溜出房子，主人來不及找。」道格說。

葛雷絲抬頭，以哀傷的眼神說：「他們發現狗死了也不管，就把牠丟在這裡？」

「說不定他們急著走。」

「怎麼有人這麼狠心？我們絕對不會對狗做這種事。」

「女兒，實際的情形，我們並不清楚。」

「你會埋葬牠吧，對不對？」

「葛雷絲，牠不過是一條狗。」

「總不能把牠留在這裡。」

道格嘆氣。「好吧，交給我處理，我保證。妳進屋子去吧，把爐火照顧好，這裡的事全交給我。」

四人等著葛雷絲退回屋裡，然後伊蓮才說：「你不是當真吧？土地都結冰了，你真的要埋葬牠？」

「她害怕成那樣，妳不是沒看見。」

「害怕的人不只她一個。」阿羅說。

「我去鏟些雪，把狗屍蓋住就好。雪這麼厚，她不會發現狗屍還在。」

「我們回屋子裡吧，」伊蓮說。「我好冷。」

「我不懂，」莫拉說。她仍蹲在死狗旁邊。「狗不笨，狼犬尤其聰明。牠被餵得健健康康，有厚厚的毛皮可以過冬。」她站起來，審視四周環境，被反射而來的日光照得瞇眼。「這一面牆朝北，狗怎麼會躲在這裡等死？」

「不然要死在哪裡？」伊蓮問。

「莫拉質疑得有道理。」道格。

「我被你們搞糊塗了。」伊蓮說。無人想跟隨她回屋子去，她明顯煩躁。

「狗具有常識，」他說，「懂得找地方避寒，應該會挖雪坑躲進去，或者鑽進門廊下面，可以躲避寒風的地方很多，」他低頭看著死狗。「他偏偏死在迎風的這裡，好像是站在這裡突然暴斃。」

一陣風扯著他們的衣褲，在建築物之間颳出咻聲，吹起白色的亮片，他們則不語。莫拉看著厚厚的積雪在地面上高低不一，宛如白色的巨浪。她心想：埋在雪地裡的驚奇還有多少？

道格轉身望其他屋子。「或許我們應該進去別家看看。」他說。

四人以縱列前進隔壁民房。道格照常帶頭，以兩腳在雪地開道。他們踏上前門階。和他們昨晚睡的那間一樣，這一棟的門廊上也有式樣相同的鞦韆椅。

「多買幾座，說不定有折扣吧？」阿羅說。「買十送一。」

莫拉想起那幅全家福相片，女主人雙目無神。莫拉想像著，全村的女人蒼白寡言，坐在鞦韆椅上，像發條娃娃似地，坐著晃來晃去。複製屋。複製人。

「這家的門也沒上鎖。」道格說著推開。

門邊有一把傾倒的椅子。

後腳尚未踏進門檻的他們愣住了，對倒地的椅子感到困惑。道格把椅子扶正。「是有點奇怪。」

「看，」阿羅說。他走向掛在牆上的裱框畫像。「是同一個男人。」

晨曦如天堂之光，照在男人向上注視的臉上，彷彿上帝在稱讚他的虔誠心。莫拉細看著這幅畫像，發現一些先前忽略掉的細節。男人的背後是金黃的小麥。他穿白色農衫，袖子捲至手肘，彷彿他剛下田勞動過。他的眼珠黑如檀木，目光逼人，凝望著遙遠的蒼穹。

「他將集結正派人士，」阿羅說。畫框上面附有一面金屬牌，他朗讀出刻在牌子上的字。

「這傢伙是什麼人啊？為什麼家家戶戶掛著他的畫像？」

莫拉看見咖啡桌上攤著一本書，像是《聖經》。她把這本皮裝書封面合上，看見燙金印刷的書名。

《先知語錄 集居會之智慧》

「住在這裡的人應該屬於某個宗教團體，」她說。「他可能是他們的宗師。」

「這能解釋幾個疑點，」道格說。「不用電。生活方式簡樸。」

「懷俄明州也有亞米須教徒❻？」阿羅說。

「最近很多人嚮往單純一點的生活。在這座山谷裡，日子可以過得簡簡單單，糧食自己栽種，拒絕和外界往來。沒有電視，不受外界的誘惑。」

伊蓮笑說：「如果說，淋浴和電燈是魔鬼的傑作，那我自願下地獄。」

道格轉身。「我們去看看屋子的其他地方。」

踏進走廊，進入廚房，又是同樣的松木碗櫥和柴爐，相同的壓水機，和第一間一樣。這一棟的窗戶也開著，不過由於多了一面紗窗，雪被攔在窗外，只有幾顆晶亮的粉屑被颳進來。伊蓮走過去關窗戶，陡然倒抽一口冷氣。

「什麼？」道格問。

她倒退走，指著洗手台。「有東西——有東西死在裡面！」

莫拉走過去，看見一把屠刀，刀鋒有血漬。洗手台裡的濺血已經結冰，另外有成堆的灰毛。

「是兔子，」她說著指向附近一碗削過皮的馬鈴薯。「應該是有人準備煮兔肉。」

阿羅笑了。「薩林吉小姐，高竿喔，竟然有辦法拿別人的晚餐來嚇我們。」

「放著兔子不煮，廚師到哪裡去了？」伊蓮仍站得遠遠的，彷彿唯恐洗手台裡的兔子會復活起來，對她不利。「她開始剝兔子的皮，然後呢？她就把兔子擱在洗手台，走人了？」伊蓮看著其他人的臉。「回答啊。給我一套合乎邏輯的解釋。」

「也許她死了，」有人輕聲說。「說不定他們全死了。」

大家轉頭，看見葛雷絲站在門口。剛才沒有人聽見她進門。她抱著自己，在冰冷的廚房裡顫抖。

「說不定他們全躺在雪地下面，和那隻狗一樣——只是我們看不見而已。」

「葛雷絲，乖女兒，」道格柔聲說。「妳回去剛才那間吧。」

「我不想自己回去。」

「伊蓮，妳可以陪她回去嗎？」

「你們呢？打算怎麼辦？」伊蓮問。

「快帶她走，別囉唆。」他發飆。

伊蓮被他的火氣掃到，皺皺眉。「好，道格，」她繃著聲帶說。「我就照你的吩咐去做。我不是一向聽你的話嗎？」她牽起葛雷絲的手，帶她走出廚房。

道格嘆氣。「天啊，這地方越來越古怪。」

「說不定被葛雷絲說中了。」阿羅說。

❻ Amish，拒絕現代化的封閉小團體。

「連你也鬼扯?」

「積雪這麼厚,誰知道下面埋了什麼?有可能是好幾具屍體。」

「住嘴,阿羅。」道格走向車庫門。

「最近怎麼成了大家的口頭禪?老愛說,住嘴,阿羅。」

「我們先去所有房子走一走,看看哪些東西能派上用場。無線電啦,發電機啦。」他走進車庫,腳步停下來。「我們有救了。我發現逃生的工具了。」他說。

車庫裡停著一輛Jeep Cherokee休旅車。

道格衝向駕駛座的車門,一扯門把就開啟。「鑰匙插在裡面!」

「道格,看!」莫拉指向架子上的一團金屬鏈。「好像是輪胎防滑鏈!」

道格如釋重負地笑一聲。「如果能把這輛寶貝開上幹道,我們可能有機會一路開下山。」

「既然能走,他們為什麼不走?」阿羅說。他站著凝視休旅車,彷彿看著外星來的物體,不屬於這地方的東西。「住這一間的人,正要煮兔肉,既然急著走,為什麼把這輛好車留在這裡?」

「他們大概有另外一輛。」

「道格,這戶的車庫只容得下一輛。」

「可能是被第一間的人載走了。第一間的車庫裡面沒有車。」

「你只是瞎猜而已。這一戶有一輛不錯的新休旅車,洗手台裡的兔子等著被剝皮,卻一個人影也沒有。全家人去哪裡了?」

「有那麼重要嗎?重要的是,我們終於有辦法離開這裡了。我們趕快忙吧。如果去檢查其他車庫，應該能找到鏟子，甚至找得到鋼剪，可以剪斷路口的鐵鏈。」他走向車庫通往車道的門，把門往上拉。反射而來的日光忽然冒進來，大家瞇起眼睛。「一找到可能派得上用場的東西，直接拿走，我們以後再賠償居民。」

阿羅把圍巾纏得更緊一點，跋涉到對面的房子。莫拉與道格走向隔壁。道格在雪裡摸索門把，抓到之後往上拉，車庫門尖聲開啟，兩人都怔住了，凝視著車庫裡面。

裡面停著一輛小卡車。

莫拉轉身，望向對面的那間，看見阿羅剛打開另一間車庫。「喂，這裡也有一輛車！」阿羅喊。

「搞什麼鬼？」道格嘟囔著。他衝過蓋過膝蓋的積雪，來到隔壁，拉開車庫門，往裡面看一眼，然後繼續往下一間衝刺。

「這間車庫裡也有車！」阿羅大叫。

風聲淒厲，彷彿在喊痛，一道寒風如白馬奔馳而來，蹬起一陣陣雪霧。閃亮的雪雲刺痛莫拉的臉，她忍不住眨眼。剎那間，風停了，留下一種詭異而冰冷的寂靜。她觀察著對面的那排房子，如今車庫門全被打開了。

每一間各有一輛車子。

10

「我怎麼想也想不透，」道格邊鏟雪邊說。他忙著把Jeep休旅車後面的雪鏟掉，以便擺設輪胎防滑鏈。「我現在最關心的是救大家離開這裡。」

「我們搞不清楚村民出了什麼事，你一點也不在乎嗎？」

「阿羅，我們非專心不可。」道格站直，臉色因勞動而紅潤。他抬頭望天空。「我想在天黑之前把車子開上那條幹道。」

眾人一直鏟雪，現在稍事休息，人人臉前是自己呼出的蒸氣。莫拉看著駛出山谷的彎路，路面到處是深厚的積雪，即使能把休旅車開抵昨天棄車的地點，他們仍需開三十英里下山。而在那條三十英里的路上，他們仍有可能重演拋錨的老戲。

「我們也可以繼續留下來。」莫拉說。

「一直等著別人來救嗎？」道格哼著氣說。「那怎麼算是解決之道？我拒絕被動坐著。」

「我原定在今晚搭機回波士頓。如果我沒有出現在機場，朋友會知道我出了事，他們會開始找我。」

「妳不是說，沒有人知道妳跟我們出來玩？」

「重點是，他們一定會開始找人。我們在這裡，吃、住不成問題，想撐多久都行，何必冒險下山呢？」

他的臉更紅了，色調再加深一度。「莫拉，害我們受困深山的人是我，我一定要救大家出去。妳要信任我。」

「我不是說我不信任你。我只想指出，這時開車下山，車子如果又被卡住，又找不到地方避寒，那我們怎麼辦？」

「怎麼辦？不然我們坐在這裡等，一直等到什麼時候？」

「至少我們很安全。」

「安全？」發問的人是阿羅。「我嘛，我想貢獻一個值得思考的方向，因為好像只有我一人認為這地方不太對勁。這個地方……」他環視整排無人煙的民房，打一陣哆嗦。「這裡發生過一件壞事，而我猜那件壞事八成還沒結束。我贊成儘快離開這村子。」

「我也是，爹地。」葛雷絲說。

「伊蓮？」道格問。

「我的決定和你一樣，道格。我信任你。」

我們之所以會搞出這種飛機，癥結就在此，莫拉心想。我們全信任道格。但是，莫拉是外人，一票不敵四票，她說破嘴皮也無法制衡。此外，也許他們的想法才是正確的。這地方確實不太對勁，她也感覺到了。邪魔的語音殘存不散，似乎在風中低吟著。

莫拉再舉起鏟子。

在眾人合作之下，幾分鐘就在休旅車後面鏟出夠大的空地。道格把防滑鏈拖出來，平放在後輪的後方。

「鏈子很爛。」阿羅說，對著生鏽的防滑鏈皺眉。

「只找得到這些了。」道格說。

「有幾條聯結鏈斷了，這些鏈子可能撐不了多久。」

「只要能撐到車子開到加油站就行。」道格坐進休旅車，轉動車子的鑰匙。只轉第一次，引擎就發動。「耶，成功了！」他對著窗外咧嘴笑。「麻煩女生們帶一些補給品，只要是認為路上用得到的東西都拿來。阿羅和我負責套上防滑鏈。」

莫拉從屋裡捧出滿懷的毛毯時，防滑鏈已裝上輪胎，道格將車子倒出車庫。時間已過正午，大家急忙把備用品送上車，包括食物、蠟燭、鏟子和鋼剪。最後所有人上車，大夥兒沉默片刻，彷彿不約而同默默祈禱逃生成功。

道格深呼吸，換成行車檔，車子緩緩前進，防滑鏈撞擊著底盤，聲音嘈雜，壓著雪地往前方滾動。

「可能行得通，」道格喃喃說。莫拉從他的語氣聽出訝異的調調，彷彿連他自己本來也懷疑逃不出去。「天啊，真的可能行得通！」

兩列民房被拋在車後，車子開始爬坡離開山谷，循著昨天蹣跚而來的路回去。昨天的足跡已被新雪覆蓋，而且路肩難以確認，但休旅車照樣向前挺進，穩步爬坡。後座的阿羅輕輕喊著加油，一聲接一聲。

走。走。走。

現在，伊蓮和葛雷絲也加入，三人的聲音配合著防滑鏈甩中底盤的韻律。

走。走。走。

繼續高升，加油聲混雜著歡笑，車子幾乎來到離開山谷的中途點。坡度越來越陡，車子繞過一個急轉彎，他們聽見底盤摩擦雪地的聲響。

走。走。走。

連莫拉也不由自主地喃喃加油。她沒有喊出聲，只是在心裡默禱，希望這次能有好結果，大家最後能安然脫離山谷，駛上幹道，聽著防滑鏈敲底盤，一路行抵傑克遜荷爾。如同道格所言，大家日後必定津津樂道這段往事，逢人就提他們受困一個名為西天的怪村落，反覆講幾年也不累。

走。走。走。

休旅車冷不防往前猛衝一下，停住了，繫著安全帶的莫拉也被向前甩。她望向道格。

「別緊張，」道格說著換成倒車檔。「稍微倒車就好，讓車子多一點起跑的距離。」他踩油門。引擎呻吟著，車子卻不動。

「有沒有人覺得，這場面像是衰事重演？」阿羅說。

「不對，這一次，我們帶著鏟子！」道格下車，檢查車前擋泥板。「只不過是車子撞上的積雪有點深，鏟幾下應該就可以擺脫這堆積雪。下車吧，一起來鏟。」

「我有種衰事即將重演的感覺。」阿羅嘟噥著下車，拿起鏟子。

大家開始鏟雪時，莫拉發現，道格說得輕鬆，其實問題很嚴重。剛才車子偏離了路面，現在兩個後輪懸空。鏟完車前擋泥板下面的雪堆之後，前輪觸及冰封的路面，只能空轉，車身進退不得。

道格又從駕駛座下來，瞪著騰空的後輪和生鏽的防滑鏈，挫折感深重。「莫拉，妳負責開車，」他說。「阿羅和我來推。」

「一路推回傑克遜荷爾？」阿羅說。

「不然你有更棒的想法嗎？」

「如果同樣的事情一再重演，日落之前我們保證下不了山。」

「那你想怎麼辦？」

「我只是認為——」

「認為什麼，阿羅？你希望我們回那棟房子嗎？坐在裡面，等著別人來救？」

「欸，老兄，別激動嘛。」阿羅緊張一笑。「我又不是在號召政變。」

「推翻我啊。也許遇到難題應該改由你來作主，不要老是丟給我傷腦筋。」

「我從來沒有要求你負責。」

「對，是自然演變的結果。怪事，怎麼好像老是演變成這種結果。難題由我來想辦法，你袖手旁觀，我做錯事的時候，你才跳出來罵。」

「道格，別這樣嘛。」

「通常不就是這樣嗎？」道格望向伊蓮。「不是嗎？」

「你幹嘛問她？你明明知道她會怎麼回答。」

「你什麼意思？」伊蓮說。

「聽你的囉，道格，」阿羅模仿著。「我同意，道格。」

「操，阿羅。」她怒罵。

「妳比較想操的是道格！」

這頓脾氣撼動了所有人，大家噤聲，你瞪我，我看你。寒風吹襲坡地，雪片打擊著人臉。

「我來開開看。」莫拉小聲說，然後坐上駕駛座，欣然脫離冷戰。這三個老友有過什麼樣的糾葛，全與她無關。她僅僅是不期然的旁觀者，目睹一樁早在她插花之前就上演的心理劇。

道格終於開口時，他的嗓音沉靜而自制。「阿羅，我們一起去車子後面推，不然永遠脫離不了這裡。」

兩男在休旅車後面站定位置，阿羅在車後擋泥板的右側，道格在左邊，兩張臭臉都不吭聲，彷彿阿羅那頓脾氣從未發生過。但是，莫拉從伊蓮的臉上看見脾氣的效應。那頓脾氣在伊蓮的臉上凍結成一副羞辱的面具。

「催一催油，莫拉。」道格喊。

莫拉換成一檔，輕輕踩油門，聽見輪胎呻吟著，鬆弛的防滑鏈敲擊著底盤。道格和阿羅使盡全身蠻力推，休旅車向前移動幾吋。

「繼續催油！」道格命令。「車子動了。」

休旅車向前搖，向後搖，地心引力再度將車子拉回路面。

「不要停下來！」道格嚷著。「再加油！」

莫拉從後照鏡瞥見阿羅的臉，見他奮命推車而滿臉通紅。

她踩著油門，聽見引擎隆隆響，防滑鏈打擊輪弓的聲音越來越急促。休旅車猛然抽動一下，剎那之間傳來一種異樣的聲音。與其說是聽見，倒不如說是她體會到的一種感覺，一種悶響，好像休旅車壓到木頭。

接著是慘叫聲。

「熄火啊！」伊蓮敲著車門。「我的天啊，停車！」

莫拉立刻熄火。

慘叫聲來自葛雷絲。尖銳、直鑽耳鼓膜的哀嚎聽起來不像人聲。莫拉轉頭看她，卻看不出小女孩尖叫的原因，只見到她站在路邊，雙手緊抱著臉頰，眼瞼緊閉，拚命想逃避某種慘劇。

莫拉急忙推開車門下車。鮮血在白雪上濺灑一地，一灘灘鮮紅令人怵目驚心。

「壓住他！」道格叫嚷。「伊蓮，不能讓他亂動！」

葛雷絲的尖叫聲轉小，變成哽咽啜泣。

莫拉衝向休旅車的後面，看見地上有更多血，在亂雪上面冒蒸氣。她一時看不出血從哪裡來，因為道格和伊蓮跪在右後車胎的附近，擋住她的視線。她來到道格的背後，彎腰下去看，這才看見阿羅仰躺在地上，夾克和長褲滿是鮮血。伊蓮壓制阿羅的雙肩，道格則按住阿羅裸露的腹股溝。阿羅的左腿進入莫拉的視野——殘缺的左腿——她頭暈向後退。

「找止血帶給我！」道格大叫，拚命以沾滿鮮血的手掌按住股動脈。

莫拉趕緊解開腰帶抽出來，跪在猩紅的雪地上，冰冰的雪泥滲進長褲。雖然道格在動脈上施壓，血水依然涓流不止，滲入雪地。她把腰帶伸進阿羅的大腿下面，血染她的夾克袖子，在白尼龍布上劃出一道醒目的紅條。她把皮帶束好，感覺阿羅在顫抖，知道他快進入休克狀態。她把腰帶束得更緊，血勢緩和成細流。血止住了，按住動脈的道格才鬆手。他向後挪，看著殘破的皮肉與穿透性骨折，看著阿羅嚴重扭曲的腿，腳掌與膝蓋的方向相反。

「阿羅？」伊蓮說。「阿羅？」伊蓮搖搖他，但他已經失神，毫無反應。

道格摸摸阿羅的脖子。「有脈搏。他也有呼吸。我想他只是暈過去而已。」

「我的天啊。」伊蓮站起來，蹣跚走開。他們聽得見她在雪地嘔吐的聲音。

道格看自己的雙手，哆嗦之餘趕緊挖起一把雪，慌張地搓洗血手。「是防滑鏈，」他喃喃說，以雪搓揉著皮膚，彷彿多搓幾下就能將驚恐排除體外。「其中一條斷掉的聯結鏈勾到他的長褲，把他的腿捲進輪軸……」道格跪坐著，吐出一口氣，既是嘆息，也是啜泣。「休想把這輛休旅車開出山谷了。防滑鏈全報銷了。」

「道格，我們不把他抬回房子裡不行。」

「房子？」道格看著她。「媽的，抬他進手術房才有救吧！」

「總不能讓他躺在這裡受凍吧。他已經休克了。」莫拉站起來，四下張望。葛雷絲背對著他們，摟著自己。伊蓮蹲在雪地上，可能是頭重腳輕，無法站直。這兩人都幫不上忙。

「妳要去哪裡？」

「我馬上回來，」莫拉說。「你守住他。」

「我剛在其中一間車庫看見雪橇，可以用雪橇載他回屋子。」她走開開始往村子的方向跑步，靴子在休旅車碾出的痕跡上溜滑。能脫離血雪的場面、甩開被嚇傻的同伴，她如釋重負，更能凝神執行一項僅靠速度和肌肉就能達成的任務。她不敢想像的是，把阿羅拖回屋內之後呢？他傷勢如此之重，整條腿被絞成模糊的血肉和碎骨，運回去又能怎麼辦？

雪橇。剛剛在哪一間看見雪橇？

她終於在第三戶找到了。雪橇掛在牆上的鉤子，旁邊也掛著梯子和各種居家工具。這家人習慣把東西放至定位。她取下雪橇時，想像男主人把掛鉤敲進牆壁，把工具高高掛起來，以免讓小孩搆到。這座雪橇以樺木製成，不見商標，想必是自製品，手工精細，滑走面以砂紙磨得平滑，而且剛上過蠟，準備過冬。這些細節，她只靠一瞥就看進眼裡，激增的腎上腺素使得她的視線敏銳，反射作用也亢奮如高壓電。她掃瞄著車庫，尋找其他用得上的物品，找到幾根雪杖、麻繩、摺疊刀、一捲膠帶。

雪橇很重，她拖著雪橇走上坡路，不久便熱汗淋漓，然而，她寧可像馱馬做苦役，也不願跪在同伴被絞爛的肢體旁束手無策，煩惱著該如何是好。她喘著氣，致力爬上滑溜的路，心想，等到她回到意外現場，阿羅是否仍有一口氣在。一個念頭飛進她的腦海，令她震驚，但這念頭確實存在，以微弱的聲音闡述著殘酷的邏輯：他死了或許還比較輕鬆。

她再加一把勁，拉著雪橇繩，傾全身的重量對抗雪地的摩擦力和地心引力，一步步往上走，繞過急轉彎時，不顧握繩的雙手痠痛，繼續走過松林，覆雪的枝椏擋住她的視野，她看不清前方的路。應該沒有這麼遠吧？不是已經爬坡很久了？然而，休旅車的輪胎痕仍蜿蜒向前延伸，她也看見自己剛才往下坡狂奔時的靴印。

一聲尖叫劃破樹林，是椎心的悲鳴，以啜泣聲收尾。阿羅不僅活著，而且已經清醒過來。

她繞過彎路，前方的景象映入視網膜，大家仍在原地。葛雷絲照樣單獨在一旁瑟縮，雙手捂耳朵，想堵住阿羅的哭聲。伊蓮躲在休旅車邊，摟著自己，彷彿喊痛的人是她。莫拉拖著雪橇接近時，道格抬頭看見，表情是重重鬆了一口氣。

「把他固定在雪橇上的東西，有沒有帶來？」他問。

「我找到繩子和膠布。」她把雪橇拉至阿羅的身旁，阿羅的啜泣聲已經轉弱，現在只剩抽噎。

「妳抬他的臀腿部，」道格說。「我抬他的肩膀。」

「先用夾板固定斷腿才對吧。不然我帶雪杖來做什麼？」

「莫拉，」他輕聲說。「固定也沒用了。」

「非固定他的腿不行，總不能讓斷腿在下坡時晃來晃去。」

他低頭凝視阿羅的殘肢，自己卻無法動作。莫拉心想，他不肯去摸那條腿。

莫拉自己也不願意。

兩人都是學醫的，都是病理專家，解剖軀體、鋸開頭顱是稀鬆平常的事，但活生生的血肉之軀則另當別論。活人有體溫，會淌血，會傳遞痛感。莫拉一碰阿羅的腿，他便又開始慘叫。

「住手！請別碰我！不要！」

道格制住掙扎中的阿羅，由莫拉以摺疊好的毛毯來包裹傷腿，裹住骨折、韌帶斷裂、血肉模糊的部位，傷口已經被凍成紫色。傷肢包好後，她把這隻腳以兩支雪杖固定，用膠布黏上。等到她固定好了傷肢，阿羅已累得輕輕啜泣，唾液與鼻涕縱橫滿臉，被人側挪至雪橇、以膠布黏住時也無力抗拒。被折騰至此，他的臉色已經發黃，隨時有休克的危險。

道格拉起雪橇繩，所有人開始返回山谷。

回到西天。

11

阿羅被拖進屋內時再度陷入昏迷狀態。以他接下來即將遭遇到的事來說，不省人事也算是福氣。莫拉與道格拿著摺疊刀和剪刀，剪開阿羅身上的破衣褲。他剛才膀胱失禁，尿濕了長褲，阿摩尼亞的臭氣飄散開來。除了止血帶之外，他身上的破布、血褲全被剝掉，生殖器官裸露在外，模樣狼狽。這種場面不適合十三歲女孩觀看，因此道格轉頭對女兒說：「葛雷絲，壁爐的柴薪不夠用了，妳去外面搬一些進來。去！」

激烈的口氣把葛雷絲震回現實。她茫然點一點頭，離開屋子，一陣冷風在她關門之前鑽進來。

「天啊，」道格喃喃說，把所有注意力轉回阿羅的左腿。「我們要從哪裡著手？」

著手？可著手的部分太少了，只剩扭曲的軟骨和撕裂的肌肉，腳踝被扭轉了將近一百八十度，腳丫卻奇蹟似地安然無恙，只可惜腳丫已發青，無生命跡象。若非腳跟有一片如假包換的厚繭，否則可能會被誤認是義肢。這條腿沒救了，她默默想著。骨折部位以下的組織因止血帶的作用而失去血液循環。她不必摸摸腳丫，就知道它已經冷掉，毫無脈搏。

「這條腿是保不住了，」道格說，呼應了她的想法。「應該放鬆止血帶。」

「止血帶一鬆，他不是又會開始流血？」伊蓮問。她在客廳裡遠遠站著，始終不敢靠近，視線也轉向別處。

「他的心願會想保住腿的，伊蓮。」

「如果解開止血帶，你們怎麼幫他止血？」

「只好施行動脈綁紮。」

「動脈什麼？」

「挑出斷掉的血管，然後綁起來，這樣做會阻擋小腿的一部分血流，不過，替代循環足以維持小腿組織的生命力。」他注視著傷腿，思考著。「我們會用到一些器材。縫線。這棟房子裡面一定找得到針線盒。鑷子、鋒利的刀子。伊蓮，妳去燒開水。」

「道格，」莫拉說。「他的血管可能斷了好幾條，即使我們綁紮了其中一條，其他血管照樣會失血過度，我們沒辦法一條接一條挑出來綁紮。他沒有麻醉，怎麼受得了？」

「不然，乾脆現在就截肢算了。妳希望這樣做嗎？放棄它？」

「至少他能活下去。」

「少了一條腿。假如我是他，我可不願意。」

「你又不是他，不能替他決定。」

「妳也不能，莫拉。」

她看著阿羅，考慮著對他動刀的情境，拿刀對著仍有活力、仍有知覺的血肉挑挑挖挖。她的專業不是外科手術。平常某個人被抬上檯桌，讓她揮刀時，不會噴血，不會慘叫。

現在進行手術，可能會血肉橫飛。

「我們的路有兩條，」道格說。「一條是，我們儘量救回他的腿，另一條是保持現狀，讓它壞死，然後變成壞疽。腿組織壞死之後，他的存活機率也等於是零。我實在想不出其他辦法了。

我們非動手不可。」

「以不傷身為首要之務。你不覺得這條守則適用在這種狀況嗎？」

「我認為，現在不行動的話，我們將來會後悔。我們的責任是至少儘量救那條腿。」

阿羅斷斷續續吸了一口氣，呻吟起來，兩人低頭看他。

拜託，不要清醒，她心想。不要逼我們在你慘叫的同時對你動刀。

但阿羅的眼瞼慢慢打開，雖然因意識混淆而視線昏茫，他明顯有知覺，極力讓視線聚焦在莫拉的臉上。

「寧願……寧願死掉，」他低聲說。「唉，天啊，我受不了了。」

「阿羅，」道格說。「放心啦，老弟，我們會餵你吃止痛藥。我們去幫你找找看。」

「拜託，」阿羅低聲說。「求求你們殺了我。」他哇哇哭起來，淚水溜出眼眶，全身抖得厲害，莫拉認為他即將痙攣。但他的目光鎖定他們，懇求著。

她以毛毯覆蓋裸體的阿羅。拜新一批柴薪之賜，壁爐火勢已轉強，室溫逐漸攀升，尿臭也越來越濃。

「我皮包裡有Advil鎮痛錠，」她對道格說。「放在休旅車上。」

「Advil？那點劑量怎麼止得了這種痛？」

「我也有煩寧（Valium）[7]，」阿羅呻吟著。「在我的背包……」

[7] 長效型鎮靜劑的一種。

「背包也在休旅車上。」道格站起來。「我去把行李全搬回來。」

「我到附近的房子找找，」莫拉說。「一定能找到用得上的東西。」

「我跟你去，道格。」伊蓮說。

「不行。妳待在這裡照顧他。」道格說。

伊蓮的視線落向阿羅，不太甘願。顯然她最不願待的地方就是這裡，不想守在一個唉唉啜泣的男人身邊。

「記得要多燒開水，」道格說著踏出門檻。「我們用得上。」

屋外的強風夾帶細雪，陣陣刺痛莫拉的臉，但她很高興能離開屋子呼吸新鮮空氣，不必再聞血與尿的腥臭。她走向隔壁，聽見背後有踏雪聲，回頭看見葛雷絲跟過來了。

「我可以幫妳。」葛雷絲說。

莫拉斜眼看了她幾秒，在心裡嫌她礙事，但此刻的葛雷絲看起來無依無靠，只是一個飽受驚嚇的小孩，被大人忽視太久。

莫拉點頭。「葛雷絲，妳可能會幫上大忙。跟我來。」

她們爬上門廊階，推開門，進入屋內。

「我們要找什麼樣的藥？」葛雷絲問。兩人朝通往二樓的樓梯走去。

「什麼都可以，不要浪費時間去讀標籤了，全部帶走。」莫拉走進臥室，拽掉兩個枕頭套，把一個扔給葛雷絲。「妳去翻抽屜櫃和床頭櫃，儘量去搜他們可能放藥品的地方。」

莫拉進浴室，掃瞄藥品櫃的內容物，把一件接一件東西丟進枕頭套，只留下維他命。瀉藥。

阿斯匹靈。過氧化氫。任何可能有用處的藥物都搜刮。她聽得見葛雷絲在隔壁房間用力開關著抽屜。

她們來到下一間民房，枕頭套內的藥瓶子叮噹響。先走進前門的人是莫拉，只覺得屋內寂靜又陰沉。她沒有進過這一戶，這時她駐足，在客廳左顧右盼。牆上又掛著同樣的畫像。

「又是那個男人——」葛雷絲說。

「對，好像走到哪裡都甩不掉他。」莫拉往客廳裡面走了幾步，突然打住。「葛雷絲……」她小聲說。

「什麼事？」

「帶著枕頭套回去給伊蓮。阿羅急著吃藥。」

「我們還沒找完這一間。」

「我來就好。妳先回去，好嗎？」她把自己的枕頭套遞給女孩，稍微往門口的方向推她。「拜託，快去。」

「可是——」

「快。」

等葛雷絲離開屋子，莫拉才橫越客廳，現在注視著葛雷絲沒看見的東西。她最先察覺到的是一個鳥籠，一隻金絲雀死在籠子底，成了黃黃的一小堆，下面墊著接鳥屎用的白報紙。

她轉頭回來，焦點放在地板上，看著剛才令她陡然止步的東西：松木地板上的一抹褐色拖痕。她循著拖痕，來到走廊，最後走到樓梯間。

她站住了，凝視著樓梯底的一灘結冰的血。

她的視線上移至二樓，想像有人從二樓跌落，幾乎能揣摩顱骨被階梯撞破、整個人在她腳邊躺平的景象。她心想，有人在這裡墜樓。

或者是被推下樓梯。

回到屋子裡的時候，道格已經把休旅車上的行李搬回來。他打開阿羅的背包拉鏈，把東西全倒在咖啡桌上。莫拉看見鼻炎藥片、噴鼻劑、防曬油、護唇膏、琳琅滿目的盥洗用品。整理儀容的男士用品是應有盡有，獨缺能保他一命的良方。道格打開側袋的拉鏈，總算找到藥罐子。

「煩寧，五公絲，背痙攣時服用，」道格朗讀著。「能幫他度過這一關。」

「道格，」莫拉輕聲說。「剛才我走進其中一間房子，發現——」她縮口，因為葛雷絲和伊蓮走進來。

「妳發現什麼？」道格問。

「待會兒再告訴你。」

道格把搜刮來的藥物攤開來。「四環素、胺羥苄青黴素。」搖頭。「如果他的腳被病菌感染，這些抗生素不夠看。」

「幸好我們有找到Percocet[8]，」莫拉說著打開瓶蓋。「可惜只剩十幾粒。大家身上有其他的藥嗎？」

伊蓮說：「我隨身帶了一些可待因，放在我的……」她愣了一下，對著道格剛從休旅車帶回來的行李皺眉。「我的皮包呢？」

「我只找到一個皮包。」道格指過去。

「那個是莫拉的。我的哪裡去了？」

「伊蓮，我在休旅車上只看見這一個。」

「那你一定是漏掉了。裡面有可待因。」

「我待會兒去再去找，可以嗎？」他在阿羅旁邊跪下。「來，老弟，吃藥了。」

「讓我昏迷吧，」阿羅抽噎著。「痛得受不了。」

「這藥應該有幫助。」道格輕抬阿羅的頭，把兩顆煩寧和兩顆Percocet送進嘴裡，讓他喝一口威士忌。「吞下去。先等藥慢慢生效。」

「先等？」阿羅被威士忌嗆到，咳嗽時又流淚。「然後想幹什麼？」

「我們想治一治你的腿。」

「不要。不要碰它。」

「你的血液循環被止血帶綁住了，如果不放鬆，你的腿會沒救。」

「你想怎麼辦？」

「我們想結紮斷裂的動脈，以綁紮術來控制失血。我認為你傷到了脛前動脈或脛後動脈。如果其中一條動脈沒斷，血量應該足夠供應你的傷腿，讓它活下去。」

❽ 氧可酮與撲熱息痛的複方藥，只在美加上市。

「你是說，你會拿刀在裡面挖來挖去。」

「這樣才能確認哪一條動脈在出血。」

阿羅搖頭。「不行。」

「如果是脛前動脈，只需要挪挪幾條肌肉，就在膝蓋下面。」

「算了。別碰我。」

「我是為你著想。是會有一點痛，不過最後你會慶幸——」

「一點？一點？」阿羅沙啞笑得無助。「王八蛋，不准你靠近我！」

「你聽我說，我知道會痛，不過——」

「你知道個屁，道格。」

「阿羅。」

「別靠近我！伊蓮，看在老天的份上，把他趕走！」

道格站起來。「先讓你休息一下，好嗎？葛雷絲，待在這裡看著他。」他望向莫拉和伊蓮。「我們去別的地方。」

三人在客廳開會。伊蓮正在柴爐上燒開水，鍋子已經開始冒細泡，可以用來消毒器具了。窗戶因蒸氣而朦朧，莫拉看得見夕陽已漸漸西下。

「你不能強迫他吃這種苦。」莫拉說。

「我是為他好。」

「不麻醉就動手術？道格，你用腦筋想想看。」

「先讓煩寧慢慢生效，他會鎮定下來的。」

「可是，他即使睡著也不至於失去意識，仍然能感覺到刀割。」

「他以後會感激我們的，相信我。」道格轉向伊蓮。「妳贊成我的意見吧，對不對？總不能放棄他的腿吧。」

伊蓮遲疑著，顯然在兩難之間舉棋不定。「我不知道……」

「想解開止血帶，綁紮動脈是唯一的辦法。唯有綁紮，我們才可以恢復一部分的血液循環。」

「你真的認為你辦得到？」

「這種手術很單純。莫拉和我都懂人體構造。」

「可是，他會亂動，」莫拉說。「血會流更多。我無法同意，道格。」

「另一個辦法是犧牲他的腿。」

「我認為那條腿早已經救不回來了。」

「我認為還有救。」道格又轉向伊蓮。「表決一下。要不要救他的腿？」

伊蓮深呼吸一次，點點頭。「我投你一票。」

廢話。阿羅沒錯。她總是和道格站在同一邊。

「莫拉？」他問。

「我的想法你曉得。」

他望窗外。「我們的時間不多，天色快要暗了，煤油燈的亮度恐怕不夠。」他看著莫拉。

「伊蓮和我都贊成綁紮術。」

「你忘了阿羅那一票。他把他的意願說得很明白。」

「他目前缺乏決策的能力。」

「腿是他的。」

「而我們有辦法救活它！不過，我需要妳的協助，莫拉。沒有妳，我一個人做不來。」

「爸？」葛雷絲站在廚房門口。「他的狀況不太好。」

「什麼狀況？」

「他已經不講話了。而且，他打呼的聲音好大。」

道格點頭。「一定是藥效發作了。我們煮一煮器具。我們會用到針。準備一捲縫衣線。」他望著莫拉。「妳贊不贊成？」

反正我的意見不重要，她心想。無論贊成與否，他早就執意要動刀。

「我去找找看。」她說。

搜刮器具，消毒所有用品，耗費了一小時。這時窗外只透進一點傍晚的微光。煤油燈點燃了，放在阿羅身邊。在嘶嘶響的火焰照耀下，阿羅的眼眶深陷，彷彿自體在啃噬自己，軟組織因而向內塌。道格掀開毛毯，泡在尿裡的地毯散發出刺鼻的臭味。

腿蒼白如一塊冷凍肉。

再怎麼刷洗，也無法徹底清除手上的細菌，但道格與莫拉仍盡力以肥皂洗手，刷洗到幾乎破皮。洗完手，道格才伸手取刀。他拿的是削皮刀，是他們能找到的刀裡最纖細的一把，在消毒之前先磨利。道格在阿羅的腳邊跪下，眼睛首次閃現一絲不太有把握的神情。他瞥向莫拉。

「準備鬆開止血帶了嗎？」他說。

「你還沒結紮動脈。」伊蓮說。

「要先確認斷的是哪一條。唯一的方法是看血從哪裡流出來。伊蓮，妳要把他按住，因為他一定會醒過來。」他瞄向莫拉，對她點頭。

莫拉才微微鬆開止血帶，鮮血便從傷口激射而出，噴到道格的臉頰。

「是脛前動脈，」道格說。「我確定。」

「束緊皮帶呀！」伊蓮慌了。「他流太多血了！」

莫拉再把止血帶綁緊，看著道格。他深呼吸一口，開始動刀。

一切下去，阿羅立刻陡然驚醒大叫。

「按住他！別讓他亂動！」道格喊。

阿羅持續尖叫，想奮力趕走他們，頸腱緊繃，看似隨時有迸裂的危險。伊蓮盡力把他的肩膀壓回地面，卻無法阻止阿羅掙扎，他繼續亂踹宛如酷刑手的道格。莫拉儘量壓制他的大腿，但血與汗讓皮膚濕滑，她只好把上半身移到他的腰正上方，以自身的體重來壓人。阿羅的尖叫聲升高為嘶吼，直鑽她的骨頭，淒厲到令莫拉感覺那聲音來自她的體內，彷彿連她也同聲慘叫。道格講了一句話，被叫聲掩蓋，她沒聽見，抬頭時才看見道格已經放下刀。他一臉疲憊，在寒冷的客廳裡仍累出滿頭的汗。

「好了，」他說著坐在自己的腿上，以袖子擦拭額頭。「應該綁住了。」

阿羅啜泣著苦叫。「去你的，道格。去你們全部。」

「阿羅，我們是不得已的，」道格說。「莫拉，鬆開止血帶，看看血有沒有止住。」

莫拉慢慢鬆開腰帶，本以為鮮血又會泉湧而出，但這次不見淌血，連緩滲的現象也沒有。

道格摸摸阿羅的腳丫。「皮膚還是涼的，不過我認為血色已經開始恢復。」

她搖頭。「我看不出任何血流灌注。」

「有啊，妳看。顏色絕對慢慢在變。」他以掌心去按。「溫度好像提高了。」

莫拉皺眉看著腳丫的皮膚，怎麼看也看不出生命力和血色，和手術前沒有差別，但她不想說。她的感想不重要；道格自認手術成功，深信已經盡到該盡的義務，聽不進異議。他深信，一切都不會有事。在道格的世界裡，萬事終將雨過天晴，因此一切事情放膽去做。從飛機上跳傘，把命運託付給宇宙。

至少止血帶鬆綁了。至少阿羅不再失血。

她站起來，阿羅的汗臭附著在她的衣服上。阿羅痛得體力透支，現在已經吭不出聲，開始入睡。她揉揉自己痠痛的脖子，走向窗口往外望，以暫時轉移注意來鬆懈心情，注意什麼都行，只要別想到傷患就好。「再過一個鐘頭，天色會完全暗下來，」她說。「我們走不掉了。」

「那輛休旅車不行了，」道格說。「裝上那些爛防滑鏈也沒用。」她聽見道格在翻找藥瓶。

「Percocet夠他舒服至少一天。而且，伊蓮說她的皮包裡面有可待因，如果我找得到的話。」

莫拉從窗口轉身，大家的神態和她的感覺一樣疲乏。伊蓮癱坐在沙發邊，道格六神無主地看著一瓶瓶的藥。葛雷絲呢？葛雷絲早已逃出客廳。

「非送他去醫院不可。」莫拉說。

「妳說，妳朋友知道妳今晚會回波士頓，」伊蓮說。「他們會開始找人。」

「問題是，他們不知道該從哪裡找起。」

「加油站的老人不是賣報紙給妳嗎？他會記得我們。他知道妳失蹤會報警的。再怎麼樣，絕對會有人趕到這裡。」

莫拉看著地板上的阿羅，見他又陷入昏迷。即使趕到了，也可能來不及救他。

12

「妳想帶我去看什麼？」道格問。

「跟我來就是了。」莫拉悄悄說。來到門口，她回頭望客廳，看見其他人已睡著。想溜就趁現在。她拎起煤油燈，走出門，進入夜色。

一輪滿月高掛，星斗滿天，不需要提燈也看得見路；雪地似乎在他們的腳下散發螢光。風勢已經減弱，唯一的聲響是踩破冰殼的脆裂聲。雪地表面結冰成近似蛋白酥皮。她帶頭走向成排的幽靜民房。

「提示一下嘛。」他說。

「我不想在葛雷絲面前提。我看見了一個東西。」

「什麼東西？」

「在這棟裡面。」她在門廊前站住，凝望著黑壓壓的窗戶，星光、月光都沒有從窗戶反射而來，彷彿再微弱的光線也能被裡面那片黑暗吞噬。她踏上門廊，推開門，煤油燈在兩人周圍灑下一圈微光，隨著他們走過客廳。在光線周圍的暗處，家具的輪廓隱隱可見，也有相框反射的光。畫像裡的黑頭髮男人瞪著他們看，黑影裡的眼珠幾乎栩栩如生。

「我最先注意到的是那個。」她指向角落的鳥籠。

道格走過去，看見裡面躺著一隻金絲雀。「又死了一隻寵物。」

「跟那條狗一樣。」

「誰這麼狠心，養了金絲雀，讓牠活活餓死？」

「這隻鳥沒有餓死，」莫拉說。

「什麼？」

「看，鳥飼料還很多。」她把煤油燈湊向鳥籠，照亮滿滿的飼料盒，啄水壺裡的水結成冰。

「這棟的窗戶也沒關。」她說。

「被凍死的。」

「還有。」她踏進走廊，指向松木地板上的拖曳痕跡，宛如有人拿著畫筆在地上揮灑。在陰暗的煤油燈光中，褐色的痕跡近似黑色。

道格凝視著拖痕，一句話也不說。他默默循著抹痕走，痕跡越來越寬，最後來到樓梯間。他在這裡駐足，看著凝結在腳邊的一灘血。

莫拉提起煤油燈，火光顯示樓梯上有深色的濺漬。「開始出現噴血的痕跡大約是在樓梯的中途點，」她說。「有人從樓上摔下來，撞到樓梯，最後躺在這裡。」她放低煤油燈，照亮樓梯底的那灘乾血，裡面有東西亮了一下，是銀絲狀的物品。她下午過來時沒有注意到。她彎腰下去，看出是一條金色的長髮，一部分被血黏住。女人。一個女人躺在這裡，仍有心跳，至少殘喘了幾分鐘，失血才有可能蓄積成湖。

「是意外嗎？」道格說。

「也可能是謀殺。」

在微弱的光線中，她看見道格的嘴抽搐成半笑的表情。「不愧是法醫。在我眼裡，我認為不見得是刑案現場。只不過是血跡罷了。」

「流了很多血。」

「卻沒有屍體。沒有證據說明這裡到底發生什麼事。」

「屍體失蹤的現象讓我憂心。」

「假如屍體還在地上，我會更憂心。」

「不然屍體在哪裡？被誰拖走的？」

「這家人吧？可能是他們把人送醫院去了，所以金絲雀才被凍死。」

「如果這女人受傷，送醫時應該被抬走，而不會像死屍一樣被拖走。但是，如果他們想湮滅遺體的話……」

他的視線尋著拖曳痕跡移動，一直移進走廊的黑影裡。「他們始終沒有回來清除血跡。」

「也許他們想回來，」她說。「也許他們回不了這座山谷。」

他望著莫拉。「大雪讓他們回不來。」

她點頭。煤油燈裡的火搖了一搖，彷彿被幽靈吹一口氣。「阿羅說得沒錯。道格，這村子裡發生過恐怖的事，所以才留下血跡、死掉的寵物、空屋。」她看著地板。「還有證據，留下能說明事發經過的證據。我們一直希望有人回來這裡發現我們。」她看著他。「可是，如果他們回來了，但卻不是來救我們呢？」

道格甩一甩頭，好像被她在身上施妖法，他想努力甩開來。「莫拉，一整個村子的人全消失了，」他說。「十二棟房子，十二個家庭。如果這麼多人出了事，想隱瞞也不可能。」

「在這座山谷就可以。能隱瞞的事物多的是。」她看著圍繞周遭的黑影，胡思亂想著油燈照明範圍外潛藏著什麼危機。她把夾克拉得更緊。「我們不能在這地方久留。」

「留下來等待救援是妳的建議。妳自己今天早上說過。」

「今天早上到現在，很多客觀條件惡化了。」

「我想救我們離開這裡。我一直在盡全力。」

「我沒說你沒盡力。」

「可是，妳心裡在責怪我，對不對？妳心裡在怪我。」他大嘆一聲，轉過身。「我保證，我會想辦法救大家出去的。」

「我沒怪你。」

他在黑暗中搖頭。「妳應該怪我。」

「只能怪狀況連連出錯，而這些狀況沒有人能預測得到。」

「結果我們受困深山，阿羅的一條腿八成保不住了，更有可能保不住命。」他仍背對著莫拉，無法正面看人似的。「我很抱歉邀妳一起來。我實在沒想到這一趟會搞得烏煙瘴氣，找妳來玩卻搞成這樣，真的很抱歉。」他轉過去面對她，油燈加深了他臉上的每道陰影。與在餐廳對她眉飛色舞的人恍若隔世，以輕鬆的口吻要她接受冥冥之中安排的人也不是他。

「莫拉，碰到這種事，沒有妳我應付不過來，」他說。「講這種話或許自私了點，不過從我的角度來看，或從阿羅的角度，我很高興妳在這裡。」

她強擠出笑容。「抱歉，我沒有同感。」

「對，我相信現在的妳最不喜歡逗留的地方就是這裡。妳大概最想搭飛機回家。」

回丹尼爾身邊。這時候她的班機應該已降落，丹尼爾已發現她不在飛機上。他會慌張嗎？或者他會以為，這是她懲罰他的手段，以報復他帶來的心痛？你對我的認識應該沒這麼淺。如果你愛我，你會知道我碰上麻煩了。

莫拉和道格離開血痕遍地的走廊，穿越陰暗的客廳，走出門，進入一片星月照亮的景物，看得見火光閃閃的那一棟。其他人正在裡面睡覺。

「老是負責大局，我厭煩了。」他望著那棟的窗戶。「老是被拱出來當頭，好煩。不過，他們等著我帶隊。事情不如意的時候，阿羅就發牢騷，他卻從來不肯跳出來帶頭，寧可坐在邊線外面抱怨。」

「伊蓮呢？」

「她是什麼樣的人，妳應該看見了。她老是：你決定吧，道格。」

「那是因為她愛上你了。」

道格搖頭。「我和她是很單純的朋友。」

「沒有超出友誼的範圍嗎？」

「以我來說是沒有。」

「她對你的心意不同。阿羅看得出來。」

「我從來沒有鼓勵她，莫拉。我絕對不會對阿羅做那種事。」他轉向她，五官在油燈下顯得更分明、更清晰。「我想要的人是妳。」他伸手過去摸她的手臂。這動作很小，只是戴著手套輕拂她的袖子，相當於無言的邀約，表示的心意是：下一步棋輪到妳了。

她抽身向後，刻意脫離他可碰觸的範圍。「該回去照顧阿羅了。」

「這麼說，我倆之間什麼也沒有，是嗎？」

「從來就沒有。」

「那妳為什麼要接受我的邀請？為什麼同意跟我們一起來？」

「因緣際會吧，道格。那天我迫切想瘋一下，想做一做衝動的事。」淚水將油燈光模糊成一抹金霧，她眨眨眼，把淚壓回去。「是我不好。」

「所以說，這決定跟我無關？」

「是我衝著另一個人做的決定。」

「是妳晚餐提到的那個男人。是妳等不到的那個男人。」

「對。」

「等不到他的情況沒有改變，莫拉。」

「但我變了。」她丟下這句話走掉。

莫拉走進屋內，發現大家仍熟睡中，爐火已熄，只剩餘燼。她添一塊木頭，在壁爐前站著，爐火旺起來，嘶聲和爆裂聲不絕如耳。她聽見道格從她背後走進門，把門帶上，陡然颳進的一陣新鮮空氣吹得爐火打顫。

阿羅睜開眼睛，低聲說：「水。拜託，水。」

「沒問題，老弟。」道格說。他跪下去，抬起阿羅的頭，以杯緣就阿羅的嘴唇。阿羅大口大口狂嚥，有一半的水從他的下巴流掉。喝夠了，他才把頭攤回枕頭上。

「要不要拿什麼東西給你？餓嗎？」道格問。

「冷。好冷。」

道格從沙發取來一張毛毯，輕輕為他蓋上。「等我們把爐火燒得更旺，你會比較舒服。」

「做了好多夢，」阿羅喃喃說。「好怪的夢。屋裡有好多人，都在看我。站在旁邊，一直看。不知在等什麼。」

「麻醉劑會讓你做噩夢，沒錯。」

「不是噩夢，真的，只是怪。說不定他們是天使。奇裝異服的天使，像那幅畫裡的男人。」他凹陷的眼睛轉向莫拉，目光卻似乎不在她身上，而是在她的背後聚焦，彷彿有幽靈貼著她的後背潛伏。「也有可能，他們是鬼魂。」他低聲說。

*他在看誰？*莫拉猛然轉頭，只見空氣。她也看見畫像裡的男人以黑炭眼珠瞪她。西天村的家家戶戶掛著同一幅畫像。火光從他的臉上反射回來，彷彿他的體內燃燒著一團聖火。

「他將集結正派人士，」阿羅引述附在畫框上的牌子。「如果是真的，怎麼辦？」

「什麼是真的？」道格問。

「說不定，村民真的全被他集合起來，全被他帶走了。」

「你是說，被他帶出山谷？」

「不對。上天堂。」

木頭在壁爐裡爆開，如槍聲般驚人。莫拉想起，她在某家的臥室看過一面十字繡，上面繡著「為永恆預做準備」。

「很怪，你不覺得嗎？」阿羅說。「兩輛車上的收音機都不管用，只接收到沙沙聲，一個電台也沒有。而且我們的手機也沒有訊號。什麼都沒有。」

「這裡是荒郊野外啊，」道格說。「而且這裡四面是山，沒訊號很正常。」

「就這麼簡單，你確定？」

「不然是什麼原因？」

「假設說，外面的世界真的發生什麼災難了，只是我們被困在這裡，所以不曉得。」

「什麼災難？核子大戰嗎？」

「道格，為什麼沒人過來找我們？你不覺得奇怪？」

「因為還沒有人注意到我們失蹤。」

「或者是，也許外面的世界已經一個人也不剩了。大家全走了。」阿羅的窟窿眼緩緩望進黑影幢幢的地方。「道格，我可能猜得出這村子住過什麼人。我好像看得見他們變成的鬼魂。他們來這裡等待世界末日。等待超脫的那天。也許，那天到了，只是我們不曉得。」

道格笑起來。「阿羅，相信我，這些人碰到的事情不是那樣。」

「爸？」縮在角落的葛雷絲細聲說。她坐起來，拉緊身上的毛毯。「他在說什麼啊？」

「他吃了藥，有點糊塗。」

「什麼是超脫？」

道格與莫拉互相望著對方，他嘆氣後說：「那是一種宗教觀念，女兒。有人異想天開認為，這世界會發生終極大戰，末日一到，只有被上帝欽點到的子民能夠升天。」

「剩下的人呢？」

「所有人會受困在地球上。」

「被屠殺掉，」阿羅低聲說。「走不掉的罪人，一個也活不下來。」

「什麼？」葛雷絲以驚恐的眼神看著父親。

「寶貝，無稽之談，忘掉比較好。」

「可是，有些人真的相信？他們相信世界末日快來了？」

「有些人也相信外星人會來綁架地球人。動一動妳的小腦袋瓜呀，葛雷絲！妳真的以為，人類會被魔法變進天堂去？」

窗戶搖了一下，好像有什麼東西搔刮著玻璃，想進屋子裡。一陣空氣從煙囪向下灌出嗚聲，打散了爐火，將一股煙送進客廳。

葛雷絲摟住膝蓋貼胸。她抬頭望著飄忽不定的黑影，小聲說：「不然，這裡的人，全跑去哪了？」

13

這十公斤重的女娃是「不要」兩字製成的。上床?不要!睡覺?不要!不要!不要!不要!

瑞卓利和嘉柏瑞累得兩眼無神,癱在沙發上,看著女兒蕾吉娜團團轉,像一個特小號的旋舞僧。

「她能熬夜多久?」瑞卓利問。

「比我們更久。」

「她好厲害,不會頭暈、嘔吐。」

「是啊。」嘉柏瑞說。

「應該管教一下。」

「對。」

「家長應該站出來。」

「我完全同意。」他望向瑞卓利。

「什麼?」

「輪到妳扮演黑臉警察囉。」

「為什麼是我?」

「因為妳行啊。何況,我已經把她抱上床三次了,她不肯聽我的話。」

「因為她發現FBI先生比較好欺負。」

他看手錶。「珍，已經半夜了。」

女兒卻旋轉得更快。我在她這個年齡，該不會也是一個磨娘精？瑞卓利心想。這就是現世報一詞的真諦吧？等妳長大了，妳會生一個和妳一樣的女兒，瑞卓利的母親以前常嘮叨她。

母親的預言應驗了。

瑞卓利悶哼著，從沙發站起，黑臉警察終於出動了。「該上床了，蕾吉娜。」她說。

「不要。」

「上床。」

「不要！」小搗蛋匆匆跑開，黑色捲髮蹦呀蹦。瑞卓利把她趕進廚房，一把抱起，感覺像抱住一條猛擺尾的魚，魚身的每條筋肉都在反抗她。

「不去！不去！」

瑞卓利抱起女兒，走向育兒室，小手小腳在她的懷裡亂揮。她把女兒放進嬰兒床，熄燈關門，卻只讓女兒哭鬧得更兇。不是苦悶的哭鬧，而是純粹的怒火。

電話響了。可惡，又是鄰居打來抗議。

「告訴他們，我們拒絕餵她吃煩寧！」瑞卓利說。嘉柏瑞走進廚房接聽。

「該吃煩寧的人是我們，」他告訴妻子，然後拿起話筒。「喂？」

瑞卓利累得直不起腰，倚在廚房門口，想像著電話另一端的人正在破口大罵。來電者肯定是隔壁的溫莎．米勒夫妻。三十來歲的這對，一個月前才搬進這棟公寓，就已經來電抗議不下十幾次。你們家小孩吵得我們整晚沒睡。你們可要知道，我們兩個白天的工作很忙。你們管不動她嗎？溫莎．米勒夫妻沒小孩，因此不明白一歲半的幼兒不像電視機，不是說開就開，說關就關。瑞卓利有機會瞄一眼他們的公寓，裡面是一塵不染。白沙發、白地毯、白牆。住那間公寓的夫妻，一想到黏黏的小手在貴重的家具上到處摸，不抓狂才怪。

「找妳。」嘉柏瑞遞出話筒。

「鄰居？」

「丹尼爾．布洛菲。」

她望一眼廚房的時鐘。半夜打電話來？一定是出事了。她接過電話。「丹尼爾？」

「她不在飛機上。」

「什麼？」

「我剛離開機場。莫拉沒搭她預定的班機回來。而且，她一直沒回我的電話。我不知道她——」他停頓下來，瑞卓利聽見車子在按喇叭。

「你在哪裡？」

「我在開車，正要進入隧道，隨時可能斷線。」

「你直接過來我們家再說。」瑞卓利說。

「妳是說，現在？」

「嘉柏瑞和我都還沒睡。我們應該好好討論一下。喂？喂？」

隧道切斷了電話的連線。她掛掉話筒，看著丈夫。「好像出狀況了。」

半小時之後，丹尼爾．布洛菲神父到了。蕾吉娜終於哭累，睡著了。他走進公寓時室內很安靜。瑞卓利在執勤時見過他。即使在最累人的狀況下，即使在受害人家屬哭天喊地、向他求助的刑案現場，他總是靜靜散發出堅強的氣度。只要他肢體一碰觸到對方，或是輕聲問候幾句，再心亂如麻的人也能被他安撫下來。今晚，心亂如麻的人是神父自己。他脫掉黑色的冬季大衣，瑞卓利看見他沒戴神職領，穿的是藍色毛衣和牛津衫。一身老百姓的裝束令他更顯得脆弱。

「她沒在機場出現，」他說。「我等了將近兩個鐘頭。我知道她的班機降落了，所有的行李也被領走，機場卻不見她的人影。」

「說不定你們沒看見對方，」瑞卓利說。「也許她下了飛機，找不到你。」

「那她怎麼不打我的手機？」

「你打給她了嗎？」

「一通接一通。沒有人接聽。我整個週末都找不到她。那天打電話給妳之後，一直打不進去。」

而我卻不把他的憂慮當成一回事，她心想，悵然感到一絲愧疚。

「我去煮咖啡，」她說。「我們該多喝一點。」

三人在客廳坐下，瑞卓利和嘉柏瑞坐沙發，丹尼爾坐扶手椅。公寓裡的暖意並未在丹尼爾的臉頰烘出血色，他依然臉色土黃，雙手握拳放在膝蓋上。

「你最後一次和莫拉通話，氣氛不太融洽，對吧？」瑞卓利說。

「對。我……我不得已，結束得有點急。」丹尼爾承認。

「為什麼？」

他的臉皮更加緊繃。「我們應該討論莫拉的事，重點不是我。」

「我們是在討論她的事啊。我是想瞭解她的心境。你不得不趕緊掛電話，會不會讓她覺得被冷落了？」

他低頭。「有可能。」

「你有再打給她嗎？」嘉柏瑞問。他用的是從實招來的口吻。

「那天晚上沒有。時間很晚了。我一直到禮拜六才再撥電話給她。」

「她沒有接聽？」

「沒有。」

「搞不好她只是在生你的氣，」瑞卓利說。「你應該知道，這一年來，她過得很辛苦，一直對外隱瞞你們兩人之間的關係。」

「珍，」嘉柏瑞插嘴。「講這個沒用。」

丹尼爾嘆一口氣。「是我自作自受。」他輕聲說。

對，你是活該。你破戒在先，現在又毀了她的心。

「就你所知，能從莫拉的心境解釋她失聯的現象嗎？」嘉柏瑞問。他又用執法人員公事公辦的語氣。在場的三人當中，能從邏輯的角度來解謎的人似乎只有他。在緊張的場面下，瑞卓利見過丈夫以這種方式應對，也看過他在場面更混亂、眾人更慌張時，他反而更沉著、更專心。一場危機交給嘉柏瑞．迪恩去處理，他能在第一時間脫胎換骨，從倦怠的老公變成FBI調查員。她有時候會忘記老公是FBI。現在，他注視著丹尼爾，大小動靜盡收他眼裡，眼神卻不透露任何內涵。

「她有難過到做出傻事的程度嗎？」嘉柏瑞問。「會不會傷害自己？甚至做出更嚴重的事？」

丹尼爾搖頭。「以莫拉的個性不會。」

「壓力太大，人難免做出反常舉動。」

「她就是不會！嘉柏瑞，你自己也認識她。你們兩個都認識她。」丹尼爾望向瑞卓利，然後把視線轉回嘉柏瑞。「你真以為她有那麼幼稚？以為她會以斷絕音訊的方式來懲罰我？」

「她不是沒做過出人意表的舉動，」瑞卓利說。「她不是愛上你了嗎？」

他臉紅起來，臉頰總算出現紅暈。「可是，她不會做不負責任的事情，不會像這樣憑空消失。」

「消失？或者，只是躲著你吧？」

「她在那班飛機上訂了座位，也叫我去接機。莫拉是說到做到的人。如果辦不到，她會打電話通知。她再怎麼鬧脾氣，也不會做出這麼無聊的事。瑞卓利，妳明白她的為人。我們都明白。」

「但是，假如她的心情煩過頭了呢？」嘉柏瑞說。「採取激烈手段的人很多。」

瑞卓利對他皺眉。「你想說的是什麼？自殺？」

嘉柏瑞將目光固定在神父。「你們兩個最近到底發生過什麼事？」

丹尼爾的頭低下去。「我想，我們已經明瞭到……再這樣下去也不是辦法。」

「你告訴她，你想分手？」

「沒有。」丹尼爾抬頭。「她知道我愛她。」

只有愛是不夠的，瑞卓利心想。不夠用來共築一段人生。

「她不會傷害自己。」丹尼爾在椅子上坐直，態度剛強起來，表情篤定。「她也不是愛耍心機的人。一定是出事了。我不敢相信妳不肯認真看待。」

「我們很認真啊，」嘉柏瑞鎮定說。「所以才問你這麼多問題，丹尼爾，因為懷俄明的警方也會問你相同的問題。她的心境如何？她是否可能決定失聯。我只想確定你是否能回答。」

「她住哪一間飯店？」瑞卓利問。

「在提頓村，名叫高山旅館。我問過旅館，他們說她禮拜六早上退房了。提早一天走。」

「她去哪裡，你知道嗎？」

「不知道。」

「會不會提前一天搭飛機回來？也許她已經回波士頓了。」

「我打過她家的電話，甚至開車去她家，裡面沒人。」

「關於她的行程，你另外掌握了多少？」嘉柏瑞問。

「我有她的班機號碼，知道她在傑克遜荷爾租車。她說研討會結束後，她想在那附近開車逛一逛。」

「租車行是哪一家？」

「赫茲。」

「除了你，她跟誰聯絡過？會不會和醫事檢驗所的同事通過話？或者她的秘書？」

「禮拜六我打給路易絲，她說她也沒接到電話。我沒有繼續打聽，因為我以為……」他望向瑞卓利。「我以為妳會打電話找她。」

這句話並無指責之意，但瑞卓利聽在耳裡，臉頰泛起歉疚的紅暈。丹尼爾確實來電請她打聽，她卻心不在焉，滿腦子是冰櫃男屍、不安分的娃娃，所以忘了這件事。她不太相信真的出事，以為只是情侶吵吵架之後的冷戰。這種事情見怪不怪，不是嗎？更何況，事實擺在眼前，莫拉確實提前一天退房，是她刻意改變行程，怎麼看也不像她遭人綁架。然而，再怎麼找藉口，瑞卓利也無法原諒自己只撥一通電話到莫拉的手機。如今，事情拖了將近兩天，最有可能尋獲失蹤人口、鎖定嫌犯的黃金四十八小時已經溜走。

嘉柏瑞站起來。「該打幾通電話了。」他說。他走進廚房。瑞卓利和丹尼爾對坐著，無言，旁聽他在廚房裡講電話。瑞卓利常說嘉柏瑞的這種口氣是FBI的調調，沉穩、權威，只在辦公事時拿出來使用。現在聽著嘉柏瑞，她覺得難以相信的是，一個兩三下向頑固幼兒投降的男人竟然能用這種口氣講話。她心想，應該打電話的警察是我。都怪我，是我忘了及時追查。但她知道，接電話的人無論是誰，聽見FBI大名的人會立刻凝神傾聽。老公是FBI，就應該懂得善用。

「……女性，四十二歲吧。黑色頭髮。一六八公分，大約五十四公斤……」

「她為什麼提前一天退房？」丹尼爾輕聲問。他在扶手椅上坐得僵直，凝視正前方。「我搞不懂她為什麼那麼做。她去哪裡了？是去另一個城鎮，改住另一間旅館嗎？為何突然改變計畫？」

也許她遇見別人了。邂逅了某個男人。瑞卓利不想說，但這確實是她最初的想法，是任何警察最先想到的可能性。一個寂寞的女子，去外地出差。一個女人，男友剛令她失望。這時來了一位陌生型男，提議一起開車到外地兜風，拋開原定行程，來場小冒險。

也許她冒險時跟錯了男人。

嘉柏瑞走回客廳，帶來無線聽筒。「他待會兒會回電。」

「誰會回電？」丹尼爾問。

「傑克遜荷爾的警探。他說，上個週末沒有車禍致死的意外，他也不知道住院傷患當中有誰姓名不詳。」

「至於……」丹尼爾吞吞吐吐。

「也沒有無名屍。」

丹尼爾嚥一嚥口水，癱向椅背。「至少我們知道她沒有躺在醫院裡。」

或者停屍間。瑞卓利想擺脫的畫面卻歷歷在目：莫拉躺在停屍桌上，如同瑞卓利見過的無數屍體一般。任何人只要進過驗屍室，只要參觀過驗屍過程，必然揣測過屍體置換成親友的慘狀。現在折磨著丹尼爾的畫面必定是同一個。

瑞卓利再煮了一壺咖啡。懷俄明州目前是晚上十一點。他們看著時鐘，電話依然靜得令人不安。

「誰知道呢？說不定她會嚇我們一跳喔。」瑞卓利笑著說，吸收太多咖啡因和糖之後大為亢奮。「明天她說不定會準時上班，告訴大家說，她的手機搞丟了之類的。」這種解釋很遜，在場的兩位男士都懶得回應。

電話鈴聲讓三人陡然坐直，由嘉柏瑞接聽。他不多說什麼，他聽見的訊息也不反映在表情上。但當他掛掉電話，望向瑞卓利時，她知道不是好消息。

「她租的車子沒有開回租車行。」

「警方向赫茲公司求證過了？」

嘉柏瑞點頭。「她禮拜二在機場租車，預定在今天早上退還。」

「所以，連人帶車失蹤了。」

「對。」

瑞卓利沒有轉頭看丹尼爾；她不想看見他的臉。

「這樣的話，沒有其他辦法了，」嘉柏瑞說。「我們只有一條路可以走。」

瑞卓利點頭。「我明天一早打電話給我媽，她應該很樂意照顧蕾吉娜幾天。我們去機場的途中可以帶蕾吉娜過去。」

「你們要飛去傑克遜荷爾？」丹尼爾問。

「如果能在明天的班機劃到兩個位子。」瑞卓利說。

「三個，」丹尼爾說。「我也要去。」

14

阿羅冷得直咬牙，吵醒了莫拉。她睜開眼睛，發現天仍然黑，卻感覺破曉時分已近，漆黑的夜色正開始翻灰。壁爐火光中，她依稀辨別出幾具沉睡的身影：葛雷絲蜷縮在沙發上；道格與伊蓮睡得很近，幾乎互相接觸。是誰越睡越靠近，莫拉猜得到。現在回想起來，伊蓮的態度好明顯：伊蓮望著道格的神態，動不動就觸碰他，贊成他提議的大小事情。阿羅躺在壁爐邊，毛毯如同壽衣，裹著他的身軀。一陣寒意又侵襲阿羅，他的牙齒再次格格打顫。

她站起來，背部因睡地板而僵硬。她在壁爐裡添了一些柴薪，湊近蹲著，看著爐火劈啪燃起，火勢猛烈而明亮。她轉頭看著阿羅，火光照亮他的臉。

他的頭髮被汗漬黏成條狀。他的皮膚出現死屍般的黃暈。若非他冷得頻頻磕牙，莫拉可能會以為他已氣絕身亡。

「阿羅。」她輕聲說。

慢慢地，他的眼瞼打開來。他的目光似乎來自一個幽暗的深淵，彷彿他已經墜落到無人可營救的坑底。「好……冷。」他低聲說。

「我剛剛加了柴火，很快就會暖和起來。」她摸阿羅的額頭，燙得驚人，使她覺得手被燙到了。她立刻走向咖啡桌。所有藥品陳列在桌面，她睜大眼睛，在黑暗中辨識標籤。她找到胺羥苄青黴素抗生素和Tylenol的藥瓶，在自己的手心倒出幾顆。「來，吞下去。」

「吞什麼？」阿羅吃力地說。莫拉把他的頭抬起來，餵他服藥。

「你在發燒，所以你才一直發抖。這些藥應該能讓你舒服一點。」

他吞下藥丸，躺回地上，又冷起來，抖得好厲害，莫拉唯恐他發生痙攣。但他的眼睛睜著，意識清楚。她把自己的毛毯讓給阿羅，替他再裹一層。她自知應該檢查腿傷的現狀，但屋內仍然太暗，她也不想點燈打擾其他人的睡眠。窗外已透著天光。再過約莫一小時，天就會亮，到時候她可以檢查傷勢。但她不必看就知道了。發燒幾乎篤定表示他的腿受到感染，病菌已經入侵血液。她也知道，胺羥苄青黴素的藥性不夠強，救不了他。

即使有效，也只剩二十顆而已。

她瞥向道格，很想叫醒他，以減輕自己的心理負擔，但道格仍熟睡著，因此她獨自坐在阿羅身旁，握著他的手，隔著毛毯撫摸著他的手臂。雖然他的額頭很燙，他的手卻冷得突兀，觸感近似死人的肌膚。

而我最清楚死肉的觸感。

打從她就讀醫學院起，最令她感到自在的地方不是病床旁邊，而是驗屍室。死人不會指望你陪伴閒聊，也不會指望你聆聽他們永無休止的苦水，不會指望你看著他們痛得打滾。死人已經跳脫苦海了，不會指望你變出你能力範圍之外的奇蹟。他們會耐心等候，毫無怨言，靜靜等你完成任務。

莫拉低頭看著阿羅痛苦萬分的臉，心想：讓我不安的不是死人，而是活人。

但她堅守阿羅身旁，握著他的手等候破曉，等到他的高燒逐漸消退。他現在呼吸較為平順了，豆大的汗珠在臉上形成。

「妳信不信這世上有鬼？」阿羅看著她，輕聲問。他的眼神炯亮如烈火。

「為什麼問這個？」

「因為妳的工作。妳見鬼的機會比別人多。」

她搖搖頭。「我從來沒見過。」

「所以說，妳不信。」

「對。」

他凝望著她背後，視線聚焦在她看不見的事物上。「可是，他們在這裡，在這屋子裡，看著我們。」

她摸摸阿羅的額頭。他的高燒退了，皮膚比剛才涼，然而他表現出語無倫次的現象，視線在客廳裡遊轉，眼珠隨著飄忽無蹤的鬼魅到處走。

天色夠亮，她可以檢查腿傷的狀況了。

她掀開毛毯，阿羅沒有抗拒。他的腰部以下全裸，縮小的陽具幾乎完全沒入一團褐色陰毛中。他半夜尿床，把墊在下面的毛巾尿濕了。莫拉從傷口揭開一層層的紗布，來不及攔住的驚呼聲脫口而出。上一回檢視傷口只在六個小時之前，當時的光線是煤油燈，如今改以無情的晨曦照射，她看得見發黑的破皮、腫脹的組織。她也嗅到腐肉的惡臭。

「我想聽實話，」阿羅說。「我想知道。我會不會死？」

她思索著措辭，想以她自己不太相信的言語來安撫他。在她開口前，一隻手突然落在她的肩膀上，她赫然回頭看。

「你當然不會死，」道格站在莫拉的背後說。「因為我不會讓你死，阿羅。就算你搞出再多麻煩，我也不會讓你死。」

阿羅勉強虛弱一笑。「你老是愛講屁話，老兄。」他低聲說，閉上眼睛。

道格跪下來，看著他的腿。他不必開口，莫拉從他的表情就能解讀出，他的想法和她不謀而合。這條腿一吋吋地腐爛中。

「過來一下。」道格說。

兩人走進廚房，脫離其他人聽得見的範圍。旭日東昇之後，今天早晨是日光萬丈，一道晨光從窗外射入廚房，道格的臉被照成一片白，鬍碴裡的每根白髮無所遁形。

「我剛餵他吃了胺羥苄青黴素，」她說。「藥效不夠也沒辦法。」

「他需要的是手術。」

「我贊成。你想負責切斷他的腿嗎？」

「天啊。」他激動得開始在廚房踱步。「綁紮動脈是一回事，不過，截肢……」

「即使我們有辦法截肢也無濟於事了。他已經出現敗血的症狀，需要打高劑量的抗生素。」

道格轉向窗戶。雪的表面被凍成冰殼，日光從冰上反射而來，照得道格瞇眼。「我有整整八個鐘頭的日光，頂多九小時。如果我現在就出發，有可能在天黑之前下山。」

「你想滑雪下山？」

「除非妳想得出更棒的點子。」

她想著在客廳裡流汗發抖的阿羅，想到他的腿浮腫，傷口逐漸腐敗。她想到成群的病菌在血液裡肆虐，見器官就入侵。她也想起她解剖過的一具女屍，死因是敗血性休克，死者的皮膚與心肺皆有斑狀出血的現象。休克會導致數種器官同時衰竭，讓心臟、腎臟、腦部同時停擺。阿羅已有譫妄的跡象，自稱看得見不存在的人，自稱有鬼飄浮在身邊。所幸他仍有排尿，只要腎臟不罷工，他仍有存活的機會。

「我去幫你準備食物，」她說。「你也需要帶睡袋去，以防你在到達終點之前天黑。」

「即使天黑，我會儘量走一步算一步，」道格說。他瞥向阿羅躺著等死的客廳。「抱歉，要麻煩妳照顧他了。」

葛雷絲不願放父親走。他站在門廊上，葛雷絲緊抓著他的夾克，央求他不要丟下他們，吵著說他身為父親，怎可像母親一樣扔下女兒不管？什麼樣的爸爸會做這種事？

「女兒，阿羅的傷勢很重，」道格說著抽手而出。「如果我再不去求救，他可能會死。」

「如果你走了，死的人可能是我！」她說。

「妳不會孤零零的。伊蓮和莫拉會照顧妳。」

「為什麼你非走不可？為什麼不能叫她去？」葛雷絲指向莫拉，動作咄咄逼人，帶有指控的含義。

「胡鬧，葛雷絲。」他揪住女兒的肩膀，使勁搖搖她。「我是最強的一個，下山成功的機率最大。而且阿羅是我的朋友。」

「可是，你是我的父親啊。」葛雷絲頂嘴。

「我要妳馬上給我長大、懂事。妳應該瞭解，宇宙不是繞著妳轉的。」他挑起背包束緊。「等我回來，我們再繼續溝通。現在先親我一下，好嗎？」

葛雷絲退開。「難怪媽媽會跟你離婚。」她說完走進屋內，用力甩上門。

道格愣在原地，呆望著關上的門，不敢置信。但葛雷絲的脾氣不應該令道格意外才對。葛雷絲爭取父親關愛的動作飢渴，動不動拿離婚一事來攻心，技巧純熟，將父親玩弄在股掌之間，莫拉全看在眼裡。現在，道格有意跟著女兒進屋子，正合女兒的心意，而女兒無疑也有此一把握。

「不必擔心她了，」莫拉說。「我答應你，我會好好照顧她。她不會有事的。」

「有妳當家，我知道她不會有事。」他擁莫拉入懷道別。「對不起，莫拉，」他喃喃說。「出了這麼多錯，我對不起妳。」他退開來，看著她。「在史丹福的時候，妳一定覺得我是壞學生吧。我猜這幾天的表現也不太能改變妳對我的觀感。」

「只要你能救我們出去，道格，我會重新評估對你的觀感。」

「包在我身上。」他束緊背包的胸帶。「把陣地守好，艾爾思醫師。我保證率領救兵回來。」

他上路時，莫拉從門廊上望著他的背影。氣溫已經爬升至攝氏零下三、四度，天空不見一片雲。他想冒險下山的話，今天是最適合他冒險的日子。

門突然打開，衝出來的人是伊蓮。她剛才已經向道格道別，現在卻又飛奔出門，沒命似地狂奔追上。莫拉聽不見他們的對話，但她看見伊蓮摘下她總是圍著的喀什米爾羊毛圍巾，柔柔套在道格的頸子上，當作臨別禮。兩人擁抱著，久久不鬆手。然後，道格繼續上路，踩著輪痕走向離開山谷的路。他走到彎道，身影被樹林遮住，伊蓮才依依不捨地往回走。她踏上莫拉站的門廊，一句話也不說，擦身而過，自己開門進屋，隨手把門關上。

15

昆南警探不需自我介紹，瑞卓利一眼就知道他是警界人士。這裡是高山飯店的停車場，他站在一輛被雪覆蓋的豐田車旁，正在與一男一女交談。瑞卓利一行人租車前來，下車之後朝豐田車走過去，轉身面對他們的人是昆南。他的眼神機警，顯示他從事的行業以觀察力為重。在其他方面，他的外表顯得平凡——禿頭、肥胖、八字鬍初現白鬚。

「你是昆南警探嗎？」嘉柏瑞問。

他點頭。「你是迪恩探員吧。」

「我是瑞卓利警探。」她說。

昆南對著她皺眉。「波士頓市警局？」

「兇殺組。」她說。

「兇殺？你們有點太急躁了吧？構不構成刑案還不知道咧。」

「我們和艾爾思醫師是朋友，」瑞卓利說。「她是個可靠的專業人士，不會隨隨便便失聯。我們全都關心她的安危。」

昆南轉向丹尼爾。「你也是波士頓市警局的人？」

「不是的，警探，」丹尼爾說。「我是神父。」

昆南聽了訝然一笑。「一個FBI、一個警察、一個神父。嘩，從來沒碰過這樣的組合。」

「你目前掌握到什麼線索？」瑞卓利問。

「有，這一輛。」昆南指向豐田車，旁邊站著兩人，正在旁觀他們的對話。男人姓芬奇，是飯店的警衛；女人是赫茲租車公司的員工。

「這輛豐田車至少從上星期五就停在這裡，」芬奇說。「沒有移動過。」

「你是依照監視錄影帶來確認的嗎？」瑞卓利問。

「呃，不是，警探。這座停車場沒有攝影機。」

「不然你怎麼知道車子停這麼久？」

「看看上面的積雪多厚。上禮拜六下了一場大雪，有兩呎深，和車頂的積雪厚度差不多。」

「這輛是莫拉租的車子？」

赫茲的女員工說：「這輛車的租車合約簽署人是莫拉．艾爾思醫師，三個星期之前在網路上預約，上禮拜二提車，用美國運通卡刷卡，預定在昨天早上歸還機場的租車行。」

「她沒有來電延長租車時間？」嘉柏瑞問。

「沒有，長官。」女員工從口袋掏出一串鑰匙，看著昆南。「你要的備用鑰匙在這裡，警探。」

昆南戴上乳膠手套，以鑰匙打開副駕駛座的車門，小心翼翼地彎腰進去，開啟置物箱，在裡面找到租車合約。「莫拉．艾爾思，」他翻閱著文件證實。他看一下哩程計。「看樣子她開了差不多九十英里。租車六天，只開這麼一點點路。」

「她是來參加醫學研討會，」瑞卓利說。「投宿在這間旅館，出去觀光的機會大概不多。」

瑞卓利望進車窗，儘量別碰到玻璃。除了副駕駛座上一份摺好的《今日美國報》之外，車內整潔得無可挑剔。那還用說嗎？莫拉有潔癖。在莫拉的凌志車上，瑞卓利連一張隨手丟的面紙都沒看過。「報紙上的日期是哪天？」她問。

昆南翻開《今日美國報》。「是上個禮拜二。」

「是她搭飛機過來的那天，」丹尼爾說。「報紙一定是她從機場帶過來的。」

昆南直起身子。「我們去看一看後車廂。」他說。他繞向車尾，抹掉積雪，按下遙控鎖，眾人湊過來圍觀。昆南伸出戴著乳膠手套的手，正要掀開車廂蓋，這時瑞卓利注意到他遲疑了一下。此時此刻，同樣的念頭可能掠過大家的腦海。一個失蹤的女子。一輛棄置多日的車子。後車廂出現過太多的驚奇，有太多的驚恐被摺進後車廂中，像鋼鐵子宮裡孕育著胚胎。在冷冽的低溫裡，沒有臭味飄出來驚動人，嗅覺也無法察覺裡面的蛛絲馬跡。在昆南掀開廂蓋之際，瑞卓利覺得一口氣卡在喉嚨裡。她凝視著廂蓋底下的世界。

「空空的，乾淨無比，」昆南說。她從他的語調聽出如釋重負之感。他望向嘉柏瑞。「一輛狀況良好的租車，沒有行李。你們的朋友臨走時帶走所有東西，怎麼看都像是規劃過的短程旅行。」

「那，她去哪裡了？」瑞卓利問。「為什麼不接聽手機？」

昆南看著她，把她當成一件煩人的雜事。「我不認識妳這位朋友。妳推理出的答案可能比我更好。」

赫茲的女員工說：「我們可以把這輛車開回去嗎？這是我們待出租的車輛之一。」

「警方需要扣留一陣子。」昆南說。

「多久？」

「確定是否發生過刑案之後再說。現階段，我不確定。」

「那你怎麼解釋她無故失蹤的現象？」瑞卓利說。

煩躁的神態再次飄過他的眼睛。他看著瑞卓利。「我說過我不確定。我儘量讓想法開放一點，小姐。我們大家都這樣做，好不好？」

「我好像不記得這個客人，」蜜雪兒說。她是高山飯店的櫃檯服務員。「可是話說回來，上禮拜來了兩百位醫師，再加上他們的親屬，我怎麼可能記得所有人的長相？」

經理的辦公室不大，幾乎擠不下這麼多人。經理站在門邊，雙手叉胸，觀看偵訊過程。令蜜雪兒緊張的似乎不是警方的偵訊，而是經理在場。蜜雪兒頻頻向主管的方向望去，彷彿擔心主管不認同她的回答。

「所以妳不認得這張相片裡的人？」昆南點著相片問。麻州醫事檢驗所的官網附有莫拉的大頭照，相片是昆南從網站上直接列印而來。相片裡的莫拉眼睛直視著鏡頭，嘴形不喜不怒，合乎她從事的這一行。以解剖死屍為業的人還咧嘴笑嘻嘻，別人看了豈不心寒？

蜜雪兒再次端詳相片，顧忌著旁人的眼光，用力再看。她很年輕，二十五歲左右，在眾人圍觀之下難以專心，尤其是上司也在圍觀群眾裡。

瑞卓利對經理說：「能麻煩你出去一下嗎，經理？」

「這間是我的辦公室。」

「只需要借用一下下。」

「既然這事牽涉到本飯店，我認為我應該掌握所有事項。」他望向櫃檯小姐。「妳記不記得她，蜜雪兒？」

她以聳肩表示無助。「我不敢確定。有其他相片嗎？」

緘默片刻後，丹尼爾沉聲說：「我有一張。」他從外套的內袋抽出相片。這張相片直擊坐在廚房桌前的莫拉，桌上擺著一杯紅酒。與官網那張嚴肅的大頭照相形之下，這張顯示出一位截然不同的女子，臉色被酒精與歡笑染紅。這張相片的邊緣因反覆掏取而磨損，想必是他隨身攜帶的物品，是在他寂寞的時刻掏出來解愁的東西。以丹尼爾．布洛菲而言，類似的時刻必定是多得不可勝數，總令他在職守與渴望之間徘徊，在上帝與莫拉之間難以取捨。

「眼熟嗎？」昆南問蜜雪兒。

櫃檯小姐皺眉。「這是同一個人嗎？跟大頭照差好多喔。」

這個比較快樂。沐浴在愛河中。

蜜雪兒抬頭。「咦，我好像有印象喔。她的先生有陪她來嗎？」

「她未婚。」瑞卓利說。

「喔。那我大概是記錯人了。」

「妳記得的是哪一個？說出來聽聽。」

「她跟著一個男人。一個金髮帥哥。」

瑞卓利避免正視丹尼爾；她不想看見丹尼爾的反應。「妳對他們還有什麼其他印象？」

「他們正要一起去吃晚餐。我記得他們來櫃檯，男人向我問餐廳怎麼去。我的第一印象以為他們是夫妻。」

「為什麼？」

「因為他笑著說：『妳看吧？我學會了問路的重要性。』這種話像是老公對老婆講的話，不是嗎？」

「妳在什麼時候看見這一對？」

「應該是禮拜四晚上。因為我禮拜五輪休。」

「禮拜六呢？她在禮拜六退房。妳那天早上有上班嗎？」

「有，可是那天輪班的人好多。那天是研討會結束的日子，很多客人在辦理退房手續。我不記得當時看到她。」

「櫃檯一定有人替她辦過退房手續。」

「其實未必，」經理說。他拿出一張從電腦列印出的資料。「妳說妳想看她的客房收費單，所以我列印一份出來。照這上面看，她利用房間裡的電視辦理退房手續，離開旅館時不必經過櫃檯。」

昆南接過收費單翻閱著，朗讀出收費項目。「客房稅。餐廳。網路。餐廳。我看不出任何違反常情的地方。」

「如果是在房間裡自辦退房，」瑞卓利說，「我們怎麼確定退房的人是她本人？」

昆南哼一聲，連遮攔的意思也省了。「妳是說，有人闖進她的房間？有人收拾她的行李，替她辦退房手續？」

「我只是想指出，沒有證據顯示她星期六上午在旅館裡面。」

「妳需要什麼樣的證據？」

瑞卓利轉向經理。「櫃檯上方有監視錄影機嗎？錄影帶存檔多久？」

「上個禮拜的錄影帶還在。不過，側錄的時數很長很長，大廳裡的人潮也是來來去去的，想過濾完所有的影片，一個禮拜也看不完。」

「從收費單來看，她幾點退房？」

昆南看著列印表。「上午七點五十四分。」

「我們從這個時間點開始過濾。如果她用自己的腳走出這間旅館，我們應該看得見。」

這世上最令人腦麻的事莫過於觀看監視錄影帶。只過濾了三十分鐘，拉長脖子看的瑞卓利就已經肩頸痠痛，不希望漏掉螢幕上的任何一個身影。更礙事的是，昆南在椅子上不停嘆息、碎動，表明要大家明白：他認為過濾錄影帶會白忙一場。瑞卓利心想，白忙一場也無所謂，她繼續觀察螢幕上每個快動作的小人形，人群聚集、解散。錄影帶上的時間推進至上午八點，數十位旅館的客人匯聚在櫃檯前，等著退房，瑞卓利必須同時注意的焦點太多。

首先瞄中莫拉的是丹尼爾。「在那邊！」他說。

嘉柏瑞讓錄影帶停格。在這一格畫面裡，瑞卓利看出大廳裡至少有二十幾人，多數站在櫃檯附近，背景帶到聚集在椅子附近的其他人。有兩個男人站著講手機，同時看手錶。現在是忍不住一心多用的時代。

昆南說：「我看不見她。」

「倒帶，」丹尼爾說。「我確定是她。」

嘉柏瑞逐格往回倒轉。大家看著畫面裡的人倒退走，幾群人分散開，另外幾群聚集起來。講手機的男人連續做著幾個快動作，彷彿手機傳來不規則的節奏，他正順著節拍跳舞。

「那個就是她。」丹尼爾輕聲說。

在螢幕的最邊緣有個黑髮女子，臉的側影被鏡頭掃到。難怪瑞卓利剛才看漏了，因為莫拉在大廳裡穿梭而過，被六、七個人擋住鏡頭，只有在她來到人群的一小片空檔，鏡頭才捕捉到她。

「拍得不是很清楚。」昆南說。

「我知道是她，」丹尼爾說著凝視莫拉，毫不遮掩對她的懷念。「我認得她的臉，她的髮型。我也記得她那件大衣。」

「我們再看看有沒有其他畫面。」嘉柏瑞說。他讓畫面一格格向前轉。莫拉的黑髮又出現了，路過時隨著腳步蹦跳著。來到螢幕邊緣，她才又從人群裡現身。她穿著深色長褲、白色滑雪大衣，附有毛茸茸的頭套。嘉柏瑞再向前轉幾格，莫拉的頭移出畫面之外，但半身仍在鏡頭裡。

「咦，看吧，」昆南指著。「她拉著行李箱。」他望向瑞卓利。「有定論了吧？她收拾自己的行李，退房走人，沒有被人拉著離開旅館。在星期六上午八點五分，她活得好好的，靠自己的兩條腿走出旅館。」他看手錶，站起來。「另外有值得注意的線索再通知我。」

「你不留下來？」

「女警探，我們已經把她的相片發佈給懷俄明所有報社和電視台，正在注意每一通民眾的電話。問題是，她——或者是長得像她的人——幾乎是到處有人目睹。」

「在哪裡？」瑞卓利問。

「妳講得出來的地方都有。瑟摩波利的恐龍博物館。薩布列郡的葛拉伯雜貨店。在科第的俄瑪大飯店吃晚餐。十幾個目擊點，分佈在全州各地。現階段來說，我不太知道我能再幫什麼忙。我對你們這位失蹤的朋友不太瞭解，不過，我認為她是認識了什麼男人，也許是參加同一場研討會的醫生吧，然後決定開車一起去什麼地方，於是收拾行李箱，提前一天退房。這種解釋的可能性最高，妳不覺得嗎？她跟著一個男人跑了，窩進哪地方的旅館房間，嘿咻得昏頭昏腦，忘了日期。」

瑞卓利沒忘丹尼爾站在身邊，揪著心說：「她不會做那種事。」

「對我講過這種話的人，我數也數不清。他是個好丈夫，絕對不會做那種事。或者：她絕不會扔下親生骨肉跑掉。重點是，人難免會做出反常舉動。他們幹了什麼瘋狂行為之後，妳會突然發現，妳其實對他們的認識不夠深。警探，妳一定也處理過這種狀況吧？」

瑞卓利無從否認；倘使昆南的角色與她對調，訓話的人可能會換成她：即使你深愛一輩子的人，心性也可能和你的認知有所出入。她想起自己的爸媽，三十五年的婚姻因父親的外遇而結束。她想起母親離婚後的驚人變化，從一個打扮老氣的家庭主婦，變成愛穿低胸服飾的肉慾離婚女。的確，一個人的心性經常和旁人的認知有所出入。有時候，人會做出愚昧、難以解釋的事情。

有時候，他們會愛上天主教神父。

「重點是，我們還沒有看見犯罪的證據，」昆南說著套上冬季外套。「沒有血跡，沒有事實能證明她受人強迫去做任何事。」

「櫃檯小姐不是看見莫拉跟一個男人在一起嗎？」

「他怎樣？」

「如果莫拉跟這個男人跑了，我想查他的身分。我們至少應該過濾禮拜四晚上的錄影帶吧？櫃檯小姐說，他們當時想出去吃晚餐，所以我們可以從五點前後開始看帶子。」

這一次尋找起來比較輕鬆。根據蜜雪兒的說法，這一對前來櫃檯是想詢問餐廳怎麼去。監視錄影帶快速向前轉，只在有人前去櫃檯時暫停。螢幕上，快動作的人來來去去。錄影帶上的時間來到晚間六時，客人開始外出晚餐，人潮洶湧起來，這時的女客戴著耳環和項鍊，男賓則穿西裝打領帶。

六時十五分，一名金髮男子出現，面對櫃檯站著。

「是他。」瑞卓利說。

一時之間，大家注視著站在他身旁的黑髮女子。她的身分毫無疑問。

她是莫拉，而她面帶微笑。

「你們想找的人是她，對吧？」昆南問。

「對。」瑞卓利輕聲說。

「她不太像想求救的人嘛。看起來像正想去高級餐廳吃飯的女人，不是嗎？」

瑞卓利凝視著螢幕中的莫拉與無名男子。昆南說得沒錯，她心想。莫拉看起來是很快樂。最後一次看見莫拉笑得如此甜蜜，是什麼時候的事了？這幾個月來，莫拉變得容貌憔悴，越來越自閉，好像躲過了瑞卓利的質疑就能避免面對現實。莫拉想躲避的現實是，愛讓她更加不快樂。

而她不快樂的原因，如今站在瑞卓利身旁，他也注視著螢幕中笑容滿面的一對。這一對是亮眼的金童玉女，男人的身材高瘦，蓬亂有型的金髮近似大男孩。縱使畫面的解析度不高，瑞卓利自以為看得見男人具有勾魂眼，因此認為櫃檯小姐記得他並非沒道理。這名陌生男子懂得吸引女人的注意力。

丹尼爾霎然走掉。

他突如其來的舉動令昆南傻眼，對著他離去的背影沉思。「我是不是講錯話了？」他問。

「他受到的打擊很大，」瑞卓利說。「我們全希望找到她的下落。」

「我認為這捲帶子能提供解答。」昆南再次起立，伸手拿外套。「本局會繼續過濾民眾提供的線索，希望這位朋友最後會自動出現。」

「我想查出這男人的身分。」瑞卓利指著螢幕說。

「挺帥的嘛。難怪妳的朋友笑得那麼開心。」

「如果他是這間旅館的客人，」嘉柏瑞說，「調查的範圍可以縮小不少。」

「上個禮拜本店客滿，」經理說。「總共有兩百四十幾個房間。」

「可以排除掉女客人，焦點放在單人登記住宿的男客。」

「他們開的是醫學研討會，單人住宿的男客好多啊。」

「既然多，你不覺得應該趕快去查嗎？」嘉柏瑞說。「請列出姓名、地址、電話。」

經理望向昆南。「這些人不是應該先請法院核可嗎？警探，旅館有保護客人隱私的義務。」

瑞卓利看著螢幕，指向莫拉的臉。「一位女客人失蹤了，最後一次出現的地點在這間旅館，而伴隨她身邊的人是貴旅館的客人。」

經理以一笑表示不敢置信。「他們全是醫生吶！妳真的以為其中一個會——」

「假設她被人綁架，」瑞卓利說，「我們追查的時間很寶貴。」她走向經理，近到他被迫退向門口，近到看得見他的瞳孔擴張。「別逼我們再浪費一分鐘。」

昆南的手機鈴響，打破寂靜。「我是昆南警探，」他接聽。「什麼？在哪裡？」

他的語氣令所有人轉頭。他掛斷電話時臉色陰沉。

「出了什麼事？」瑞卓利問。她害怕聽見回答。

「你們最好開車南下薩布列郡。OB牧場旅社。那裡不屬於我的管轄範圍，所以你們抵達後應該找費希警長。」

「為什麼？」

「找到兩具屍體了，」昆南說。「一男一女。」

16

偵辦兇殺案多年，珍・瑞卓利進出陳屍現場無數次，卻從未像這次百般不情願。她和嘉柏瑞駕駛出租車前來OB牧場旅社，在對面停車，坐在車上，看著薩布列郡警局又派來一輛警車，和警方的其他大小車輛停在旅社接待屋的門前。在車道上，一名女子手持麥克風，站在新聞攝影機前講話，金髮被風吹得凌亂無章。每次發生刑案，現場總會聚集大批警察與記者，瑞卓利已經習於推開人群、擠進現場，但這次她以惶恐的心態面對這道關卡。謝天謝地，幸好我們勸退了丹尼爾，請他在旅館留守，否則他難以應付這場磨難。

「莫拉會住這種地方嗎？我難以想像。」嘉柏瑞說。

瑞卓利望著馬路對面的看板，上面廣告著按週按月租房超划算！歡迎入內洽詢！看板的措辭急迫，像是在收攤倒閉之前想出的最後一招。的確，她無法想像莫拉肯投宿這種疲態畢露的小屋。

嘉柏瑞扶著她的手臂，兩人一同穿越結冰的馬路。他的神態有一股異樣的鎮定，而瑞卓利在此刻最需要他提供的正是這份態度。兩年前的夏天，兩人因偵辦同一件兇殺案而結識，當時嘉柏瑞冷靜而高效率，讓人覺得他疏離而冷血。他只在場面陰鬱時戴上這副面具。她這時望丈夫一眼，見他的態度堅決，自己的情緒因而篤定不少。

兩人走向一位郡警。他正站著和一位三十出頭的女子爭吵。

「我想和費希講講話，」女子堅持。「沒有進一步的資訊，我們很難處理正事。」

「警長目前有點忙，凱西。」

「我們有責任維護她的福利。最低限度也讓我知道他們的姓名吧？他們的近親是誰？」

「等我們查清楚，妳就會知道。」

「那一對是從天使平原來的，對不對？」

郡警皺眉看她。「妳從哪裡打聽到的？」

「我一直在注意他們那群人。他們一來到這裡，查清他們的行蹤是我的任務。」

「也許妳該少管一點閒事吧，別去煩他們。」

她以鼻子出氣。「也許你應該盡一盡你的職責吧，巴比。我提出過幾件申訴案，你應該至少假裝受理調查吧？」

「趕、快、走！」

「你轉告警長，我會打電話給他。」女子氣呼呼地轉身，吐出一大團蒸氣，蒙住她的臉。她赫然發現瑞卓利和嘉柏瑞站在正後方，停下腳步。「祝福兩位和這些人打交道時萬事順利。」她嘟噥著，然後氣得走上車道。

「她是記者嗎？」嘉柏瑞問，帶有執法人員難為的同情語氣。

「不是啦，是郡政府的社工。那些人同情弱勢過頭了，很難搞定。」郡警上下打量著嘉柏瑞。「有什麼事嗎，先生？」

「費希警長正在等我們。昆南警探代我們通知過他。」

「兩位是波士頓來的？」

「是的。我是迪恩探員，她是瑞卓利警探。」嘉柏瑞的語氣帶有適中的敬意，以強調他明白這裡的管轄權在誰手上。主導權在誰的手上。

郡警看起來不超過二十五歲，年紀輕，聽了嘉柏瑞的話馬上畢恭畢敬。「請跟我來，長官。」

三人進入旅社的登記住宿處，裡面的壁爐燒得柴火劈啪響，頭上的松樑低懸，使得室內猶如陰暗的山洞，讓人容易心生密室恐懼症。屋外的冷風剛才吹得瑞卓利的臉麻木，她這時靠近爐火站，讓熱氣緩緩恢復臉頰的知覺。這間屋子的陳設停留在一九六〇年代，牆上的裝飾品是鞭子、馬刺、土色系的牛仔畫。她聽見有人在裡面交談——原本認為是兩個男人，但當她從門口探頭一看，才知道其中一人是金髮婦女，滿臉風霜，像個老菸槍咳嗽不止。

「……沒仔細看他的妻子，」婦人說。「登記住宿的人是他。」

「妳為什麼不檢查他的證件？」

「他付現金住宿。欸，這裡不是俄國吧？在這個國家，人人都有來去的自由。何況，他看起來像好人。」

「光從臉就看得出來？」

「客氣又懂得禮貌。禮拜六冒著風雪開車過來，說他們想找個地方住一陣子，等馬路恢復通行再走。聽起來很合理呀。」

「警長？」郡警高呼。「波士頓來的人到了。」

費希隔著門口對他們揮手。「等我一下，」他說，然後繼續與旅社經理交談。「瑪姬，他們是在兩天前住進來的。妳最後一次打掃他們的小屋是什麼時候？」

「沒機會打掃。禮拜六和禮拜天，他們在門把上掛著請勿打擾的牌子。我想說，他們不想打掃，我就尊重他們的隱私。到了今天早上，我注意到，牌子不見了，所以就進去裡面打掃，時間差不多是下午兩點。打開門就看到了。」

「所以說，妳最後一次看見他活著，是在他登記住宿的時候？」

「他們不可能一住進來就死了吧。門把上的牌子不是被他們拿掉了嗎？也說不定是被別人拿走。」

「好。」費希嘆氣，拉起夾克的拉鏈。「刑調署會進來協助，所以他們也會找妳瞭解狀況。」

「是嗎？」婦人又咳出痰聲。「說不定他們需要過夜的房間。我們有幾間空房。」

費希走出辦公室，對著新來的人點頭。他年約五十幾，身形壯碩，和年輕的郡警一樣理著軍人的平頭。他的目光冷如岩石，把瑞卓利當成隱形人跳過，轉向嘉柏瑞。「通報失蹤女子的人是兩位？」

「我們希望死者不是她。」嘉柏瑞說。

「她禮拜六開始失蹤，對吧？」

「對，從提頓村失蹤。」

「時間點吻合。他們在禮拜六入住。兩位一起來看看吧？」

警長帶他們踏上一條小徑，路面是被踩扁的雪，路過幾間漆黑的小屋，顯然是空房。除了住宿接待屋之外，這裡的建築物只有一棟亮著燈，位於旅社用地的外圍。來到八號小屋時，警長停下來，遞給他們刑案現場必備的時裝：乳膠手套和紙鞋套。

「在兩位進去之前，我可要先警告一聲，」費希警長說。「裡面不太好看。」

「向來都是。」嘉柏瑞說。

「我的意思是，死者很難辨識。」

「有毀屍的情況？」嘉柏瑞問得心平氣和，令警長不僅皺眉。

「對，可以這麼說。」費希慢吞吞回答，然後打開門。

瑞卓利從八號屋的門口向內望。即使遠在門口，他們仍可看見牆上慘不忍睹的弧形血跡。她不發一語步入小屋子，看見未收拾的床鋪，緊接著是滿牆血的來源。

遺體躺在床邊的松木地板上，臉孔朝上。死者禿頭，超出標準體重至少二十幾公斤，穿著黑長褲、白襯衫、棉質白襪。令瑞卓利越看越恐怖的是他的臉。整張臉被歹徒擊毀了。

「盛怒之下的攻擊。依我看，行凶的動機很明顯。」說話的銀髮男人剛從浴室走出來，身穿平民裝，「不然誰能狠心到拿鐵錘敲臉？打碎了所有骨頭，敲掉了每一顆牙齒，現在只剩下一堆血肉了。軟骨、皮膚、顱骨，全被敲成血淋淋的一團。」他嘆著氣，舉起戴著血手套的一手致意。「我是德瑞普醫師。」

「法醫？」嘉柏瑞問。

德瑞普搖頭。「不是，我只是本郡驗屍官。我們懷俄明州沒有法醫編制。有一位法醫會從科羅拉多州開車過來支援。」

「他們是來指認女屍的身分。」費希警長說。

德瑞普醫師把頭歪向浴室。「她在裡面。」

瑞卓利凝望著浴室門，卻遲遲不肯跨出第一步。先踏進浴室的人是嘉柏瑞。他站著注視浴室，半晌不吭一聲，瑞卓利驚恐得胃腸翻攪。她慢慢地接近，被浴室鏡中的自己嚇一跳。她的臉蒼白而緊繃。嘉柏瑞移向旁邊，方便她看淋浴間。

女屍背靠著發霉的瓷磚躺著，全身赤裸，兩腿張開，淋浴間的塑膠布幕掉落在身上，為她遮羞。她的頭向前傾，下巴幾乎觸及胸脯，臉被頭髮遮住。黑頭髮，沾滿血與腦漿。頭髮太長，不可能是莫拉。

瑞卓利看見其他細節。左手佩戴結婚金戒指，豐滿的大腿出現橘皮組織而凹凸不平，前臂上有一顆大黑痣。

「不是她。」瑞卓利說。

「確定嗎？」費希問。

瑞卓利彎腰細看死者的臉。與男屍不同的是，這具屍體的五官完整，致命的一擊落在頭的側面，擊碎了顱骨，歹徒卻沒有進一步毀容。她深深嘆出一口氣，吐氣時所有壓力忽然離開身體。「這人不是莫拉．艾爾思。」她站起來，望向浴室外的男屍。「那人絕對不是旅館監視錄影帶拍到的男人。」

「換句話說，兩位的朋友仍然不知去向。」

總勝過成為死屍吧。恐懼全消之後，瑞卓利終於能心無旁騖，以警探的眼光來看待刑案現場。她突然發現剛才漏掉的細節。徘徊不去的菸臭味。融雪形成的幾灘水，地板上到處可見的靴印，都是執法人員留下來的。此外，她留意到一件物品。剛才一進小屋，她就應該注意到：塞在牆腳的手提式小嬰兒床。

她望向費希。「這裡有個小孩？」

他點頭。「小女嬰。社工說她差不多八、九個月大。被帶回去接受保護了。」

瑞卓利記得剛才在外面見到的女子。現在她總算知道為何社工出現在刑案現場。「所以說，小孩還活著。」她說。

「對。兇手沒碰她。她睡在那邊的嬰兒床上，尿布濕透了，不過健康狀況還好。」

「餓肚子一兩天了吧？」

「嬰兒床上有四瓶空的牛奶瓶，她沒機會喊渴。」

「嬰兒一定會哭鬧吧？」嘉柏瑞說。「沒有人聽見？」

「他們是這間旅社的唯一客人。兩位應該注意到了，這棟小屋距離其他建築有點遠，隔音良好，窗戶全關著，從外面可能聽不見聲音。」

瑞卓利再次走向男屍，低頭看著殘破的臉，「他怎麼不還手？」她說。

「大概是被兇手偷襲。」

「女人被偷襲，我還能理解，因為她在洗澡，可能沒聽見歹徒進來。這個男人怎麼不反抗？」她望著費希。「門有強行進入的跡象嗎？」

「沒有。窗戶全鎖得好好的。不是受害人門沒鎖好，就是他們主動開門讓兇手進來。」

「這個男人被偷襲到無法自衛的程度嗎？頭被敲爛了，也不還手？」

「我也想不通，」德瑞普醫師說。「沒有明顯的自衛傷。他開門讓兇手進來，一轉身，就被錘死。」

敲門聲讓大家轉頭。郡警探頭入內。「剛查證了車牌，車籍符合死者的身分，姓名是約翰・波莫羅伊，愛達荷州天使平原人。」

屋內一片沉默。

「天吶，」德瑞普醫師說。「是那群人。」

「哪群人？」瑞卓利問。

「他們自稱集居會，是某種教派的信徒，集體定居在愛達荷的荒郊。最近他們正分批搬進薩布列郡。」驗屍官看著費希。「這兩人一定是想前往那個新的公社。」

「他們想去的不是那裡。」郡警說。

德瑞普醫師看著他。「聽你的口氣，你好像很確定，巴比・馬丁諾警官。」

「因為我上個禮拜才上去過，整座山谷一個人影也沒有。他們全收拾行李去避冬了。」

費希對著男屍皺眉。「既然全走了，他們為什麼來這裡？」

「我敢說，他們想去的不是西天村，」郡警馬丁諾說。「那條路上個禮拜六就無法通行了，要等到春天才進得去。」

17

補充水分，補充水分，補充水分。莫拉餵阿羅喝水的同時，腦子裡反覆出現這四個字。喝水再喝水。她在每一杯撒一小撮鹽、一匙砂糖——調配成克難式的運動飲料。強灌這種液體有助於維持血壓，讓腎臟有得忙，而她也需要再三更換尿濕的毛巾，但有尿是好現象。如果阿羅停止排尿，這表示他即將進入休克狀態，意味著死期不遠。

反正他存活的機率高不到哪裡了，莫拉心想。她看著阿羅服用最後兩顆抗生素膠囊。想和肆虐這條腿的病菌相抗衡的話，胺羥苄青黴素的藥效只比護身符有效一點點。她已能嗅到呼之欲來的壞疽，看得見小腿的壞死組織邊緣向外擴散。再過一天，頂多兩天，若想救阿羅一命，她別無選擇。

唯有鋸腿一途。

我動得了手嗎？在不施麻醉劑的情形下截肢？她熟悉人體的結構，也能從廚房和車庫湊齊必要的器具。她其實只需要幾把銳利的刀子和一把消毒過的鋸子。一想起截肢手術，她的手心冒汗，胃腸打結，但她憂心的不是截肢的程序，而是害怕在她無情鋸骨的同時，傷患必定慘叫掙扎。她想到刀子被血沾得滑溜。而在截肢過程中，她要靠伊蓮和葛雷絲把阿羅按住。

道格，你一定要儘快帶救兵回來，因為我大概辦不到。我狠不下心來折磨他。

「好痛，」阿羅小聲說。「再給我藥。」

她在他身旁跪下。「Percocet已經用完了，」她說。「不過我有Tylenol。」

「沒用。」

「可待因快來了。伊蓮沿著上坡路去找皮包了。她說皮包裡面有一瓶，足夠你吃到救兵趕過來。」

「何時？」

「快了。說不定今晚就可以到。」她望向窗戶，已經是下午了。道格昨天一早出發，現在想必已經抵達山下。「你對他最瞭解。他會瀟瀟灑灑地上山來，後面跟著大批電視攝影機。」

阿羅倦然一笑。「是啊，道格就是這樣的人。從小受到天上的幸運之星保祐，總是有辦法脫險，頂多破一點皮，而我呢……」他感嘆。「我發誓，如果我挺過這一關，以後別想讓我踏出家門一步。」

前門打開，冷風灌進來，伊蓮重重踏著地板入內。「葛雷絲在哪裡？」她問。

「她出去了。」莫拉說。

伊蓮在角落找到葛雷絲的背包，跪下去，扯開拉鏈。

「妳在做什麼，伊蓮？」

「我找不到我的皮包。」

「妳說妳忘在休旅車上。」

「我也以為是，不過道格說他在車上找不到。我在這條路上來回一直找，以為大概是掉在雪地裡了。」她開始翻找背包，裡面的東西撒了一地，有葛雷絲的iPod、太陽眼鏡、一件運動衫、一支手機。氣餒之餘，她把整包翻過來，開口朝下，零錢叮噹掉滿地。「我的皮包死到哪裡去了？」

「妳以為被葛雷絲拿走了？」

「我到處找不到，一定是她拿的。」

「她為什麼要拿？」

「她是青少年啊。誰能解釋青少年的行為？」

「妳確定不是掉在這屋子裡嗎？」

「我確定。」一氣之下，伊蓮甩開被她掏空的背包。「我們開休旅車爬坡的時候，我知道皮包在我身上。可是，出了那件意外之後，大家心慌了，我的心思全放在阿羅身上。我記得，皮包最後一次出現在後座上，就擺在葛雷絲的旁邊。」她掃瞄房間，搜尋適合隱藏皮包的地方。「唯一有機會拿皮包的人是她。那時候，妳跑去找雪橇，道格和我忙著止血，沒有人看著葛雷絲。」

「可能是從車上掉出去了吧。」

「我說過了，我在路上來來回回找過了。」

「該不會是被雪埋住了？」

「兩天沒下雪了，雪的表面全部結成冰殼。」伊蓮陡然直起身子，前門打開，她這時的動作使她成為現行犯，跪在空背包旁，裡面的物品散落一地。

「妳在幹什麼？」葛雷絲說。她用力甩門。「那是我的東西耶。」

「我的皮包在哪裡，葛雷絲？」伊蓮說。

「妳為什麼翻我的背包？」

「我的藥放在皮包裡面。有一瓶可待因。要給阿羅的藥。」

「妳以為在我的背包裡面找得到？」

「放在哪裡，快說。」

「我怎麼曉得？」葛雷絲揪起背包，開始把東西塞回去。「妳怎麼知道不是她拿的？」葛雷絲不需要指名道姓；大家都知道她指的是莫拉。

「葛雷絲，我問妳的問題很單純。」

「妳為什麼沒有考慮到別人，一口咬定是我？」

伊蓮嘆氣。「我沒力氣跟妳吵架。妳如果知道皮包放在哪裡，快說出來。」

「我為什麼要告訴妳？反正我講的話，妳全不相信。」葛雷絲拉起背包的拉鏈，甩上肩膀，朝門口走去。「這村子另外有十一棟房子，我沒必要待在這一棟。」

「葛雷絲，我們最好集合在一起，」莫拉說。「我向妳爸爸保證會照顧妳。請妳留下來。」

「何必？我發現了東西，本來想告訴妳們，結果一進門就被指責妳是小偷。」

「我沒有講那句話！」伊蓮抗議。

莫拉站起來，靜靜接近女孩。「妳發現了什麼，葛雷絲？」

「最好妳有興趣。」

「怎麼沒興趣？我想知道妳發現什麼。」

葛雷絲無言片刻，一方面是自尊心受傷難耐，另一方面又急於分享她的發現，一時不知如何是好。「在外面，」她終於說。「在樹林的附近。」

莫拉穿上夾克，戴上手套，跟隨葛雷絲出門。雪地已被他們踩得亂七八糟，現在被凍得坑坑洞洞，有些部分濕滑，莫拉必須慎選落腳點。葛雷絲帶她繞向屋子後面，開始穿越大片雪地，走向樹林。

「我最先看到的地方是這裡，」葛雷絲指著雪地。「腳印。」

是動物的足跡。是郊狼吧？莫拉猜。也有可能是狼。雖然風雪模糊了部分腳印，她們一眼看出腳印的去向正對著他們借住的那一棟。

「一定是昨晚留下來的腳印，」葛雷絲說。「也有可能是前天晚上。因為腳印現在全結冰了。」她轉向樹林。「另外，我想帶妳去看一個東西。」

葛雷絲穿越空地，循著足跡走向被雪覆蓋住的一堆物品，看似一座白色小山。由於四周一片白，樹叢與巨岩披上隆冬的毛毯，使得這座小山的形狀難以分辨。只有在她們靠近之後，莫拉才看見幾許黃色從雪下面露出來，是葛雷絲剛才擦掉積雪的地方。

一輛怪手。

「就停在空地上，」葛雷絲說。「好像有人在挖土，突然間就……不挖了。」

莫拉打開車門，望進駕駛艙，鑰匙孔沒有插著鑰匙。如果能設法發動引擎，或許能鏟雪開道離開。她望著葛雷絲。「沒有鑰匙，妳會不會發動引擎？」

「有Google的話就會。」

「有Google的話，我們老早就離開這裡了。」莫拉嘆一口氣，把門關上。

「看見這些腳印了沒？」葛雷絲說。「經過這裡，朝樹林裡走去。」

「這裡是野地，看見動物腳印是很正常的現象。」

「牠知道我們在這裡。」葛雷絲忐忑不安地四處望。「牠一直在嗅我們的動靜。」

「那我們晚上就別出門，好嗎？」莫拉握著她的手臂按一按，要女孩安心。裹在夾克袖子裡的手好細、好脆弱，提醒莫拉，這女孩終究只有十三歲，父母親都不在身邊安慰她。「我跟妳保證，狼敢上門，一定會被我趕跑。」莫拉說。

「狼不可能只有一匹，」葛雷絲指出。「狼是群體動物。被牠們圍攻了，妳趕也趕不走。」

「葛雷絲，妳別擔心了。狼很少會攻擊人類。牠們大概更怕我們。」

葛雷絲看起來不太相信。莫拉為了證明自己不害怕，循著足跡走向樹林，踏進更深的雪地，深到她突然踩進雪深及膝之處。這就是鹿在冬天容易落入狼口的原因：體重較重的動物容易深陷雪地，無法跑贏較輕、較為靈活的狼群。

「我沒有拿皮包，妳應該知道！」葛雷絲在她背後喊著。「什麼爛皮包嘛，誰想要。」

突然間，莫拉瞧見一組新的蹤跡。她在樹林邊緣駐足凝視。這幾個痕跡不是狼群留下來的。等她理解出眼前是什麼痕跡，一陣突如其來的寒意令她頸背的毛髮直豎。

雪鞋。

「我怎麼會想要她的皮包嘛？」葛雷絲說。女孩仍站在怪手旁。「妳相信我，對不對？至少妳把我當成大人來看待。」

莫拉望進樹林，睜大眼睛分辨松樹下潛伏著什麼。無奈樹林太茂密，她只看得見低垂的枝椏和龐雜的林蔭樹叢，而這些東西形成的布幕如此之厚，此時躲著偷窺她的眼睛不知有幾雙，她卻無法看見對方。

「伊蓮裝得很溫柔，很關心我，其實她只在我爸在的時候裝模作樣，」葛雷絲說。「她讓我想吐。」

慢慢地，莫拉從樹林後退離去。每一步吵雜、笨拙得令人心驚。她的靴子踩破雪地的冰殼子，踩斷枯枝。在她的背後，葛雷絲繼續吐苦水。

「她對我好，只是做給我爸看。我爸的女人一開始總是對我好好，然後等不及要趕走我。」

「我們回屋子裡去，葛雷絲。」莫拉沉聲說。

「全是在裝模作樣，我爸瞎了眼，沒看見。」葛雷絲歇口，因為她忽然看見莫拉的表情。「怎麼了？」

「沒事。」莫拉握起女孩的手臂。「越來越冷了，我們進屋子去。」

「妳是在生我的氣嗎？」

「沒有，葛雷絲，我沒有生氣。」

「那妳幹嘛抓我抓得這麼緊？」

莫拉立即鬆手。「我們應該在天黑之前回屋子，趁狼群回來之前。」

「可是，妳剛不是說，狼不會攻擊人類？」

「我答應過妳爸，我會照顧妳，而我現在想做的事就是照顧妳。」她擠出笑容。「來吧。回去以後，泡點巧克力來喝。」

葛雷絲已經夠害怕了，莫拉不想讓她更恐懼，因此對她隱瞞雪鞋印一事。然而，伊蓮應該知道這件事。既然事實擺在眼前，兩個大人應該做好準備。

這座山谷裡有其他人。

18

「如果有人在外面，我們怎麼看不見他？」伊蓮問。

夜深了，他們熬夜坐著，提神聆聽任何吱嘎聲、窸窣聲。在沙發上，葛雷絲睡得很沉，渾然不覺兩人緊張的低語、焦躁的臆測。葛雷絲睡覺前，莫拉鎖上門閂，拿椅子抵住門，葛雷絲以為是用來擋狼群。但是，今晚莫拉和伊蓮害怕的不是四腳野獸。

「雪鞋印是最近踩出來的，」莫拉說。「如果是一兩天前的鞋印，早就被風雪蓋住。」

「那我們怎麼沒看見其他鞋印？」

「也許他想辦法抹掉鞋印，或者他是從遠遠的地方偷窺我們。」

「換句話說，他不希望我們知道他在外面。」

莫拉點頭。「應該是。」

伊蓮打了一陣哆嗦，望著壁爐。「他知道我們在這棟房子裡面。大概在一哩外，他就看得見我們的火光。」

莫拉瞄向窗戶，看見漆黑的窗外。「他可能正在偷窺我們。」

「妳有可能看錯了。說不定不是雪鞋。」

「我沒有看錯，伊蓮。」

「我又沒看見，怎麼知道？」她突然大笑起來，口氣帶有些許歇斯底里。「感覺像妳在胡謅什麼營火鬼故事，想嚇唬我。」

「我不會做那種事。」

「但她會。」伊蓮指向葛雷絲。女孩繼續沉睡，沒有聽見。「她也會在心裡暗爽。編個惡作劇來整我，這是她出的餿主意嗎？我倒不覺得好笑。」

「我說過了，她不知道雪鞋印的事。我不想嚇她。」

「如果外面有人，他為什麼不直接上門來自我介紹？為什麼要躲在樹林裡？」她瞇起眼皮。「莫拉，我們全被悶得有點精神失常了。阿羅看見幽靈。我找不到皮包。妳也無法免疫。說不定妳的眼睛出了毛病，妳看見的不是雪鞋印。樹林裡根本沒有偷窺狂。」

「這座山谷另有他人。我們來到這裡之後，有人掌握了我們的行蹤。」

「妳發現雪鞋印是今天的事。」

「我隱瞞了另外一件事。事情發生在我們住進這屋子的頭一個晚上。」莫拉再次瞥向葛雷絲，以證實女孩依然處於熟睡狀態。她壓低嗓門，低聲說：「我半夜醒來，發現地板有雪，還有一個鞋印，顯然是有人開門，讓風吹進來。可是，大家都在呼呼大睡，誰會去開門，伊蓮？誰進了這棟房子？」

「妳隔天為什麼不提？為什麼等到現在才告訴我？」

「當時我猜，你們其中一人半夜出去一下。可是，隔天早上，鞋印不見了，沒有殘留證據，所以我想，整件事大概是我做夢。」

「八成是。妳疑神疑鬼的，整件事是妳憑空幻想出來的。結果，妳反過來嚇我，只因妳以為在樹林裡看見腳印。」

「我告訴妳是因為我們兩人都應該提高警覺，應該觀察其他跡象。」

「荒郊野地，有誰會來這裡？雪怪嗎？」

「我不知道。」

「假如他真的進來過，假如他潛伏在四周偷窺我們，為什麼沒人看見他？」

「我有，」一陣氣若游絲的聲音說。「我看見過他。」

莫拉這才發現阿羅醒著。她轉頭看見阿羅正在看她們，兩眼深陷、無神。她靠近過去，低聲問：「你看見什麼？」

「我昨天告訴過妳。好像是昨天吧……」他嚥一下，嚥得吃力，臉皮縮了一縮。「天啊，我已經搞不清楚過了多久。」

「我不記得你說過什麼。」伊蓮說。

「那時候很暗。一張臉往屋裡看。」

「喔。」伊蓮嘆氣。「他又在講幽靈的事了。他說他在屋裡經常看見其他人。」她在阿羅身旁跪下，替他蓋好毛毯。「你只是在做噩夢。你發高燒，所以產生錯覺。」

「不是錯覺。」

「除了你，沒有人看見他。一定是止痛藥在搞鬼啦，阿羅，你的神智不清楚。」

阿羅再次努力吞嚥，嘴巴乾澀，嚥不太下去。「他有來過，」阿羅低聲說。「我看見了。」

「你應該多喝一點水，」莫拉說。她倒滿一杯水，舉杯到他的嘴邊。阿羅只勉強喝幾口，開始咳嗽，水從嘴角流掉。他以虛脫的手推開杯子，哼哼著躺回地上。「夠了。」

莫拉放下水杯，仔細看他。他已經連續幾小時沒有排尿，呼吸聲已出現變化，現在聽來沙啞，有呼呼的雜音，顯示他正把液體吸入肺臟。如果他更加虛脫，強迫他飲水反而對他不利。然而，不喝水，他會因脫水而休克。她心想，不管他喝不喝水，都已經性命難保。

「你看見什麼，」她說，「再告訴我一遍。」

「幾張人臉。」

「有人出現在屋裡？」

他再吸一口氣，充滿雜音。「窗外也有。」

現在有人在外面嗎？

一陣冰風順著莫拉的脊椎向上竄，她緊急轉頭看窗戶，玻璃外卻只有黑夜，沒有鬼臉，沒有魔眼瞪著她看。

伊蓮爆笑起來，態度輕蔑。「看吧，你們兩個都失常了！我開始認為，這房子裡精神正常的人只剩我一個。」

莫拉走向窗戶。窗外的夜色濃密如絨布幕，遮掩著潛藏山谷中的秘密。她的想像力趁隙而入，替她填充肉眼看不見的細節，為她增添血腥與恐怖。這村落的人一定碰到了什麼現象，急著逃命，家門不上鎖，窗戶不關，盤中飧也來不及吃。這裡一定發生過什麼可怕的事，嚇得村民扔下寶貝寵物，任牠們挨餓受凍。嚇跑村民的事物仍在山谷裡嗎？或者根本沒這回事，只是她孤立無援，心生畏懼，想像力往壞的方向走偏了。

是這地方在搞鬼，搞得我們頭腦糊塗，神智喪失。

她想起一連串無情的災難導致大家受困此地。那場大雪，車子走錯了路，廂型車掉進山溝，彷彿他們命中註定，像天真的獵物被誘入西天村的陷阱，任何逃命的舉動只會招致更多不幸。阿羅的意外，不是證明了逃亡無用嗎？道格到哪裡去了？他走出山谷，已經過了兩個早上，救兵現在早該到了。

換言之，他沒有達成使命。西天村也不容許他逃走。

她甩甩頭，離開窗前，忽然自責不該往怪力亂神的方向遐想。受盡壓力，連最遵守邏輯思考的人都會胡思亂想出妖魔鬼怪。

可是，我明明看見雪地上有雪鞋印。何況，阿羅也看見窗外有人。

莫拉走向門口，拉開用來堵門的椅子，然後打開門閂。

「妳想幹什麼？」伊蓮問。

「我想去證明看看自己是不是想像力太豐富。」莫拉穿上夾克，拉起拉鏈。

「妳要去外面？」

「是啊。認為我快發瘋的人是妳自己。妳再三堅持說，外面什麼東西也沒有。」

「妳出去外面做什麼？」

「阿羅說他看見窗外有臉。雪停了三天，如果有人在窗外站過，腳印可能還在。」

「留下來，拜託。妳不必對我證明什麼。」

「我想證明給自己看。」莫拉拎起煤油燈，來到門口，即使在她握住門把之前，她強迫自己把懼意壓下去。內心正對她大叫：別出去！鎖上門閂！但這種恐懼心理不合乎邏輯。沒有人想傷害他們；所有的禍害，起因是他們失策連連，咎由自取。

她打開門，走到門外。

夜景寂聊，風不吹，樹不搖，最吵的聲音是在她胸腔裡噗噗跳的心臟。門忽然又開，伊蓮走出來，穿著夾克。

「我跟妳一起去。」

「沒必要。」

「如果妳又發現腳印，我想親眼看一看。」

兩人繞向有窗戶的那一面牆壁。這一側她們沒有來過，莫拉以煤油燈的光照著雪地，找不到足跡，只見平坦無紋的雪。但是，當她們來到窗戶時，她停下來，低頭注視著油燈照耀出來的鐵證。

現在，伊蓮也看見了。她倒抽一口氣。「看起來像狼的腳印。」

此時，遠方冒出嗥叫聲，宛如呼應著她們的發現，劃破夜空而來，緊接著是尖吠、哀鳴的大合唱，讓莫拉的雞皮疙瘩直直起。

「這些腳印出現在窗戶的下面。」她說。

伊蓮突然爆笑。「唉，這能解釋阿羅看見的東西，對吧？」

「怎麼說？」

「太明顯了嘛。」伊蓮轉向樹林，她的笑聲狂放而無法把持，近似森林裡傳來的哀鳴。「狼人！」

陡然之間，嗥叫聲止息，接著來的靜謐如此徹底，如此難以解釋，莫拉被嚇得皮膚麻癢起來。

「回去，」她低聲說。「快。」

她們在結冰的雪地上狂奔，跑回門廊，開門進屋子。莫拉趕緊扣上門閂，把椅子拖過來頂住門。一時之間，兩人站著直喘氣，說不出話。壁爐裡的一塊柴薪垮下去，掉進餘燼之中，火花四濺。

伊蓮與莫拉忽然僵住，望向對方，因為兩人同時聽見山谷傳來陣陣回音。又是狼群在嗥叫。

19

翌日，日出之前，莫拉已知阿羅即將死去。她從呼吸聲聽得出來。阿羅的喉嚨裡發出咕咕水聲，彷彿浮潛時蛙鏡進水，他拚命想吸氣。他的肺葉正逐漸被體液淹沒。

她被呼吸聲吵醒，轉頭看阿羅。在火光中，她看見伊蓮彎腰檢查他，以毛巾輕輕擦他的臉。

「再撐一下就好，阿羅，」伊蓮喃喃說。「他們今天就會趕過來救我們了，我知道。等天一亮就來。」

阿羅忍痛吸一口氣。「道格……」

「對，我確定他已經下山了。你對他最瞭解了。永遠不死心，永遠不投降。我們的道格就是這種人。你再撐一下，好嗎？再等幾個鐘頭。你看，天快亮了。」

「道格。妳。」阿羅斷斷續續地抽一口氣。「我從一開始就沒機會，對不對？」

「你是什麼意思？」

「我一直明白。」阿羅忍住哭聲。「一直明白妳會選擇他。」

「唉，阿羅。不是你想的那樣。」

「誠實的時候到了。求求妳。」

「道格和我之間從來沒有那種事。我發誓，阿羅。」

「可是，妳希望會發生。」

接下來的沉默是一種誠實的告白，比伊蓮說的千言萬語更實在。莫拉保持緘默，一動也不動，目睹這場痛苦的告白令她渾身不舒服。阿羅必定自知時間不多了，想把握住最後這機會問清真相。

「沒關係。」他嘆氣。「現在無所謂了。」

「怎麼會沒關係？」伊蓮說。

「我……仍然愛妳。」阿羅閉眼。「希望妳……知道。」

伊蓮一手捂自己的嘴，攔住哭聲。第一道晨曦自窗外投射進來，將她沐浴在晨光中。她跪在阿羅身旁，飽受哀傷與歉疚的折磨。她抖著吸一口氣，直起身子，這時才注意到莫拉醒了，旁觀到剛才的告白。伊蓮尷尬之餘趕緊轉頭。

兩個女人一時無言以對，唯一的聲響是阿羅沙啞的呼吸聲，一口進，一口出，痰咯咯作響阻擋著進出的空氣。即使遠在客廳的另一邊，莫拉仍看得見他的臉色變了，眼睛的窟窿更深，皮膚的色調多了一層病態綠。她不想檢查阿羅的腿，但現在光線充足，適合檢查，她自知應該去看看。這是她的責任，是她想撇開的一份責任，但她是醫生。受過再高等的醫學訓練，缺乏現代藥品、無菌手術器具也莫可奈何，更何況她也欠缺冰冷的毅力。在慘叫聲中截肢，她辦不到，而截肢是當務之急。甚至在她揭開毛毯前，在她嗅到傷口化膿的臭味之前，她就知道了。

「我的天哪。」伊蓮哀嚎，踉蹌跑掉。莫拉聽見伊蓮關上前門，逃出惡臭瀰漫的客廳，去外面尋找新鮮空氣。

今天非動手不可，莫拉心想。她凝視著腐敗中的腿。但她動不了手；她需要伊蓮和葛雷絲壓住他，否則她絕對無法止血。她望向葛雷絲，少女依然熟睡在沙發上。能指望葛雷絲嗎？伊蓮有勇氣緊緊壓住阿羅嗎？伊蓮能不顧慘叫聲和無情的鋸子聲嗎？如果這兩人承受不住壓力，阿羅可能會死在莫拉的刀下。

她穿上夾克，戴上手套，走出屋外，發現伊蓮站在門廊上，對著冷空氣深呼吸，彷彿想洗淨滿肺的腐肉味。

「妳估計他還有幾天？」伊蓮輕聲問。

「我不想討論死期，伊蓮。」

「可是，他快死了，不是嗎？」

「如果再不動手的話。」

「妳和道格已經動手了啊。動手也沒用。」

「所以我們不得不採取下一個步驟。」

「什麼？」

「截肢。」

伊蓮轉頭瞪她。「妳不是認真的吧。」

「我們別無選擇了。抗生素已經用完了。如果那條腿不鋸斷，他會死於敗血性休克。」

「當初不想動手術的人是妳耶！道格勸妳，妳才肯動手。」

「情況惡化得太嚴重了。現在，我們想救的不是他的腿，而是他的生命。我需要妳幫我按住他。」

「我一個人辦不到！」

「葛雷絲非幫忙不行。」

「葛雷絲？」伊蓮以鼻子出氣。「那個臭小孩被寵壞了，信得過嗎？她能幫上什麼忙？」

「如果我們講理給她聽，如果對她說明這事的重要性，她聽得進去。」

「莫拉，我比妳更瞭解她。她把道格訓練得乖乖聽話。道格把她當成小公主一樣捧，什麼事都依她，討她歡心最重要，以彌補她的母親出走的缺憾。」

「妳太小看她了。她的年紀雖然小，頭腦卻不簡單。她能瞭解事態的嚴重性。」

「她才不在乎咧。妳沒看出來嗎？她誰也不鳥，只關心她自己。」伊蓮搖搖頭。「別指望葛雷絲了。」

莫拉吐出一口氣。「如果只有妳能幫忙，我們應該找繩子來，把他綁在桌子上。」

「妳真的打算動手？」

「不然妳要我怎麼辦？束手旁觀，看著他斷氣？」

「救兵可能今天就來了，可能再等幾個鐘頭就到。」

「伊蓮，我們需要認清現實。」

「再等一天也無所謂嘛，對不對？如果救兵明天才到，應該還來得及。」

「道格已經走了兩天，肯定是出事了。」她停頓一下，不願自承顯而易見的推論。「我認為他沒成功，」她輕輕說。「我們要靠自己了。」

伊蓮的眼珠忽然淚光閃爍，趕緊轉頭盯著雪地。「如果妳動手呢？如果鋸斷他的腿，他死的機率多大？」

「沒有抗生素，恐怕他的機會不大。無論我們怎麼救也一樣。」

「那何必讓他活受罪？如果怎麼救也救不活，為什麼要折騰他？」

「因為我已經想盡辦法了，伊蓮。最後只剩這條路可走，不然只有放棄。」

「道格還是有可能叫到救兵——」

「救兵早該到了。」

「再給他一點時間。」

「事實擺在眼前，妳硬不接受，還要我們空等多久？不會有救兵了！」

「我不在乎等多久！天啊，妳知道自己在講什麼嗎？妳是真的想鋸斷他的腿？」伊蓮突然癱靠在門廊柱上，彷彿疲憊到無法支撐自己的重量。「我辦不到，」她輕聲說。「對不起。」

莫拉轉身，望向離開山谷的路。今天又是萬里無雲的好天氣，雪地反射的晨光照得她睜不開眼睛。她心想，最後只有一個辦法了。如果她自己不接受，阿羅必死無疑。也許不是今天死，甚至不是明天，但在那間客廳裡，她能嗅到必然的結果——除非她採取行動。

「妳要繼續餵他喝水，」她說。「只要他清醒到能喝水的程度，就繼續餵他喝糖水。他吃得下的話，儘量餵他吃東西。我們剩下的止痛藥只有Tylenol，多的是。」

伊蓮對著她皺眉。「妳對我說這個做什麼？」

「因為從現在起，由妳當家。儘量讓他舒服一點；妳所能做的就只有這樣。」

「妳呢？」

「我的越野滑雪板還固定在廂型車上。我去帶一點過夜用的物品，以免我在天黑之前無法抵達。」

「妳想滑雪下山？」

「妳想去嗎？」

「如果連道格也下不了山——」

「他可能碰到意外了，可能跌斷了腿，躺在路邊。如果真的是這樣，我更應該趁天色還早，馬上動身。」

「如果連妳也回不來了呢？」伊蓮問，語氣難掩絕望。

「妳們不愁飲食和柴薪。妳和葛雷絲可以在這裡活幾個月。」她轉身。

「等一下。我想告訴妳一件事。」

莫拉在門廊上站住，回頭望。「什麼事？」

「道格和我，我們從來沒在一起過。」

「我聽妳告訴過阿羅。」

「是實話。」

「這有什麼關係？」

「我認為妳想知道。」

「老實說，伊蓮，妳和道格之間有沒有發生過什麼事，對我而言一點影響也沒有。」莫拉轉向屋子。「我目前只關心一件事：讓我們大家活著離開這村子。」

整理背包花了她一個小時。她在裡面塞了飾品、備用襪子、手套、一件毛衣。她從車庫找來一張防水布和睡袋。她希望用不上這些東西。幸運的話，她能在入夜之前下山。她的手機電池已經耗盡，因此連同皮包交由伊蓮保管，只帶走現金和證件。漫漫三十英里的路，容不下一盎司的冗重。

即使如此，背包上肩之後仍沉甸甸的。她踏上出谷的道路，步步令她聯想起逃生失敗的情景。在這裡，有休旅車輾出來的輪胎痕，奮力爬坡著。在這裡，因休旅車受困雪地，他們棄車往回走，以雪橇載著阿羅。再走一百碼，再繞過幾個急轉彎，她開始看見他們踩到阿羅的血後留下的血印。再過一個轉彎，她見到動彈不得的休旅車，防滑鏈斷了，血跡更多。

她停下來喘息，凝視著被踩亂的雪，地上被染成深淺不一的紅與粉紅，如同夏日炎炎時大舔的冰品。這景象也勾起慘叫聲與驚恐。爬坡使得心跳加速，如今更因不堪回首的往事而跳得更狂亂。

她走過休旅車，繼續向前。在這裡，平坦的雪地只見道格的足跡。已過三天，他的腳印也被日光融化一部分，剩下的足跡被凍成冰殼。她繼續上坡，忐忑不安地想著，她正踏著道格的腳步前進，每一步都是道格三天前走過的路。下山的途中，她能再看到多遠的腳印？到了某一個地點，腳印該不會突然停住，她會不會發現道格的下場？

我的下場會不會和他一樣？

路越來越陡，厚重的冬衣悶出她一身汗。她拉下夾克的拉鏈，摘掉手套和帽子。這道上坡路是全程最吃力的一段。一旦她抵達幹道，接下來的路大致上是下坡，滑雪下去並不吃力。至少理論而言如此。然而，道格竟然失敗了。現在，她開始懷疑自己是不是太魯莽了。道格體格好，又常運動，連他也辦不到的苦差事，她怎有辦法達成？

現在後悔還來得及。她可以調頭回那棟房子去，有足夠的事物能供大家過冬。她走到一處高地，放眼能見谷底的村落，看見柴煙從那棟屋子的煙囪裊裊而上。連幹道都還沒有到，她就已經累了，兩腿痠痛而疲軟。道格爬坡到這裡時，也覺得累嗎？他是不是也停在同一個地方，俯瞰著山谷，與自己辯論著此舉是否明智？

她知道道格辯論出的決定是什麼；道格的足跡為他的決定留下紀錄。腳印繼續往前延伸。因此她也跟著上路。這是為了阿羅，她心想。阿羅的名字成了她邊走邊默唸的口號：救阿羅。救阿羅。

不久，松樹遮蔽她的視野，山谷消失在她的背後。每跨一步，背包似乎變得更沉，她考慮丟棄裡面的物品。沙丁魚罐頭帶了三罐，有必要嗎？花生醬有半瓶，應該能支撐她下山吧？她在心中衡量輕重，呼呼走著，罐頭在背包裡相互撞擊。才上路不到兩小時，她竟已有此盤算，這不是好現象。

坡度緩和成平地，她看見前方的路標，也就是五天前他們瞭望西天村的那一處高地。山谷現在顯得好遙遠，村落看似小人國，裝飾著人工森林和人造雪。但煙囪冒出來的煙千真萬確，那棟屋子裡的人也是，而且其中一個人命在旦夕。

她轉身，繼續健行，走了兩步陡然打住。她低頭看雪地，看見道格的足跡往前方延伸。

跟隨他後面的是另一組足跡。雪鞋印。

她看得出來，雪鞋印是在道格走過之後留下的，因為雪鞋踩扁了道格的靴印。問題是，踩平道格靴印是多久以後的事？是幾個小時之後，或是隔了一天？或者是，道格的追兵緊跟在後，一步步逼近他？

同一個人，現在是不是在我背後？

她急忙轉身，心跳如鼓，掃瞄著周遭環境。樹林顯得比剛才更近，彷彿它們趁她不注意，偷偷挨近過來。日光強烈，照得她半盲，看不清沉重枝椏下的暗處，視線只穿透樹林幾英尺就被陰影擋住。道上幽靜，沒有風，沒有腳步聲，只有她自己慌亂的心跳。

去拿滑雪板，趕快下山。

她開始循著道格的腳印跑。道格並沒有跑步的跡象，照常邁著大步前進，步幅穩定而均勻，靴底在雪地踩出深深的痕跡。道格來到這裡時，他還不知道有人尾隨，可能只想著眼前的任務，想著趕快摘下滑雪板，開始滑雪下山。他不知道有人在跟蹤他。

喘息著冷空氣，莫拉隱隱胸痛，喉嚨也灼燙。她每走一步，靴子踩破冰殼的聲響似乎震耳欲聾，附近的人一定會以為有大象拖著龐大的身軀路過。一頭氣喘吁吁又笨重的大象。

終於，她看見封住路口的那條鐵鏈。快到了。她循著道格的足跡走完最後幾十步，跨過鐵鏈，走過閒人勿近的招牌，看見Suburban廂型車，依然側翻在山溝裡，車底的滑雪板缺了一副。這樣看來，道格走到了這裡。她看見他滑雪下山留下的平行軌跡。

她踩進山溝裡的積雪，雪蓋至她的大腿。她解開車頂的另一副滑雪板。滑雪鞋放在車上，想拿出來比較費事，因為車子側躺著，車門太重，不容易拉開。最後她總算把車門扯開來，她上氣不接下氣，喘得厲害。

突然，她聽見遠處傳來隆隆聲。她暫停動作，聆聽心跳以外的聲響，害怕只是想像力在作祟。不是，確實有——是引擎的聲音。

鏟雪機開上山了。

道格辦到了。道格成功了，大家得救了。

她歡呼一聲，讓廂型車的門自動關上。她仍看不見鏟雪機的蹤影，但聲音越來越響，越來越近，她同時又哭又笑。重回文明世界了，她心想。回到沖熱水澡、有電燈、電話可用的世界。最重要的是醫院。

阿羅有救了。

她倉皇走上路面，站著等救兵。陽光照在她的臉上，歡樂在她的血管裡竄流。她心想，終於有轉機了。從這個時間點開始，夢魘結束了。

接著，在鏟雪機的隆隆聲之外，她聽見輕輕踏雪而來的聲音。聲音從她的背後傳來。她赫然吸一口氣，竄入肺臟的空氣像一陣寒風。她這才看見朝她籠罩過來的影子。

樹林裡的偷窺者。他來了。

20

旅館的交誼酒廳裡生意清淡，瑞卓利發現丹尼爾．布洛菲駝著背獨坐雅座。瑞卓利走過來，丹尼爾頭也不抬，繼續瞪著桌面，明顯在暗示他不希望旁人干擾。

她不管，照樣坐下。「你怎麼不過來一起吃午餐呢？」她說。「你有吃嗎？」

「我不餓。」

「我還在等昆南回電，不過我想，他今天大概沒有進一步的消息可以報告。」

他點頭，仍不看瑞卓利，依舊釋放著走開，我不想說話的訊息。即使在交誼廳柔美的光線下，他仍明顯老了幾歲。倦怠而飽受打擊。

「丹尼爾，」她說，「我不會放棄的。你也不應該放棄。」

「我們已經開車走遍了五個郡，」他說。「已經接受過六家電台的訪問，檢查過了監視錄影帶的每一分鐘。」

「我們有可能看漏了線索。如果再看一遍，說不定能找到。」

「錄影帶裡的她好快樂的樣子。不是嗎？」他抬頭，瑞卓利看見他備受煎熬的眼神。「和那個男人在一起，她看起來好快樂。」

沉默片刻後，瑞卓利承認：「對，看起來是。」

監視攝影機捕捉到了莫拉與金髮男在大廳裡的身影，但畫面僅止於匆匆幾秒，每次至多幾秒而已，轉眼她又消失，令人在觀看時覺得像見鬼。這縷幽魂在世上反覆過著最後幾秒。

「整件事的意義何在，我們還不清楚，」瑞卓利說。「他有可能是老朋友。」

「能讓她笑容滿面的人。」

「她參加的是醫學研討會，很多病理學家可能互相認識，也許他和莫拉失蹤的事完全沒有關係。」

「或者，昆南警探的說法也許是對的。他們正窩在哪個旅館裡，昏頭昏腦在……」他說不下去。

「至少這樣表示她還活著。」

「對，是這樣沒錯。」

兩人再度無言。時間是下午三點，喝雞尾酒嫌太早，因此整間昏暗的交誼廳只有酒保在吧台裡疊酒杯，客人只有他們兩位。

「假設她真的跟別的男人跑了，」瑞卓利沉聲說，「你應該能瞭解原因。」

「我怪自己不好，」他說，「沒辦法帶給他快樂。而且我忍不住懷疑……」

「什麼？」

「她飛來這裡，是不是原本就計劃要見他。」

「你懷疑的依據是什麼？」

「看看他們倆相視微笑的樣子，相處起來好融洽。」

「兩人可能是老朋友。」或是舊情人，她忍住後半句。沒必要；這念頭想必令丹尼爾心如刀割。「全是猜測，毫無根據，」她說。「證據只有她跟某個男人出去吃晚餐的錄影帶。在大廳約見。」

「而且還笑容滿面。」痛苦令他的目光黯淡。「我就不行。她需要的我沒辦法給。」

「她現在最需要的是我們不死心，繼續找她。我不會放棄。」

「告訴我實話。」他正視瑞卓利的眼睛。「妳偵辦兇殺案的資歷夠久了。妳的直覺是什麼？」

「直覺也有偏差的時候。」

「如果她不是朋友，如果這案子只是普通的失蹤人口，妳現在的推論會是什麼？」

她猶豫著，交誼廳裡唯一的聲響來自吧台，酒保正為即將來臨的雞尾酒時段準備，杯子被敲得叮噹響。

「失蹤這麼久了……」她搖搖頭。「我不得不做最壞的盤算。」

他似乎對這回答不感訝異。到了這個階段，他勢必也理解出相同的結論。

瑞卓利的手機響起，兩人同時愣住。她查看來電者的號碼。昆南。她一聽見昆南的聲音自另一端傳來，立刻聽出昆南不願打這通電話，而這一通也不是她想接的電話。

「報告妳一個遺憾的消息。」他說。

「什麼事？」

「妳最好去傑克遜荷爾的聖若望醫學中心一趟。德瑞普醫師會去那裡跟妳會合。」

「德瑞普醫師？你指的是薩布列郡驗屍官？」

「對，因為事情發生在薩布列郡。」昆南的口氣停頓許久，令人心急。「唉，他們找到妳的朋友了。」

「我希望你們別去見她，」德瑞普醫師說。他隔著會議桌，面對莫拉的三位朋友。「最好能記得她生前的模樣。我相信她也有同樣的心願。」

聖若望醫院服務的對象是活人，而非死屍。會議室的門擋不住醫院的日常作息聲：電話鈴聲、電梯的叮聲、急診室隱約傳來的嬰兒哭聲。這些聲響令瑞卓利聯想到，即使在悲劇發生後，活人的日子還是得過。

「車子今天早上才被發現，掉在河谷裡，地點是偏遠的小山路，」德瑞普說。「無法確定翻車的時間。車子被火燒得很嚴重，後來又引來野生動物……」他支吾一下。「那地方畢竟是野地。」

他不需要詳述，瑞卓利知道他難以啟齒的是什麼。在大自然裡，生物總是潛伏在死神的陰影中，帶著尖嘴、獸爪、利齒，伺機爭食。即使在波士頓的郊區公園裡，死屍也會招來狗、浣熊、老鼠、兀鷹。在懷俄明西部的荒山上，等著爭奪死屍的動物更多，能把臉咬爛，也能扯斷四肢。瑞卓利想起莫拉象牙白的肌膚、貴氣的頰骨，不禁擔心她的五官被摧殘到什麼程度。對，我不想看。我不想知道她的臉變成什麼樣。

「既然遺體損害嚴重，你怎麼辨識身分？」嘉柏瑞問。至少他的頭腦仍清楚，能從調查員的角度來思考，該問的事情他並沒忽略。

「墜車地點的證物充分，所以能辨識身分。」

「證物？」

「車子掉進河谷時，有幾件物品被甩出車外，其中有幾口行李箱和隨身物品沒被燒掉。」他伸手抱起他剛帶進來的大紙箱，掀開箱蓋，裡面飄出塑膠被燒焦的氣味。雖然箱內物品全以證物袋封妥，火與煙的臭氣嗆鼻，仍鑽得出夾鏈袋。他呆了一下，凝視著箱子裡，好像突然後悔公開這些證物。然而，現在蓋回箱蓋已經太遲了，不能出爾反爾。他取出第一袋證物，放在桌上。

隔著一層透明的塑膠，他們看得見一片皮革的行李吊牌。德瑞普把袋子翻過來，顯示工整的大寫印刷體姓名：

莫拉．艾爾思醫師

「這上面寫的是她的住址，沒錯吧？」他問。

瑞卓利強嚥一下口水。「對。」她喃喃說。丹尼爾坐在她的旁邊，瑞卓利的視線不敢往他的方向飄，深怕看見他沉痛的表情。

「這塊牌子附在被甩出來的行李箱之一，」德瑞普說。「你們想確認一下行李箱也行。行李箱和其他較大的證物由薩布列郡警局保管中。」他伸手進紙箱，取出其他證物袋上桌。有兩支手機，其中一支被燒焦了。另外有一枚行李吊牌，上面寫著道格拉斯．康牧里醫師。一個男用的盥洗用品盒。一瓶處方藥樂瓦司他汀，患者姓名是阿羅．季林斯基。

「Suburban廂型車是道格拉斯．康牧里醫師租的，聖地牙哥人，」德瑞普說。「租期十天。據我們判斷，廂型車衝出路面時的駕駛是康牧里醫師。出事地點有個急轉彎，如果當時天黑，或者正在下雪，能見度很低。路面結冰也可能釀成車禍。」

「所以說，你們認定是意外。」嘉柏瑞說。

德瑞普皺眉。「不然呢？」

「可能性很多，都值得考慮。」

驗屍官嘆氣。「迪恩探員，站在你的專業角度，我知道你自然而然會考慮到其他的可能。不過，費希警長的結論是一場意外。我已經看過X光片。遺體有多處骨折，符合車禍的特徵。身上也沒有子彈碎片，查不到其他疑點。廂型車只是衝出山路而已，墜落到五十英尺下的河谷，最後起火燃燒。依我看來，車子墜崖落地的那一剎那，乘客生還的機會就很渺茫了，所以我認為，你們的朋友應該是死於車禍。」

「上星期六，不是下了一場大雪？」嘉柏瑞問。

「對。為什麼？」

「如果車子表面的積雪很厚，我們能判斷出事的日期。」

「我只看見薄薄一層，」德瑞普說。「不過，話說回來，如果有積雪，火燒車會把雪融掉。」

「也有可能是，車禍發生沒多久。」

「不過，如果車禍是近幾天的事，另一個問題是這些人過去七天待在哪裡。死亡時間幾乎不可能判定。我傾向於依照死者生前最後一次露臉的時間，也就是星期六。」他望著會議桌前的一張張愁容。「我明白，疑問很多，仍有待追查，不過至少現在各位知道真相了，可以帶著落幕的心情回家。各位已知她的死在一瞬間發生，死前可能毫無痛苦。」他嘆氣。「事情發展成這樣，我很難過。」

德瑞普站起來，比半小時之前的他看來更老、更疲憊。即使慟失親友的人不是你，與相關人士相處，照樣能耗費身心，而德瑞普對這種場面可能已司空見慣。「我陪大家走一段吧。」

「方便讓我們看遺體嗎？」嘉柏瑞問。

德瑞普對他皺眉。「我不建議。」

「可是，我認為應該看一看。」

瑞卓利幾乎希望德瑞普能婉拒，省得她再心痛。莫拉生前的模樣留在她的心上，如果她看見了焦屍，那幅影像將永生難以抹滅，再也無法讓時光逆轉回慘劇前的音容。她望著丈夫，不知他如何能如此鎮定。

「我帶你們去看看X光片吧，」德瑞普說。「也許X光片能讓各位接受我的發現。」

嘉柏瑞對丹尼爾說：「你留在這裡比較好。」

丹尼爾點點頭，垂首留在原位，陪伴他的是感傷。

瑞卓利和嘉柏瑞跟著德瑞普進電梯，她覺得畏懼像胃酸似地翻騰著。我不想看，她心想。我不必看。但嘉柏瑞的步伐堅定，她拗不過自尊心，只得跟著走。進入停屍間後，她看見驗屍桌是空的，死屍被安置在視線外，她心中的大石頭才落地。

德瑞普翻找著一疊X光片，選出其中幾張，夾在看片燈箱上，打開按鈕，骨骸的影像呈現出來。

「如同各位所見，創傷的證據不勝枚舉，」德瑞普說。「顱骨破裂，肋骨骨折多處。左股骨嵌入髖關節。由於車子起火燃燒，四肢蜷縮成拳擊姿勢。」他的語調不帶感情，是專業人士對同事傳達資料的口吻，彷彿他進入這間停屍間、看見不鏽鋼冷冷反射的燈光，便在無形中穿上驗屍官的制服。「我把這些X光片電郵給科羅拉多州的法醫，他認定死者是三十歲到四十五歲的女性，估計身高在一六五到一六八公分之間。另外，從她的薦髂關節來判斷，她是未產婦。她沒有生過小孩。」他停頓一下，望著瑞卓利。「妳的朋友具有這些特徵，對吧？」

瑞卓利麻木地點頭。「對。」她低聲說。

「另外，她的牙齒照顧得很好，右下臼齒有牙冠，其他地方有幾處補牙。」他再次望著瑞卓利，彷彿所有答案在她的身上。

瑞卓利凝視著燈箱上的齒列X光片。我哪曉得？她又沒有研究過莫拉的牙齒，沒數過她的牙冠和補牙數目。莫拉是同事、朋友，不是牙齒和骨骼拼湊出來的東西。

「對不起，」德瑞普說，「這麼多資訊，一下子丟給妳，妳可能承受不了。我只是想讓妳更加確認死者的身分。」

「那麼，不必解剖驗屍了吧？」瑞卓利輕聲說。

德瑞普搖搖頭。「沒有必要了。科羅拉多州的病理學家已經滿意了。我們採集到她的行李吊牌，X光片也吻合她的年齡和身高。這些傷也符合未繫安全帶的乘客遭遇高速撞擊的特徵。」

這句話說完幾秒，瑞卓利才聽進去。她眨掉眼淚，夾在燈箱上的X光片突然又清晰起來。

「未繫安全帶？」她說。

「是的。」

「你是說，她當時沒有繫好安全帶？」

「沒錯。車上的死者全部沒有繫安全帶。」

「不可能吧。莫拉從來不忘安全帶。她就是這種人。」

「恐怕這次她是疏忽了。即使是她繫好了安全帶，這種車禍的傷害太大，安全帶也沒用。」

「重點不是安全帶有沒有用，而是，這現象不太對勁，」瑞卓利說。「這完全不合她的個性。」

德瑞普嘆著氣，熄滅燈箱。「警探，妳難以接受好友的死訊，我能體會妳的心情。無論她有沒有繫安全帶，都無法改變她已經離開人間的事實。」

「可是，車禍是怎麼發生的？為什麼？」

「有差別嗎？」德瑞普小聲說。

「有。」她又覺得淚水刺激到眼珠。「我覺得沒道理。我想瞭解細節。」

「珍，」嘉柏瑞說，「這種事，可能問到底也求不出道理來。我們只能接受了。」他輕輕握住她的手臂。「我想夠了。我們回旅館去吧。」

「還不是時候。」她掙脫嘉柏瑞的手。「我想看其他東西。」

「如果妳堅持要看遺體，」德瑞普說，「我可以帶妳去看，不過妳看了也認不出什麼特徵，因為只剩燒焦的皮肉和骨頭。」他停一下，然後輕聲說：「相信我，最好別看她。帶她回家就好。」

「他說得對，」嘉柏瑞說。「我們沒必要去看大體。」

「不是看大體。」她深呼吸一次，挺直腰桿。「我想去看看車禍地點。我想看車禍發生的經過。」

21

隔天早上飄著細雪，嘉柏瑞與瑞卓利下車，走向路邊，默默站著，眺望著河谷，焦黑的廂型車遺骸仍躺在裡面。昨天搜救小組前來尋屍，在雪地上踏出蜿蜒的小徑，不難想見抬屍上坡時的辛勞，尤其是在轉彎時，尤其是在靴底在冰岩上打滑時。

「我想靠近一點。」她邊說邊踏上曲徑。

「沒什麼好看的。」

「這是我對她的義務。我想看看她走的地點。」她繼續走，視線固定在滑溜的小路上。雪地上覆蓋薄薄一層新雪，格外寸步難行，她不得不慢慢走。順著陡坡下去才走幾步，她的大腿已陣陣痠痛，融化的雪花混合著汗水，流下她的臉頰。她開始瞧見墜車現場的碎屑出現在斜坡上：一片扭曲的金屬、一只球鞋、一塊藍布，所有東西逐漸被新雪掩埋。等到她終於行抵焦黑的廂型車旁，遍地已覆蓋著一層薄薄的雪。空氣冷冽而清新，一縷火場氣息仍徘徊不散，她看得見火燒車殘留的傷疤：被燒成焦炭的樹叢，以及被焚黑的松樹枝。她想像著廂型車墜崖的驚駭過程，揣摩著莫拉在驚叫聲中度過此生最後幾秒的情景。

瑞卓利站住，顫抖著吐出一口氣，看著雪花逐漸拭去死神留下的醜陋證據。踏雪而來的腳步聲聲近，來到她身旁的人是嘉柏瑞。

「很難相信這種事，」瑞卓利說。「一早醒來，以為又是平淡無奇的一天，跟幾個朋友坐上車，結果生命在轉眼間結束了，知識、思想、感覺，在轉瞬之間全部消失。」

他把瑞卓利拉近。「所以人類才需要把握生命的每分每秒。」

她抹掉車上的雪，顯露出一道焦黑的金屬。「誰料得到呢？一生中的大小決定那麼多，誰知道哪一個決定能改變人生道路？如果她不參加這場研討會，她就不會遇見道格．康牧里，就不會坐上他的車子。」她的手倏然從廂型車上縮回，彷彿被燙到。她凝視著殘破的車子，想像莫拉在世的最後幾天。經過深入調查後，他們已知監視錄影帶裡伴隨莫拉的男子是康牧里，也在聖地牙哥一所醫院網站的醫師名單查到他的相片，知道他的職稱是病理學家，四十二歲，是已離婚的單親爸爸，也報名參加同一場研討會。俊男看上美女，接下來的事情是順理成章，晚餐、閒聊，兩人的腦袋裡旋繞著各式各樣的遐思。思維再審慎的女人也禁不住這種誘惑，連莫拉也不例外。畢竟，丹尼爾能許諾她什麼樣的未來？一輩子偷偷摸摸的幽會、終生失望、悔恨？倘使丹尼爾能順遂莫拉的心願，她不至於迷途，不會在道格拉斯．康牧里的死亡之旅插上一腳。

也不至於枉送一條命。

丹尼爾必定也備受同樣的念頭自責不已。瑞卓利和嘉柏瑞瞞著他前來車禍地點，認為他沒必要過來觸景傷心。現在，瑞卓利站在款款飄落的雪景中，也懷疑自己為何非來不可。親眼看又能怎樣？瞧瞧焦黑的車體、想像墜崖的過程、玻璃碎片紛飛、爆炸起火的景象，又有什麼用？她心想，既然親眼看到了，可以回家了。

她與嘉柏瑞轉身，走同一條小徑折回。風勢轉強，細雪直襲她的臉，刺進她的眼球。她打一個噴嚏，再睜開眼睛時，一片藍藍的東西飄過視線。她過去撿起來，發現是殘破的機票封套，邊緣被燒焦，裡面殘留一小部分的登機證，可惜乘客的姓只有最後兩字可以辨識。

林吉

她望向嘉柏瑞。「車上另一個男人姓什麼？」她問。

「季林斯基。」

「我想也是。」

他對著登機證皺眉。「四具屍體的身分全證實了，分別是康牧里和女兒、季林斯基和莫拉。」

「那，這張機票是誰的？」她問。

「也許是租同一輛車子的乘客留下來的垃圾。」

「疑點又多了一個。登機證和安全帶。」

「有可能完全不相干。」

「你不覺得奇怪嗎，嘉柏瑞？真不敢相信你就這樣接受事實！」

他嘆氣。「妳只是在為難自己。」

「你支持我一下不行嗎？」

「我盡力了。」

「把我講的話當成耳邊風也算盡力？」

「唉，珍。」他摟住她，但她維持僵直的立姿，對他的擁抱毫無反應。「我們盡力而為，現在該回家了。我們還有自己的日子要過。」

莫拉卻沒有。她突然體會到，莫拉再也無緣品嘗到許許多多的經驗，不禁替她心疼。莫拉享受不到冷空氣進出肺臟的滋味，被男人擁入懷中的溫暖。她心想，就算我準備回家了，我的問題也還沒有問完。

「喂！」頭上有人叫嚷著。「你們下去那裡幹什麼？」

他們同時抬頭，看見一個男人站在懸崖上的路邊。

嘉柏瑞揮手喊：「我們馬上就上去！」

爬坡比下山更艱辛百倍。新雪掩飾陰險的冰層，風不停把雪片直撲臉上。先爬上路面的是嘉柏瑞，瑞卓利蹣跚跟上，氣喘如牛。

一輛老爺小卡車停在路邊，一位銀髮老人站在一旁，握著步槍，槍口朝地，滿臉是縱橫的紋路，道盡一世在戶外打拚的滄桑，而他的靴子與牧場大衣也同樣老舊。雖然他的外表像七旬老翁，站姿卻如松樹一般挺拔不屈。

「那下面是車禍現場，」老翁說，「不是觀光景點。」

「我們知道，先生。」嘉柏瑞說。

「那下面也是私人物業。我的土地。」老翁把步槍握得更緊。雖然槍口仍指著地上，他以姿勢說明他隨時準備舉槍。「我已經報警了。」

「沒必要，」瑞卓利說。「太扯了。」

老翁不笑，瞪著她。「你們沒權利去下面尋寶。」

「我們又不是去尋寶。」

「我昨晚才趕走一群青少年。他們想找紀念品。」

「我們是執法人員。」瑞卓利說。

老翁朝他們的租車望一眼，半信半疑。「外地來的？」

「死者之一是我們的朋友。她死在河谷裡。」

這話似乎消了他的氣焰。他再瞪瑞卓利半晌，像是在猶豫該不該相信她，就這樣一直瞪著，即使一輛薩布列郡警局的警車轉彎駛來，停在小卡車的後面，他依然目不轉睛。

下警車的警官看來有點眼熟。原來是幾天前偵辦那樁雙屍命案的馬丁諾警官。「嘿，老蒙，」他喊。「發生了什麼事？」

「逮到兩個擅闖者，巴比。他們自稱是執法人員。」

馬丁諾望向瑞卓利和嘉柏瑞。「呃，沒錯，他們的確是。」

「什麼？」

他對瑞卓利和嘉柏瑞點頭表示禮貌。「你是迪恩探員，對吧？哈囉，小姐。誤會一場，不要掛在心上，這位羅夫特斯先生對擅闖者有點嚴苛了，特別是他昨晚才對付過那堆小孩。」

「你認識他們？」羅夫特斯顯然不信，質問著。

「老蒙，他們不是壞人啦。我在OB旅社看過他們，他們是來找費希的。」他轉向瑞卓利和嘉柏瑞，語氣柔和下來。「兩位的友人出事了，我真心感到遺憾。」

「謝謝你，警官。」嘉柏瑞說。

老蒙低哼一聲表示和解。「那我欠你們一個道歉。」他伸出一手。

嘉柏瑞和他握手。「道歉就不必了，先生。」

「我剛一看見這裡停了一輛車，直覺以為又有人來挖紀念品了。小孩子發啥神經病，瘋什麼屍體和吸血鬼的玩意兒。」老蒙向下望著河谷中的廂型車。「時代變了，以前人多麼尊重物業權，現在什麼阿貓阿狗的，隨隨便便進我的土地亂翻亂找，走了也不把柵欄關起來。」

瑞卓利能解讀馬丁諾臉上閃逝的神態：我至少聽過一千遍了。

「你老是遲來一步，巴比。」老蒙補上一句。

「我這不是來了嗎？」馬丁諾反駁。

「你總是事後才到。我帶你去看柵欄被他們破壞的情形。不拿出辦法不行啊。」

「好。」

「我指的是，馬上辦，巴比。」老蒙坐上小卡車，引擎噗噗發動，大手粗魯一揮，不情願地吼：「再次抱歉了，兩位。」然後揚長而去。

「他是誰啊？」瑞卓利問。

馬丁諾笑說：「蒙戈馬利．羅夫特斯。以前他的家族是大地主，好大一片的土地都是他家的。雙L牧場。」

「他剛才好生氣。我以為他想拿步槍轟我們。」

「他最近是見什麼都生氣。有些老人的脾氣你們不是不知道，老是囉唆著時代變了。」

時代改變是天經地義的事，瑞卓利心想。她看著馬丁諾坐回警車。莫拉走後，波士頓也會跟著變。

驅車返回旅館的途中，瑞卓利凝望窗外，回想她與莫拉最後一次的對話內容。當時她們站在停屍間裡，她看著莫拉對著驗屍桌上的屍體動刀。莫拉談及這趟即將來臨的懷俄明之旅，說她從沒去過懷俄明，多麼期望看見麋鹿和野牛，也許甚至看得見一兩匹狼。她們聊到瑞卓利的母親、貝瑞．佛斯特的離婚，感嘆人生驚奇的轉折。莫拉當時說，一轉角會碰上什麼事，只有天知道。

沒錯。妳也不知道自己會躺進棺材，從懷俄明被送回家。

車子駛進旅館的停車場，嘉柏瑞熄火，兩人坐在車上無言片刻。該辦的事情還有好多，她心想。該打的電話要打，該簽的文件要簽，還要安排運輸棺材的事宜。一想到這些事就令她心力交瘁。幸好，他們總算能回家了。回到蕾吉娜的身邊。

「現在才中午，」嘉柏瑞說，「喝酒有點早，不過我想我們都需要來一杯。」

她點頭。「我贊成。」

她打開車門下車，踏進輕輕落下的雪中。兩人橫越停車場，手臂環繞對方的腰。她心想，假如他沒來，今天的痛苦必然加倍。可憐的莫拉失去了一切，我卻有幸與這男人同在，有幸擁有一個未來。

他們走進旅館的酒吧，裡面的光線調得很暗，一眼沒看見丹尼爾坐在雅座，等到瞳孔適應過來之後才看到。

有人和他同桌。

坐在他對面的黑衣男人站起來，身材高挺而威武。安東尼．桑索尼深居簡出是人盡皆知的事，對個人隱私保密到疑神疑鬼的地步，鮮少出現在公眾場合，然而他卻出現在這間旅館的酒吧，滿面哀淒。

「怎麼不通知我呢，警探？」安東尼說。「這事應該找我才對。」

「對不起，」瑞卓利說，「我一時沒想到。」

「莫拉也是我的朋友。如果我知道她失蹤了，我一定馬上從義大利飛回來。」

「你回來也幫不上忙。我們大家也都束手無策。」她向丹尼爾望一眼，後者神情冰冷。這兩個男人向來看對方不順眼，如今卻相聚一堂，為了緬懷莫拉而宣佈停戰。

「我的私人飛機在機場待命，」安東尼說。「等遺體的放行令一下來，大家可以一起飛回去。」

「今天下午應該可以。」

「我這就通知機長。」他的嘆息裡帶有沉重的感傷。「該帶她上飛機時打電話給我。我們送莫拉回家。」

安身在私人飛機的繭中，機上的四名乘客話不多，默默往東飛進夜空。也許大家的念頭和瑞卓利一致，全想著下面的貨艙，裡面的棺材躺著另一位同機的乘客，置身於漆黑而冰冷的環境。瑞卓利從未搭乘過私人飛機，假使這次搭乘是為了其他場合，她會盡情享受柔軟的真皮座椅、寬敞的伸腿空間、享盡頂級富人專有的舒適。空少端著瓷盤，奉上烤牛肉三明治給她，牛肉烤得粉紅，恰到好處，她卻無心品嚐。儘管她午餐與晚餐都沒吃，三明治入口卻形同嚼蠟，只是在她身體的油箱空空時為她加油。

丹尼爾一口也不肯吃。他的三明治原封不動，眼珠凝視著黑夜，肩膀被哀慟壓垮。愧疚感也沉重吧。他愧疚的是自知拋棄職責、以愛為重、莫拉優先、上帝其次，前途將是多麼美好。如今，他心愛的女人化成一具焦屍，被鎖進腳下的貨艙。

「等我們回到波士頓，」嘉柏瑞說，「很多事情等著我們決定。」

瑞卓利看著丈夫，懷疑他怎有辦法專心面對要務。在這種時刻，她才記得自己嫁的對象曾任陸戰隊員。

「決定？」她說。

「喪禮的事。通知親屬。總要聯絡她的家屬吧。」

「她沒有家屬，」丹尼爾說。「她只有母——」他及時閉嘴，沒有講出母親，更沒有提及他們都想到的名字：阿莫希亞。莫拉的生母身分不明，兩年前她才循線找到女子監獄，但生母居然犯過令人齒冷的血案，不是任何子女願意認的母親，而莫拉再也絕口不提她的事。

丹尼爾再以更加堅定的語氣重複一遍：「她沒有家屬。」

她只有我們，瑞卓利心想。她的朋友。瑞卓利有丈夫、女兒、父母和其他家人，莫拉的親密關係卻只有少少幾人。她有個男友，一個她只能偷偷相會的男人；她的朋友對她也不太認識。這個事實，瑞卓利現在才肯承認：我其實對她不太熟。

「她的前夫呢？」安東尼問。「我相信他還住在加州。」

「維克特？」丹尼爾訕笑。「莫拉鄙視他，絕對不希望他靠近喪禮一步。」

「她的心願是什麼呢？我們知道嗎？她的遺願有哪些？她不信教，所以我猜她會選普通儀式。」安東尼說。

丹尼爾怔了一下，瑞卓利望過去。她不認為安東尼的話有意譏諷神父，但兩人之間的氣氛急轉直下。

丹尼爾繃著臉，「即使她退出天主教，她對教會仍有一份敬意。」

「她是篤信科學的人，布洛菲神父。她尊重教會，並不表示她信教。她的喪禮如果以宗教儀式進行，她地下有知，可能會覺得奇怪。何況，既然她不信天主教，教會可能也不准葬禮以天主教儀式辦理吧？」

丹尼爾偏開視線。「對，」他承認，「是教會的政策。」

「另外一個問題是，她的心願是土葬或火葬？有誰知道？她有沒有跟你提過？」

「她怎麼會提這種事？她還年輕啊！」丹尼爾突然出現哭音。「才四十二歲的人，怎麼會想到死後怎麼下葬的事！才不會想應該或不應該邀請誰出席喪禮。四十二歲的人忙著生活。」他深呼吸一下，轉開視線。

久久無人開口，唯一的聲響是穩定的噴射引擎運轉聲。

「所以，我們應該替她做決定。」安東尼終於說。

「我們？」丹尼爾問。

「我只是想盡一己之力。負責必要支出，不計金額。」

「天下的事，不是想買就能買，想付就能付的。」

「你認為我是那種人嗎？」

「所以你才過來湊熱鬧，不是嗎？風風光光搭著私人飛機過來，掌控全局，就因為你財力雄厚？」

瑞卓利伸手過去摸摸丹尼爾的手臂。「丹尼爾。別激動。」

「我來這裡，是因為我也在意莫拉。」安東尼說。「布洛菲神父，莫拉的芳心歸屬是誰，我一向很明白。我再怎麼努力，再怎麼主動幫忙，也無法改變她愛你的事實。」

「你卻一直在暗處守候，希望等到機會。」

「我希望能在她需要的時候提供援手。可惜，她在世時，始終沒機會向我求援。」安東尼嘆息。「但願她有。我也許能……」

「救她？」

「我無法改寫歷史。不過，我們兩個都知道，情況原本可以出現轉折。」他直視丹尼爾。「她原本可以過得快樂一點。」

丹尼爾的臉色漲成深紅。安東尼刺向最殘酷的點，而這是莫拉身邊的明眼人全看得見的事實。這幾個月來，大家看著她原本就纖細的身體日漸羸弱，心傷為她的微笑蒙上陰影。吃苦的不單單她一人：瑞卓利從丹尼爾哀傷的眼神也看得出來，他的神情比莫拉多一抹歉疚。他愛莫拉卻令她活受罪，如今被情敵一語道破，他更加難以承受。

丹尼爾在座位上半蹲，雙手握拳，被瑞卓利拉住。

「夠了，」她說。「你們兩個都是！有什麼好爭的？爭誰比較愛她嗎？我們大家都愛她。人都死了，誰能讓她比較快樂，有差別嗎？誰能改寫歷史呢？」

丹尼爾沉回座位，火氣逐漸退下。

「她配得上更好的對象，」他說，「比我好的人。」說完，他轉頭凝望窗外，縮回自己的心酸中。

她正要再伸手安慰，被嘉柏瑞制止。「讓他靜一靜吧。」他悄悄說。

瑞卓利讓丹尼爾去盡情沉默，盡情悔恨，她去走道另一邊與丈夫同坐。安東尼也起身換位子，坐到機尾，退回自己的沉思中。接下來的航程，大家各據一方，不再說話，載著莫拉的大體向東翱翔，飛向波士頓。

22

唉，莫拉，但願妳看得見這場面。

瑞卓利站在以馬內利聖公會教堂的門口外，看著群眾魚貫而入，大家前來向莫拉・艾爾思醫師致上最後的敬意。場面如此浩大，莫拉地下有知也會訝異。她會大呼吃不消，也許也有點尷尬吧：她從來不喜歡成為注意力的焦點。瑞卓利認得很多前來致哀的民眾，因為這些人和她與莫拉同屬一個圈子，和死亡有許多交集。她看見醫事檢驗所的布里斯多醫師和柯斯塔醫師。她靜靜問候莫拉的秘書路易絲和停屍間助理吉間。現場也少不了警察——瑞卓利的搭檔佛斯特來了，兇殺組的大部分同事也到場，大家都認識莫拉，都在私下稱呼她為陰間女王。如今，女王親臨陰間國度。

然而，莫拉最愛的男人卻不在場，瑞卓利能理解他的苦衷。哀痛過度的丹尼爾現在避不見人，不願參加告別儀式。他已經偷偷向莫拉道別了；任何人都不忍逼他當眾自曝悲情。

「我們最好找位子坐下吧，」嘉柏瑞輕聲說。「儀式快要開始了。」

她跟著丈夫，沿走道來到前排，閉鎖的棺木森森地映入她的視線，周圍以大瓶的百合花裝飾。安東尼斥資不手軟，棺材的桃花心木表殼磨得雪亮，瑞卓利走近可以看見自己的倒影。

主持儀式的神父到了——不是丹尼爾，而是聖公會的蓋兒・哈理曼神父。由女神父來主持告別式，莫拉地下有知也會讚許。她也會喜歡這間教會，因為它歡迎所有人參加。莫拉不信上帝，但她認同博愛的精神，應該會同意這間教會送她最後一程。

神父開始發言，嘉柏瑞握住瑞卓利的手。她覺得喉嚨打結，強忍住丟人現眼的淚珠。在四十分鐘的說教、誦經、致詞過程中，她極力控制住情緒，緊緊咬著牙，僵著背貼住椅背。儀式終於結束後，她的眼睛依然無淚，但全身的肌肉卻在喊痛，彷彿剛從戰場上逃出來。

六位抬棺人起立，嘉柏瑞與安東尼也在其中，一同抬著棺木，在走道上緩緩前進，走向停在外面的靈車。致哀民眾紛紛離開教堂之際，瑞卓利一動也不動，留在原位，想像莫拉的最後旅程：隨車莊嚴進入火化場，被推進火焰中，最後將屍骨化為塵土。

再也見不到妳了，我真不敢相信。

她覺得手機在響。儀式進行中，她關掉鈴聲，現在腰帶陡然震動起來，赫然提醒她：公務仍需她去關切。

來電者的區域號碼是懷俄明的某地。「我是瑞卓利警探。」她小聲接聽。

電話另一端的人是昆南。「伊蓮．薩林吉這個姓名，妳聽過嗎？」他問。

「為什麼問我？」

「所以說，妳從來沒聽過這個人？」

她嘆氣。「我剛參加完莫拉的告別式，你劈頭丟出一個名字，我有點搞不太清楚。」

「有個名叫伊蓮．薩林吉的女人剛被通報失蹤。她預定在昨天回聖地牙哥上班，卻好像一直沒有從度假的地方回去過。她也沒有搭上從傑克遜荷爾起飛的班機。」

聖地牙哥。道格拉斯．康牧里也是聖地牙哥人。

「調查結果發現，這幾人彼此認識，」昆南繼續說。「伊蓮．薩林吉、阿羅．季林斯基、道格拉斯．康牧里全是朋友，回聖地牙哥的機票全訂在同一天。」

瑞卓利聽見自己的心跳在耳朵裡突突響。一幅影像忽然飄回她的記憶：她在河谷撿到一張殘缺的登機證，上面有一個被燒掉半截的名字：林吉。

薩林吉。

「這女人長什麼樣？」她問。「她年紀多大？身高多少？」

「我剛花了半小時才查清楚。伊蓮．薩林吉現年三十九歲，一六八公分，五十四公斤重。頭髮是褐色。」

瑞卓利倏然跳起來。教堂裡的民眾仍未散盡，她在走道上猛力推開剩下的人，往出口直奔而去。來到門口時，她看見靈車正開始駛離。

「停車！」她大喊。

嘉柏瑞轉向她。「珍？」

「停屍間是哪一所？有人知道嗎？」

安東尼看著她，神情疑惑。「是我安排的。出了什麼差錯嗎，警探？」

「打電話給他們，快。告訴他們，屍體不能火化。」

「為什麼不能？」

「要送去醫事檢驗所。」

布里斯多醫師看著被覆蓋的屍首，沒有掀開的意思。他以解剖死屍為業，面對這塊蓋屍布卻裹足不前，一副受到震撼的神態。驗屍房裡的人多數見慣了命案，此時卻人人不願面對屍布下面的遺體。從遺體抵達到現在，真正見過遺體的人只有吉間，因為負責照X光的人是他。這時他遠遠站在後面，彷彿心情大受打擊，現在不願再和死者扯上任何關係。

「我真的不想進行這次驗屍。」布里斯多說。

「總要有人檢查它吧。非查出明確的答案不可。」

「但是，答案會不會符合我們的希望，那就不一定了。」

「你根本還沒動手。」

「可是我看過X光片了。」他指向燈箱。吉間已將顱骨、脊椎、骨盆的片子夾上去。「我能告訴妳的是，這些X光片完全符合莫拉的身高和年齡。而且從骨折的部分來看，也符合未使用安全帶的乘客車禍傷勢。」

「莫拉有繫安全帶的習慣，」瑞卓利說，「而且是不繫就坐不住。你應該清楚她生前的習慣。」為什麼一直用過去式？我改不了口。我自己也不太相信二度驗屍能改變什麼。

「有道理，」布里斯多說，「不繫安全帶確實不像她的作風。」他戴上手套，不情願地掀開屍布。

即使在瑞卓利看見屍體前，她就開始縮脖子，手掩向鼻子，以阻擋焦肉的臭味。她乾嘔著，轉身看見嘉柏瑞的臉。至少他表面上沉得住氣，但他的眼神難掩驚駭。她強迫自己轉頭面對驗屍桌，正視這一具被大家誤信是莫拉的屍體。

焦屍瑞卓利見多了，這不是第一次。她曾看過一樁縱火案的驗屍過程，三名死者躺在驗屍桌上，分別是母親與兩名幼子，四肢彎曲，手臂向前，姿勢如擂台上求戰的拳擊手。這一次，瑞卓利眼前的女屍同樣呈現拳擊姿勢，因為肌腱受高熱而收縮。

瑞卓利再往前站一步，注視著原本應該是臉部的地方。她儘量仔細看，想看出任何熟悉的特徵，卻只看見無法辨識的一張焦肉。

背後有人驚呼一聲，她轉頭看見莫拉的秘書路易絲站在門口。路易絲鮮少進驗屍室，而且現在是下班時間，瑞卓利見了她甚為詫異。路易絲穿著冬季大衣，灰髮被風吹亂，點點融雪在亂髮中閃亮。

「路易絲，妳最好不要太靠近。」布里斯多說。

但他警告得太遲了，路易絲已經瞧見屍體，變成木頭人站著，嚇得無法再往裡面走一步。

「布里斯多醫、醫師——」

「什麼事？」

「你問過我，艾爾思醫師的牙醫是誰。我突然想起來，有一次她要我幫她掛號。所以我翻了行事曆，發現是六個月前掛的號。」

「妳查出牙醫的姓名了嗎？」

「不只。」路易絲遞出一只褐色的紙袋。「我拿到她的X光片。我跟牙醫解釋為何用得到X光片，他叫我馬上開車過去拿。」

布里斯多匆匆走過去，從路易絲手上接過紙袋。吉間已從燈箱取下顱骨的X光片，不聽話的片子被他從夾子上拿走，在他匆忙的手上匡匡響。

布里斯多從紙袋裡抽出牙醫的X光片。這幾張不是停屍間的全面圖，而是小張的咬翼片，在布里斯多的大手裡顯得渺小。他把咬翼片夾上燈箱時，瑞卓利看見標籤上的病患姓名。

艾爾思 莫拉

「這幾張全是最近三年拍的，」布里斯多指出。「有這幾張，我們足夠確認身分。左下和右下臼齒有金牙冠。這裡做過根管治療……」

「我替這具屍體拍過全面圖，」吉間說。他在焦屍的X光片裡翻找。「有了。」他把X光片放上燈箱，與莫拉的咬翼片並列。

眾人擠近去看。一時之間，大家不說話，目光在兩組X光片之間來回游移著。

然後，布里斯多說：「我認為相當明顯。」他轉向瑞卓利。「驗屍桌上的這具屍體不是莫拉。」

空氣咻然流出瑞卓利的肺臟。吉間靠著壁桌癱著，彷彿突然虛弱到無法站立。

「如果這具大體是伊蓮・薩林吉，」嘉柏瑞說，「我們的疑問又是同一個。莫拉在哪裡？」

瑞卓利掏出手機來撥號。

響三聲之後，對方接聽：「我是昆南警探。」

「莫拉・艾爾思仍然處於失聯狀態，」她說。「我們會再回去懷俄明。」

23

莫拉被燒得劈啪響的柴火吵醒。她閉著眼皮，火光在她的眼前飛舞，她嗅到糖蜜和培根的甜味，以及豆燉豬肉在營火上冒泡的香氣。雖然她紋風不動地躺著，歹徒仍察覺到她已經清醒。他的靴子磨地聲步步接近，身影擋住火光，彎腰下來。

「吃。」他粗魯地說，舀起一匙豆子給她。

莫拉偏開頭，被香味刺激得反胃。「你為什麼做這種事情？」她低聲問。

「想讓妳活下去。」

「村裡有個男人，我們應該送他去醫院。你一定要讓我去救他。」

「不行。」

「鬆開我。求求你。」

「妳會跑掉。」他不再逼她進食，把湯匙送進自己的嘴裡。莫拉看著低頭凝視她的這張臉。由於火光在他背後，他的五官不明，莫拉只看得到頭形。他的頭裹在獸毛內襯的連身帽裡，顯得大得駭人。在黑影中，不知在哪裡，有一條狗哼叫著，以爪子搔著，靠近過來，莫拉嗅到牠的呼氣，感受到一條舌頭往她臉上舔下去。牠是一條大狗，狗毛蓬亂像狼。儘管牠顯得友善，但她仍被狗舔得連連退縮。

「熊喜歡妳。大部分人牠都不喜歡。」

「也許牠想告訴你，我不會惹事，」她說。「你應該放我走。」

「太趕了。」他轉身走向營火，從鍋子舀起豆子，一勺接一勺送進自己嘴裡，動作像飢餓的野獸。在柴煙的籠罩下，他看似原始生物蹲在遠古營火的火光中。

「太趕？什麼意思？」她問。

他繼續呼嚕呼嚕吃著豆子，一心一意填飽肚子。他是一頭牲畜，渾身散發出汗臭與煙味，不比這條狗文明到哪裡。莫拉的手腕被麻繩綁得破皮，頭髮糾結成塊，跳蚤肆虐。幾天以來，工寮裡的柴煙濃嗆，她被燻得氣喘、咳嗽，呼吸困難，而那隻齷齪的動物卻泰然自若地塞了一嘴的食物，不顧她是死是活。

「可惡，」她說，「放、我、走。」

狗低吠了一聲，走向主人身邊。

蹲在火邊的男人緩緩轉頭面對她。由於他背對著光源，臉上一片黑，她看不清歹徒的長相，想像起他的猙獰面孔時更加惶恐萬分。他默默地伸手進背包。當莫拉看見他取出的物品時，她怔住了。刀鋒反射著火光，在鋸齒上投射著波浪狀的光影。一把獵刀。這種刀能對人肉導致什麼樣的災情，她在驗屍桌上看過。她曾掀開被獵刀劃破的皮膚，以尺來度量肌腱被割破的傷口，有時刀深甚至能斷骨。她注視著停留在她上空的這把獵刀，見到刀子向下移，她縮緊身子。

他以俐落的一刀切斷她手腕的繩子，然後解放她的腳踝。熱血竄進她的雙手。她連滾帶爬，躲進陰暗的角落，瑟縮在黑影裡，猛喘著氣，心臟因突如其來的劇烈運動而狂跳。她已經被綁了幾天，只在她內急時得以鬆綁。現在，她覺得頭重腳輕，身體虛弱，感覺工寮搖晃得很厲害，宛如置身航行外海的船舶。

他再接近一點，近到她伸手可及的地方，她嗅到潮濕羊毛布的氣息。由於男人的臉始終被黑影遮著，這時她才終於看出他的臉頰清瘦，沾著炭灰，臉上無鬚。眼眶凹陷，目光飢渴。莫拉凝視著這張削瘦的臉孔，恍然大悟：他年紀還小，頂多十六歲而已。然而，以這年齡的大男孩來說，憑他的體型與力道，就足以一刀砍得她爬不起來。

狗走向主人身旁，主人拍拍牠的頭表示嘉獎。男孩與狗一同盯著她，審視著他們從路上掠捕而來的異獸。

「你非放我走不可，」莫拉說。「他們一定到處在找我。」

「停。」男孩把刀插進腰帶，走回火邊。營火快熄了，寒意又開始入侵工寮。他再扔一塊木頭進去，火在岩石圍成的圈子裡旺盛起來。火光增強後，她的視野變大，工寮裡的細節也看得更清楚。*我在這裡被囚禁幾天了？*她不知道。這裡沒有窗戶，她無法分辨晝夜。工寮的牆壁由胡亂砍伐而成的原木搭建，以泥巴塞縫，毛毯與地面隔著一床樹枝，當成他的床鋪。營火邊有一個鍋子，罐頭食品疊成整齊的金字塔形。她看見一罐花生醬，覺得眼熟；原來是她放進背包的那一罐。

「你為什麼做這種事情？」她問。「你想從我這裡得到什麼？」

「我是想幫妳。」

「把我拖來這裡、押我當俘虜，也算幫我？」她忍不住鄙夷一笑。「你是瘋子吧？」

他的眼皮瞇成一條線，表情變得陰險，流露出孤注一擲的神色，莫拉不禁暗怪自己罵得太重了。

「我救了妳一命。」他說。

「會有人來救我的。他們會展開搜尋行動，會一直找下去。如果你不放我走——」

「沒有人會找妳，小姐。因為妳已經死了。」

話說得心平氣和，令她寒徹心腑。妳已經死了。莫拉信以為真，頓時天旋地轉起來，懷疑自己死了，已經下了地獄，接受懲罰，永生無法脫離這片苦海，困在自己想像出來的荒野，摸黑受凍，與這個詭異的小大人作伴。她滿臉困惑，他看在眼裡，態度是異樣的寧靜，一聲也不吭。

「你是什麼意思？」她低聲問。

「他們找到妳的屍體了。」

「那我怎麼會在這裡？我明明活著。」

「電台不是這樣報的。」他再朝營火丟一塊木頭，火焰向上竄，整棟工寮充斥著煙，嗆得莫拉眼淚直流，喉嚨灼熱。這時候，他走向角落，在黑黑一團衣物與背包前彎腰翻找著，找出一台小型收音機。他啟動電源，嘰喳喳的音符從沙沙聲中飄出來，演奏著鄉村歌曲，以女聲詮釋愛情與負心的悲歌。他把收音機推給莫拉。「等著聽新聞。」

但她的視線聚焦在角落那堆隨身物品。她看見自己的背包，就是她揹著離開山谷的那包東西。她也看清一個令她震驚的物品。

「伊蓮的皮包是你拿走的，」她說。「你是小偷。」

「我只是想知道山谷裡的人是誰。」

「雪鞋印是你留下來的。你在監視我們。」

「我一直在等人回來，也看見你們生的火。」

「你可以直接過來問我們啊？幹嘛偷偷摸摸的？」

「我不知道你們是不是他的人。」

「什麼人？」

「集居會。」他輕聲說。

莫拉記得皮裝本聖經上的燙金文字：

《先知語錄　集居會之智慧》

她也記得，家家戶戶掛著同一幅畫像。這男孩口中的「他的人」。「他」就是先知。

鄉村歌曲接近尾聲，主持人開始講話，他們同時轉向收音機。

「天景路廂型車墜崖起火案有新的進展。上週四名觀光客乘坐一輛Suburban租車，車子偏離路面，墜落五十英尺下的河谷，導致四人喪生，現在死者姓名已經證實為聖地牙哥人阿羅．季林斯基、道格拉斯．康牧里醫師，以及康牧里醫師的十三歲女兒葛雷絲。最後一名死者是波士頓居民莫拉．艾爾思。艾爾思醫師與康牧里醫師兩人前來參加醫學研討會。由於上週六下大雪，路面冰滑，能見度低，可能是肇事的主因之一。」

男孩關掉收音機。「是妳，不對嗎？妳就是那個波士頓來的醫生。」他伸手進莫拉的背包，取出她的皮包。「我看過妳的駕照。」

「我不懂，」她喃喃說。「一定是搞錯人了。他們沒有死。我走的時候，他們還活著。葛雷絲和伊蓮和阿羅，他們都活著。」

「警方認為她就是妳。」她指向伊蓮的皮包。

「哪來的墜崖！何況，道格早幾天就滑雪下山了！」

「他沒下山。」

「你怎麼知道？」

「妳自己聽見電台的新聞了。他在下山之前被他們抓走了。沒有人活著出來，妳例外。只因為他們去的時候，妳不在那裡。」

「可是，他們是來救我們的啊！我有聽見鏟雪車的聲音，從路上遠遠開過來。就在你——」她突然暈眩，突然垂下頭。搞錯了，全是一場誤會。男孩是騙子，想擾亂她，嚇唬她，好讓她乖乖待在他身邊。但是，電台怎麼可能也搞錯？新聞報導明明說，一輛Suburban車禍導致四人喪生。

死者之一是波士頓人莫拉．艾爾思醫師。

她的頭陣陣痛著。男孩起初為了避免她出聲，一拳將她打昏，現在餘威尚存。她在昏倒前的最後印象是嘴巴被捂住，她在手腳掙扎之中被他拖出馬路，離開日照處，躲進陰暗的樹林裡。

進入樹林後，她的記憶倏然終止。

她雙手按著太陽穴，極力撇開頭疼，極力理解著她聽見的話。一定是產生幻覺，她心想。也許他下手過重，我的腦血管被擊破一條。也許我的大腦正慢慢被失血壓迫到，所以這麼多事情才會一團混亂。我必須專心。我一定要把焦點放在我確實知道的事項上，集中在我絕對肯定是事實的項目。我知道我還活著。我知道伊蓮和葛雷絲沒死於車禍。電台報錯了。這男孩在撒謊。

她慢慢掙扎著，想站起來。男孩與狗看著她起身，腿軟似初生之犢。她只朝門口走幾步，雙腿就因為長期遭拘禁而虛弱、重心難穩。如果想逃走，她自知跑不過男孩與狗。

「妳最好別走。」他說。

「你不能扣留我當俘虜。」

「妳一走，會被他們發現。」

「你不會阻止我走？」

他嘆氣。「攔也攔不住，小姐。如果妳不想得救的話。」他看著狗，彷彿想尋求安慰。狗感應到主人的苦處，哼唉著舔他的手。

她碎步移向門口，以為男孩八成會拉她回來，但她打開門時，男孩依然沒有動作。她走向漆黑的夜色。她蹣跚踏進大腿深的雪地，站穩之後，發現眼前是伸手不見五指的樹林。在她的背後，門開著，營火正對她招手。她往背後望一眼，看見男孩站著看她，火光映照著他肩膀的輪廓。她回頭看前方，看著樹林，向前跨兩步，停下來。我不知道這是哪，也不知道要去哪裡，更不清楚樹林裡潛伏什麼危機。她看不見路，不見車輛，只看得到包圍這棟粗陋工寮的密林。西天村應在步行可達的距離之內吧。她被打昏之後，一個營養不良的男孩又能把她拖多遠？

「離這裡最近的鄉鎮在三十英里外。」他說。

「我想回山谷去。他們會去那裡找我。」

「妳會迷路的。到不了。」

「我非去找我的朋友不可。」

「半夜去？」

她望向周遭的樹木與黑夜。「這裡是什麼鬼地方？」她氣得罵。

「很安全的，小姐。」

她面對他。她走過去，現在雙腿比較穩健了。她提醒自己，這人是個小毛頭，不是成年人。這樣想，能減少他的威脅性。

「你是誰？」她問。

男孩不語。

「你連自己的名字也不肯告訴我。」

「說了也沒用。」

「你自己住在野地裡做什麼？你沒家人嗎？」

他深深呼吸，沉沉嘆了一口氣。「但願我知道他們在哪裡。」

雪花被颳進莫拉的眼裡，她眨了幾下，抬頭看著夜空開始輕飄細雪。雪片降落在她的臉上，像冷冷的針，輕戳著臉皮。狗從工寮走出來，涉雪而來，舔莫拉的手皮，留下一條條口水，冷卻後在皮膚表面結冰。牠好像討著拍拍頭，莫拉伸手摸摸牠的長毛。

「如果妳想在外面凍死，」男孩說，「我也攔不住妳。我自己可要進去了。」他看著狗。「過來，熊。」

狗不肯動。莫拉摸著狗的頸背，覺得牠的毛髮突然直豎，全身肌肉似乎繃緊起來。熊轉向樹林，低吼一聲，讓莫拉的背部颼颼冷。

「熊？」男孩叫。

「怎麼了？」她問。「牠在吼什麼？」

「我不知道。」

兩人直盯著夜色，想看清驚動狗的現象是什麼。他們聽見風聲和枝葉摩擦聲，見不到其他東西。

男孩開始穿雪鞋。「進裡面去。」他說，然後帶狗走進樹林。

莫拉只猶豫了幾秒。再蹉跎下去，她可能會在黑暗中跟丟人。心跳怦怦的她跟過去。起先，她看不見男孩與狗，只聽見雪鞋壓雪、狗鑽過林下灌木叢的聲響。隨著她漸漸深入樹林，隨著她的瞳孔適應黑暗，她開始能辨別更多事物。隱隱聳立的松樹樹幹。前方有兩個身影在移動，一個是步伐果斷的男孩，另一個是在深雪裡跳躍的狗。在前方的樹林裡，她看得見另一個東西：一陣微光，在雪花的過濾下像隔著一層紗的橙色。

她嗅到煙味。

她急著跟上，腿累得發軟，但她拚命往前走，唯恐被遠遠拋在後面，擔心迷路。男孩與狗好像不累，持續前進，在看似永無止境的雪地上走著，與她的距離越拉越遠。但她不願就此放棄跟蹤，因為她看見他們前往的地方。他們全被越來越亮的光吸引過去。

她終於跟上了，男孩僵著身體站著，背對著她，視線固定在山谷。在遠遠的谷底，西天村被火舌吞噬了。

「我的天啊，」莫拉低喊。「怎麼會？」

「他們回來了。我就知道。」

她凝視著山谷裡的兩行火焰，與軍隊的營火一般整齊劃一。她心想，不是意外失火。這種火再怎麼猖狂，也不能從屋頂延燒到另一家的屋頂。有人蓄意挨家挨戶縱火。

男孩靠近懸崖邊緣，進到可能一腳踩空的地方，莫拉心慌一下，以為男孩想縱身跳下去。男孩只是向下凝視，被西天村的火場景象催眠。火勢如同魔力般扣住莫拉的視線。她想像火舌舔噬著她委身的那棟屋子的牆壁，把整棟焚燒成灰燼。雪花飄下來，在她的臉頰上融化，混入淚水中。淚為道格和阿羅而流，也為伊蓮和葛雷絲。她目睹火海，這才真正相信這四人已離開人間。

「為什麼殺了他們？」她低語。「葛雷絲才十三歲——不過是個孩子。為什麼？」

「他們全聽他的話。」

「誰的話？」

「傑瑞麥亞。先知。」這些字從男孩的嘴唇裡吐出來，聽起來比較像咒罵，倒不像名字。

「畫像裡的那個男人？」她說。

「他將集結正派人士，帶領眾人下地獄。」他把皮毛飾邊的連身帽掀開，莫拉在黑暗中看見他的側面，見他在盛怒之中直咬牙。

「那些房子是誰的？」她問。「誰住在西天村裡？」

「我母親。我妹妹。」他的嗓子岔了，低下頭去，追悼葬身火海的村子。「被欽點到的人。」

24

瑞卓利、嘉柏瑞、安東尼趕抵車禍現場時，發現搜救小組已在路旁等候。瑞卓利認出費希警長和馬丁諾警官，也看見老頑固地主老蒙。見人來了，他只按捺著脾氣點頭，算是打招呼。至少這次他沒帶步槍來助陣。

「你們帶東西來了吧？」費希問。

瑞卓利把一只書包舉高。「我們從她家找來幾項東西，有枕頭套，有從她洗衣籃裡拿出來的衣物，應該夠牠們嗅出味道。」

「東西可以交給我們保管嗎？」

「留著。只要能找到她，不計一切代價。」

「從這裡開始找，很合理。」費希把書包交給郡警馬丁諾。「如果墜車之後她保住一命，自己離開，牠們很可能嗅出她的氣味。」

瑞卓利和嘉柏瑞走向路邊，下望河谷。報廢的廂型車仍卡在下面，焦黑的表面如今被白雪覆蓋。她認為墜車生還的機會不高，能活著走掉的機率更渺茫。但莫拉的行李確實在車上，因此合理的假設是她坐上這輛死亡廂型車墜崖。瑞卓利儘量想像奇蹟生還的情境。也許莫拉及早被拋出車外，降落在軟軟的雪地，逃過一場火劫。也許她神智恍惚，失去記憶，從墜車現場走失了。瑞卓利掃瞄著崎嶇的地形，抱著一絲絲樂觀，盼能找到一息尚存的莫拉。此行他們沒有通知丹尼爾，原因就在這裡。即使瑞卓利有辦法穿透丹尼爾的自閉隔絕牆，她也無能變出一個不同的結局，再怎麼搜尋也無法改變最終的答案。倘使出事時莫拉坐在車上，她必死無疑，而他們來這裡只是想尋屍。

搜救人員牽狗開始下河谷，每走幾步便停下來，讓狗嗅個夠，尋覓牠們印象裡的氣味。安東尼陪搜救人員下去，但他站開來，彷彿意識到搜救人員將他視為外人。搜救人員有此反應也難怪。安東尼不常笑，整個人陰沉而難以接近，過往的悲劇像斗篷一樣罩在他身上。

「這人又是神父？」

瑞卓利轉頭，看見站到她旁邊的是老蒙，臭著臉望著入侵他土地的人。「不，他只是個朋友。」她說。

「馬丁諾警官告訴我，妳上次帶一個神父過來。這次換成這傢伙。哼，」老蒙嘟囔說。「她交的朋友真有意思。」

「莫拉是個很有意思的人。」

「我想也是。可惜，到頭來，終點還不是同一站嗎？」他壓一壓帽緣，向大家點一點頭，然後走回自己的小卡車，留下瑞卓利和嘉柏瑞兩人站在路邊。

「如果找到她的屍體了，他一定很難接受。」嘉柏瑞向下看著安東尼。

「你認為她在河谷裡。」

「要有心理準備，等著迎接無法避免的結果。」他看著河谷裡安東尼一直走動。「他喜歡莫拉，對吧？」

她悵然一笑。「粗神經。」

「不管他來這裡的理由是什麼，我很高興他能一起來。有了他，辦事輕鬆多了。」

「有錢好辦事。」安東尼的私人飛機載著他們，從波士頓直飛而來傑克遜荷爾，省下匆促訂機票的辛勞，他們也不必排隊等著安全檢查，不必填寫攜帶槍械上飛機的表格。是的，有錢的確好辦事。可惜，有錢人不一定更快樂，她看著河谷裡的安東尼。他站在廢車旁，神情與致哀者同樣凝重。

搜救小組以廂型車為圓心，逐步向外擴充搜尋半徑，狗顯然仍未嗅到氣味。最後，馬丁諾與費希開始踩著小徑上來，提著裝有莫拉物品的書包，瑞卓利知道他們放棄搜尋了。

「沒有嗅到味道嗎？」嘉柏瑞問他們。這兩人喘著氣走上路面。

「一絲也沒嗅到。」馬丁諾把書包拋向自己的車上，關上車門。

「會不會因為拖太久了？」瑞卓利問。「也許她的氣味消失了。」

「這些狗當中有一條受過尋屍訓練，連牠也沒有嗅到東西。訓練師認為，問題的癥結在於火燒車。汽油和煙味太重了，影響到狗的嗅覺。另外一個因素是降雪太多。」他望著河谷裡的搜救隊伍，見他們也開始折返。「如果她還在下面，恐怕要等到春天，才找得到人。」

「你們放棄了？」瑞卓利說。

「不然怎麼辦？完全沒收穫。」

「就這樣，把她的大體留在河谷？隨便讓野生動物吃掉？」

面對她的失望，費希的反應是倦然一笑。「不然妳建議從哪裡挖起，小姐？妳指出來，我們就派人去挖。不過，妳最好接受一個事實：現在進行的是尋屍任務，而不是救援。就算她墜崖的時候沒死，她也熬不過低溫，更何況已經過了好幾天。」

搜救人員爬回路面，瑞卓利看見一張張紅臉，個個神情陰霾。狗和人一樣，顯得灰心，尾巴不再搖。

最後上來的人是安東尼。他的表情是最陰鬱的一個。「搜尋的時間不夠充分。」他說。

「即使狗找到她，」費希沉聲指出，「也無法改變結果。」

「找到了，至少能有個了斷。我們能帶回去埋葬。」安東尼說。

「沒有明確的結果的確會很難接受，我能體會。可是，先生，在這種野地，這種情形很常見。獵人心臟病發作。登山客迷路。小飛機失事。有時候，屍體幾個月找不到，甚至幾年。什麼時候出現，全由大自然決定。」費希望天，雪又開始下，粉雪乾燥如滑石粉。「而且，她今天也不願現身。」

他今年十六歲，是土生土長的懷俄明人，姓名是朱力安・亨利・普金斯，但只有成人——師長、寄養家庭的父母、社工——才喊他的本名。在學校，同學心情好的時候喊他朱力安。同學嘴賤時，罵他「欠幹臉安妮」。他討厭自己的名字。母親看過一齣電影，男主角名叫朱力安，所以替兒子取這種名字。他的母親就是這樣的人，老是做這種痞事，替兒子取一個與眾不同的名字，或是把朱力安和他妹妹丟給爺爺，自己跟著一個樂團的鼓手私奔。十年後，他們突然跑回來，想帶走小孩，因為她說她領悟了人生的真諦，因為她認識了一個名叫傑瑞麥亞・古德的先知。

男孩對莫拉說出以上的身世，兩人慢慢走下山坡，狗在後面喘著氣。他們遠觀西天村的大火是一天前的事了，現在男孩才覺得進村子不會有危險。男孩為她的靴子綁上了雪鞋。他曾去松谷鎮附近沒鎖好的民房借來工具，昨天用來替她做一雙雪鞋應急。她本想告誡男孩，這種行為是竊盜，不是借用，但她不認為男孩能分辨差別。

「既然你不喜歡朱力安這名字，你喜歡別人怎麼稱呼你？」莫拉在前往西天村的路上問。

「我不在乎。」

「多數人在乎別人的稱呼。」

「人為什麼需要姓名嘛。我覺得沒必要。」

「所以你才一直喊我小姐？」

「動物沒有取名字，日子還不是照過，相處得比多數人類還好。」

「可是，我總不能一直稱呼你：欸，你。」

他們繼續走一段路，雪鞋踩得雪地吱喳響，男孩帶頭，以邋遢的外觀，走過純白的地表，狗在他的腳邊氣喘吁吁。而她卻心甘情願跟這兩頭齷齪的野生動物走。斯德哥爾摩症候群作祟？無論基於什麼因素，她已經斷絕逃走的念頭了。她仰賴男孩提供溫飽。第一天她的頭挨打，是因為男孩急著逼她閉嘴，除此之外便沒有再傷害她，連碰觸她的意思也沒有。因此她安然扮演俘虜與客人的雙重角色，提高警覺，以這種角色追隨他進山谷。

「老鼠。」他突然回頭說。

「什麼？」

「我妹妹凱麗都叫我老鼠。」

「好難聽。」

「沒關係。是從電影學來的。老鼠廚師的那部。」

「你指的是《料理鼠王》？」

「對。爺爺帶我們去看的。我喜歡那部電影。」

「我也喜歡。」莫拉說。

「後來她就叫我老鼠，因為我有時候會煮早餐給她吃。不過，喊這綽號的人只有她。是我的秘密小名。」

「所以，你不准我這樣喊你囉？」

他繼續走了幾步，雪鞋在下坡時唰唰響，沉默許久後才駐足，回頭看她，彷彿經過再三思考，終於做出決定。

「妳也可以，」他說完繼續走。「可是，不准告訴別人。」

一個名叫老鼠的男孩和一條名叫熊的狗——有人相信才怪。

踩著雪鞋，她漸漸走出節奏了，舉步較為輕鬆，但想跟上男孩與狗仍感到吃力。

「你說，你媽媽和妹妹以前住在這座山谷裡。那你父親呢？」她問。

「他死了。」

「喔。很遺憾。」

「我四歲時就死了。」

「你爺爺呢？」

「他去年死了。」

「很遺憾。」她反射性地重複。

他停下來，往回望。「妳用不著一直那樣講嘛。」

可是，我是真心覺得遺憾，她心想。她看著男孩孤獨的身影佇立在白色大地上。我遺憾的是，愛你的長輩去世了。我遺憾的是，你的母親在你的成長過程中想來就來，想走就走。我遺憾的是，你信得過、能陪伴你身旁的只有動物。

他們更加趨近谷底，進入火場區。步下山脊，他們嗅到幾絲火燒屋的臭味。每接近一步，災情更顯怵目驚心。每棟房屋都被燒成焦黑的廢墟，整座村子被徹底摧毀，宛如暴君過境，執意將這村子從地球表面掃除。除了雪鞋聲和自己的呼吸聲之外，天地寂靜無聲。

來到莫拉一行人避難的房子時，他們停下腳步。她注視著木炭和碎玻璃，淚水突然模糊了她的視覺。老鼠與熊沿著火燒屋前進，但莫拉待在這一間前面，在靜謐的氣氛中感應到幽靈的存在。葛雷絲和伊蓮，阿羅和道格，這些人雖然她不盡然欣賞，卻多少有過心靈交流。在這裡，他們依然逗留不去，從廢墟裡低吟著警語。*離開這地方——趁妳還有機會的時候。*她低頭看見輪胎痕。這是縱火的證據。在火勢猛烈之際，積雪融化，一輛卡車在泥地壓出輪痕，隨著火勢消退而結冰。

她聽見一陣悲苦的叫聲，驚然轉身。老鼠跪在一棟火燒屋的旁邊。莫拉靠近過去，看見他雙手抓著看似念珠的物品。

「她不可能丟下這東西！」

「什麼東西，老鼠？」

「是凱麗的。是爺爺送她的，她從來不肯拿下來。」他慢慢打開手，顯露出一個心形的墜子，仍串在一條斷掉的金鏈子上。

「是你妹妹的？」

「有怪事。太奇怪了。」他站起來，情緒激動，開始在焦黑的廢墟裡挖掘。

「你想幹什麼？」莫拉問。

「這一棟是我們家。是媽媽和凱麗的房子。」他扒著灰燼，手套不久變成黑炭。

「這個墜子不像被火燒過，老鼠。」

「我在路上發現的，像是她掉的。」他抽出一支燒焦的木頭，死命吆喝一聲拋開，打散大片灰燼。

她看著地面。經過大火一場之後，積雪已經融化成泥地，那枚墜子可能是幾天前掉在地上，她心想。雪另外還埋藏什麼秘密呢？男孩繼續挖掘廢墟，扯開燒焦的木板，尋找失散的母親與妹妹留下的物品殘骸，莫拉則凝視著凱麗的墜子，想瞭解女孩珍視的寶貝為何會被棄置於雪地。莫拉回想到，他們曾在這些房子裡面發現奇怪的現象，例如煮好了卻沒人吃的晚餐、死掉的金絲雀。

另外也有地板上的血跡。樓梯底的那灘血，屍體被拖走後，血在地板上凝固、結冰。這幾個家庭不是單純一走了之，她心想。他們是被迫倉促離家，連正餐也來不及吃，連小孩也來不及停下來撿拾她珍愛的項鏈。她認為，縱火的原因就是隱藏西天村民的遭遇。

熊輕輕咆哮一聲。她發現牠半蹲著，露出白牙，耳朵向後收，望向山谷路。

「老鼠。」她說。

男孩沒有聽見，心無旁鶩地猛挖親人住過的這棟房子燒剩的殘骸。

狗再咆哮一聲，這次更低沉，更堅持，頸背的毛髮豎立。有人正從路的另一端過來了。讓牠害怕的事情即將發生。

「老鼠！」

男孩終於抬頭望，渾身是炭灰。他看見狗，視線猛然轉向馬路的遠方。這時，他們才聽見車輛引擎聲隱隱傳來，即將進山谷。

「他們回來了！」他說。他揪住莫拉的手臂，拉她跑向樹林。

「等一等。」她甩開他的手。「如果是警察來找我呢？」

「在這裡被發現就慘了。快跑啊，小姐！」

他轉身奔逃，穿著雪鞋的他動作敏捷到超出她能想像的程度。越來越近的車阻斷他們最容易逃生的路線，而上坡的山路會讓他們完全曝露在來人的視野。男孩逃跑的方向是他們唯一的選擇：樹林裡。

她躊躇了片刻；狗也一樣。熊緊張了，朝遠去的主人望一眼，然後看著莫拉，彷彿在問，妳還在等什麼？她心想，如果我跟著男孩跑，有可能把救兵甩在後頭。我該不會是被徹底洗腦了，怎麼會心甘情願賴著綁匪不走？

換個方向思考，如果男孩說的是真話呢？如果死神真的正從那條路過來，想要我的命呢？熊突然起跑，衝向主人的背影。

她這時終於決定了。連狗也察覺到逃命的重要，那她更要把握時機跟上。她追逐著男孩與狗的身影，雪鞋在結冰的泥地上啪啪響。走過最後一棟火燒屋之後，泥地又恢復成厚厚的積雪。老鼠跑得好遠，深入森林裡，她賣力跟上，粉狀的雪被她急踹飛揚，奔跑讓她幾乎無法喘息。正當她快進入森林時，她聽見狗吠。是另一條狗，不是熊。她躲到一棵松樹後面，偷窺著西天村。

一輛黑色休旅車駛來，停在火燒屋之間，一條大狗躍下車來，隨後出現兩個男人，各帶一把步槍，站著掃瞄被焚燬的村子。雖然他們站得太遠，莫拉看不清長相，卻一眼能看出他們正在尋找某種事物。

一隻獸爪突然落在她的背部。她驚呼一聲，轉身與熊面對面，粉紅色的狗舌垂在嘴邊。

「妳相信了吧？」老鼠悄悄說。他蹲在莫拉的背後。

「他們可能是獵人。」

「我知道狗的品種。他們帶來的那條是尋血獵犬。」

男人之一伸手進休旅車，拉出一個書包，在獵犬旁邊蹲下，讓狗嗅嗅裡面的物品。

「他在教狗嗅味道。」老鼠說。

「他們想追蹤誰？」

獵犬出動了，在廢墟之間遊走，鼻子貼地，但火場的臭味似乎讓牠的嗅覺失靈。牠在莫拉與朱力安逗留過的焦木旁停了一下。兩個男人等著，看狗兜圈子亂嗅。兩男分頭開始搜尋這一帶。

「喂，」其中一個指著地面大喊，「雪鞋印！」

「我們的腳印被發現了，」老鼠說。「用不著那條獵犬，他們就找得到我們。」他後退走開。「我們快走。」

「去哪裡？」

他已經往林深處直奔，不回頭看莫拉是否跟上，也不在乎雪鞋是否被林下灌木擦出聲響。獵犬開始吠，朝他們的方向逼近。

莫拉追著男孩跑。他的動作近似受驚嚇的鹿，鑽過枝葉，腳後的亂雪遍地。她聽得見男人追過來，彼此吆喝著，獵犬也興奮嗥叫。然而，即使莫拉在樹林裡狂奔，她仍不斷自問，*追過來的人會是我的救星嗎？*

步槍的槍聲回答了莫拉的疑問。附近有樹幹被射掉了一塊，距離她的頭部相當接近，她聽見獵犬的吠聲越來越清晰。恐慌感為她的血流灌注一道新能量，她的肌肉突然奮力運作起來，雙腿在樹林裡直奔前進。

一陣步槍聲又響起。又有一棵樹的樹皮爆裂。隨後，她聽見咒罵聲，接下來的一槍打偏了。

「該死的雪！」其中一人大罵。沒穿雪鞋的男人拔不出腳，深陷在雪堆。

「放狗去追！讓牠去對付她！」

「去啊，小子。*去抓她。*」

又一陣恐慌促使莫拉挺進，但她聽見獵犬是步步拉近距離。她穿著雪鞋，雖然能跑贏人類的追兵，卻不是狗的對手。情急之下，她掃瞄樹林，尋覓老鼠的蹤影。他怎麼可能跑那麼遠？現在她只能靠自己了，她成了孤立無援的獵物，而獵犬正在逼近中。雪鞋讓她身手笨拙，這裡的灌木叢又太密，老是勾住雪鞋的邊緣。

她看見前方的樹林出現空檔。

她鑽過一叢糾結的枝葉，來到一處寬廣的空地。一眼望去，她看見三處空地立著新屋的骨架，只蓋好一半就被冰封。空地的另一端停著一輛怪手，駕駛艙幾乎被雪掩埋。老鼠站在挖土機旁，慌張地對她頻頻招手。

莫拉衝向老鼠，但自知會被獵犬追上。她聽見獵犬衝出她背後的灌木叢，像傘兵似地撲向她的肩膀，她順勢向前撲倒，伸出雙手想緩衝跌勢，結果半條手臂插入雪地。落地時，她聽見身體下面有異樣的金屬碰撞聲，感覺有東西戳穿手套，刺入她的手。她被雪沾了一臉，一面吐掉嘴上的雪，一面掙扎著起身，但被壓在身體下的垃圾移動著，她因而使不上力，宛如陷入流沙一般無助。

獵犬轉身再次撲向她。她虛弱地舉手保護咽喉，等著利齒咬進皮肉。

一道灰色的東西閃過來，原來是熊。牠在半空中攔截到獵犬，慘叫聲與人聲同樣驚心動魄。兩條狗纏鬥著，撕扯對方的皮毛，吼叫聲野蠻，莫拉被嚇得只能瑟縮。鮮紅色的液體噴灑在雪地上，怵目驚心。獵犬想掙脫，熊卻不允許牠撤退，再一次直擊牠，兩條狗又倒地，在雪地染出一道血痕。

「熊，停！」老鼠命令。他走進空地，拿著樹枝，準備揮打，但獵犬已經受夠了，熊一放開牠，牠便調頭往休旅車的方向直奔，倉皇地鑽過灌木叢離開。

「妳在流血。」老鼠說。

她扯掉沾滿血的手套，凝視著手掌的撕裂傷。傷口深而直，是被某種鋒利如剃刀的物體所傷。剛才兩條狗纏鬥時，積雪受到翻擾，露出幾塊廢鋼板和一群暗灰色的金屬瓶，莫拉再望向四周，看見被雪覆蓋的凸起物，認為這裡是建築工地的垃圾場。她低頭看自己流血的手。這最容易染上破傷風。

步槍的射擊聲震醒了她。那兩個男人仍未放棄追擊。

老鼠拉起莫拉，一同繼續深入樹林尋求掩護。他們留下的足跡很容易辨識，但追兵跋涉深雪，難以跟上。熊帶頭，往山谷深處前進，染血的皮毛如同一面紅旗子搖晃著。莫拉的手傷持續淌血，她以沾滿鮮血的手套按緊傷口，失去理智的腦子淨想著病菌與壞疽。

「等我們一甩掉那兩人，」老鼠說，「我們要趕快爬回山脊。」

「他們會跟蹤我們回你那間工寮。」

「那裡待不成了。我們盡可能帶多一點食物，繼續移動。」

「那兩個人是什麼人？」

「我不知道。」

「他們是集居會的人嗎？」

「我不知道。」

「可惡，老鼠，你到底知道什麼？」

他回頭看莫拉一眼。「求生的方法。」

一大一小開始爬坡，以穩定的腳程踏向山脊，每一步都吃力。他的步伐如此之快，令莫拉錯愕。

「帶我去打電話，」她說。「讓我報警。」

「警察局是他的，全聽他的命令。」

「你指的是傑瑞麥亞嗎？」

「沒有人敢和先知作對。沒有人敢反抗，連我媽也不敢。連他們那個的時候也——」他停嘴，忽然將精力集中在攻頂。

她在斜坡上歇腳喘息。「他們對你母親做了什麼事？」

老鼠繼續爬坡，他每步都充滿怒火與殺意。

「老鼠。」她蹣蹣跚跚跟上。「你聽我說。我有朋友，信得過的朋友。帶我去打電話就是了。」

他停下，吐氣如蒸汽引擎。「妳想打給誰？」

莫拉的頭一個想法是丹尼爾，但她記得丹尼爾經常不接，也記得他因擔心旁人聽見而被迫講密語。如今，在莫拉最需要他的時候，她不知道能否指望丹尼爾。

也許我永遠無法指望他。

「妳說的朋友是誰？」老鼠逼問。

「珍・瑞卓利。」

25

又見到瑞卓利，費希警長一臉不高興。即使隔著一大間辦公室外加玻璃牆，瑞卓利仍能從他的面容解讀出失望，好像認定她又想來提出種種麻煩的要求。他從辦公桌的位子起身，以無奈的態度站在門口，等她走來。郡警局上下的人現在已見慣了波士頓三人組。費希警長預料到她會問什麼話，以他連續兩天用來敷衍她的回答來先發制人。

「沒有新的進展。」他說。

「我沒有抱太大希望。」瑞卓利說。

「相信我，如果有最新發展，我一定會通知妳。你們真的沒必要一直過來。」他瞄向瑞卓利的背後。「咦，妳那兩位紳士今天怎麼沒來？」

「他們在旅館收拾行李。我是想在去機場之前過來謝謝你。」

「你們要走了？」

「我們今天下午飛回波士頓。」

「據說你們有私人飛機可以搭。一定很棒吧。」

「飛機不是我的。」

「是他的，對吧？那個黑衣人的。怪人一個。」

「安東尼是好人。」

「有時候很難說吧。我們在這裡見過很多闊佬，影視圈啦、政壇大老啦。一撒錢就買下幾百畝的土地，自稱牧場人，然後呢，自以為有權力指揮我們。」儘管他沒有指名道姓，字字卻針對她而來，針對這群波士頓來的外人，暗指他們空降找麻煩。

「她是我們的朋友，」瑞卓利說。「希望你能體諒我們竭盡心力搜尋她的苦心。」

「她的交遊滿廣的嘛。警察。神父。富翁。這個女人肯定了不起。」

「她確實是。」她的手機鈴響，她低頭看見來電顯示著懷俄明州的區號，但她對來電者的電話號碼不熟悉。

「抱歉，」她對費希說，然後接聽。「我是瑞卓利警探。」

「珍？」對方的語氣幾近哭聲。「妳接了，謝天謝地！」

瑞卓利一時講不出話來，成了啞巴木頭人，手機黏住耳朵，脈搏跳動聲蓋過警局內的噪音。

我正在和幽靈講話。

「我以為妳死了！」瑞卓利脫口而出。

「我活著。我沒事！」

「天啊，莫拉，我們才參加過妳的告別式！」淚水突然刺痛她的眼球，她不耐煩地用袖子擦掉。「妳在什麼鬼地方？妳曉不曉得妳——」

「聽好。*妳聽我說。*」

瑞卓利吸進一大口氣。「我在聽。」

「妳趕快來懷俄明、過來接我。」

「我們已經來了。」

「什麼？」

「我們一直在配合警方搜尋妳的遺體。」

「哪裡的警方？」

「薩布列郡警局。我就站在警長的辦公室裡面。」她轉頭發現，費希來到她的身旁，兩眼充滿疑問。「快說妳在哪裡，我們去載妳回來。」

沒有回應。

「莫拉？莫拉？」

電話已經中斷。她掛掉，直盯著通聯紀錄上的號碼。「幫我查一個地址！」她大喊，朗讀出電話號碼。「是懷俄明州的區號！」

「剛才是她？」費希問。

「她還活著！」瑞卓利邊撥號邊歡笑。對方的電話響了又響，她切斷之後再撥，這次又無人接聽。她注視著自己的手機，祈禱它趕快響。

費希回他的辦公桌，從他的電話撥號試試看。這時候，全警局的人已豎起耳朵，看著警長撥號碼。警長的手指在桌面敲呀敲，最後掛掉電話。

「我也打不通。」他說。

「可是，她剛從那個號碼打給我。」

「她說什麼？」

「她叫我去接她。」

「有說她在哪裡嗎？她出了什麼事？」

「她來不及說電話就斷了。」瑞卓利低頭看著沉寂的手機，彷彿手機背叛了她。

「地址查到了！」一位警官高呼。「用戶的姓名是娜瑪．賈桂林．布林多，在多以爾山上。」

「山在哪裡？」

費希說：「在墜車地點的西邊，開車至少要五英里。她怎麼會跑到哪裡去了？」

「指地圖給我看。」

辦公室的牆上有薩布列郡地圖，警長指著偏遠的一角。「只有幾棟避暑的小屋，八成現在空著。」

她望向查出地址的警官。「你確定是這地點，沒錯吧？」

「那通電話的來源是那裡，沒錯。」

「再打打看，看有沒有人接，」費希說。他看著總機人員。「查一下，看我們的人手有誰正好在那一帶。」

瑞卓利再看地圖，看見圖上大部分的區域道路稀少，地勢險峻，距離墜車現場十分遙遠。莫拉是怎麼爬上去的？瑞卓利掃瞄著地圖，視線在墜車地點和多以爾山之間來來去去。正西方五英里。她想像著雪封的山谷和高聳入雲霄的險崖，想必是景致優美，但沒有村落，沒有餐館，缺乏吸引東岸遊客的景點。

總機喊：「馬丁諾警官剛用無線電回報，說他可以處理，這就趕去多以爾山。」

廚房裡的電話響個不停。

「讓我去接。」莫拉說。

「我們不走不行了。」男孩清光了食品櫃裡的物品，全掃進他的背包。「我剛看見後門廊有一支鏟子。去拿。」

「是我的朋友打的，她想跟我通電話。」

「警察會跟著來。」

「老鼠，沒關係的，你可以信任她。」

「可是，妳不能信任他們。」

電話又響了。她轉身想接聽，電話線卻被老鼠從牆上扯斷。「妳找死嗎？」

莫拉放下斷訊的話筒，後退開來。男孩一慌張起來，表情變得嚇人，甚至顯得殺氣騰騰。她看著從他手上垂下來的電話線，看著他拳頭握得好緊，力道足以擊碎人臉，足以掐斷氣管。

他扔下電話線，深呼吸。「妳想跟我走的話，我們非現在就走不可。」

「對不起，老鼠，」她輕聲說。「我不想跟你走。我想在這裡等我朋友。」

她從老鼠眼中看見的不是怒氣，而是憂傷。他默默揹好背包，帶走她用不上的雪鞋，頭也不回，連一聲再見也不說，就轉向門口。「我們走吧，熊。」他說。

狗猶豫著，來回看著兩人，似乎想不透這些人在想什麼。

「熊。」

「等一下，」莫拉說。「留下來。我們可以一起回市區。」

「市區不適合我，小姐。向來都是。」

「你總不能單獨在野外亂跑。」

「我沒有亂跑。我知道我想去哪裡。」他再次看著狗，這次狗跟著他走了。

莫拉看著男孩走出後門，狗跟在腳邊。透過廚房的破窗戶，她看見男孩與狗踏雪走向樹林。野男孩和狗伴，重回山林。不久，他們消失在林間，她懷疑他們該不會根本不存在吧。該不會是在恐懼與孤立感交加之下空想出來的救星吧？不是。她看得見雪地上的兩行腳印。男孩是真有其人。

和電話中的瑞卓利的聲音一樣真切。外面的世界畢竟沒有消失。叢山之外依然有城市，依然有人在進行日常作息。那些人不像野生動物，不會在樹林裡閃躲獵人。她被男孩囚禁太久了，思想開始和他一致，認為荒野是唯一安全的地方。

該回真實世界了。她的世界。

她審視著電話，發現電話線的損壞嚴重，無從接回，但她認定瑞卓利有辦法循線查出方位。現在，我只能等了，她心想。瑞卓利知道我活著。有人會來救我的。

她走進客廳，在沙發坐下。這棟小屋沒有暖氣，風從廚房被敲破的窗戶灌進來，因此她不肯拉開夾克的拉鏈。為了進這房子，老鼠敲破窗戶，莫拉因而覺得愧對屋主。另外，電話線被扯斷，食品被搜刮一空，她也良心不安。這些災情，她當然事後會賠償。她會寄支票過來，附上誠摯的道歉函。坐在這棟陌生人的屋子，她擅闖的民宅裡，莫拉凝視著書架上的相片。她看見三個幼兒在不同的地點留影，看見一位頭髮灰白的女人釣到一條偌大的鱒魚，得意炫耀著。圖書室裡的書籍以夏日娛樂為主軸，作者有瑪莉．海金斯．克拉克與丹妮爾．斯蒂，屋主喜歡羅曼史小說、喜歡收集陶瓷貓，是個品味傳統的女人。她大概無緣和這女人見面，但她永遠會對這女人心懷感激。妳的電話救了我一命。

有人敲著前門。

她猛然站起來。她並沒有聽見車子停靠的聲音，但從客廳窗戶向外看，她看見一輛薩布列郡警局的休旅車。她一邊開前門一邊想，我的噩夢終於結束了。我可以回家了。

一位年輕的郡警站在門廊上，名牌寫著馬丁諾，理著平頭，神態嚴肅，看似認真盡職的男人。

「小姐？」他說。「打電話的人是妳嗎？」

「對！對，對，對。」莫拉好想張開雙臂擁抱他，卻覺得對方不像是歡迎陌生人擁抱的那型。「我有多高興看見你，說給你聽你也不相信！」

「請問貴姓大名？」

「我是莫拉．艾爾思醫師。我相信有人在謠傳我的死訊。」她的笑聲聽起來狂放，幾乎像腦子裡鬆了一顆螺絲。「顯然是假消息！」

他望向莫拉的背後，探進屋子內。「妳是怎麼進入這間民宅的？有人開門請妳進來嗎？」

她覺得臉被愧疚染紅了。「不好意思，是我們打破窗戶進來的。另外還有損壞的地方。不過我保證，我一定賠償。」

「我們？」

她愣一下，忽然擔憂自己的話會害男孩遭殃。「我實在沒有辦法，」她說。「我好想找電話，所以擅闖這棟房子。在這一帶，犯了擅闖民宅的罪，不會被抓去吊死吧？」

他終於笑了，但笑得有點不太對勁。嘴笑，眼不笑。「先載妳回市區吧，」他說。「到時候妳再敘述事情經過。」

即使在莫拉坐進後座之際，即使在警察關上車門，她仍極力思考這位警察怪在哪裡。這輛休旅車是郡警局的公家車，後座與前座中間隔著金屬柵，把她困在牢籠中。

郡警坐進駕駛座時，無線電沙沙響起。「巴比，我是總機，」一名女子說。「你到多以爾山了沒？」

「一〇四，簡茵。我剛查遍了整棟房子。」郡警馬丁諾回答。

「找到她了嗎？因為這個波士頓警察一直在囉唆。」

「抱歉，沒找到。」

「裡面一個人也沒有？」

「一定是謊報，因為這裡沒人。我要離開現場了，一〇一七。」

莫拉凝視著金屬柵的另一邊，視線忽然與後照鏡裡的郡警相接，警察的表情令她血液凍結。剛才看見他的笑容，就覺得哪裡不太對勁。

「我在這裡啊！」莫拉大叫。「救我！我在這裡！」

馬丁諾已經切掉無線電。

她伸手想拉門把，卻抓不到東西。警車。逃不出去。慌張之中，她猛敲車窗，驚叫，拳頭發疼也不顧。他發動車子了。接下來呢？會被載去一個無人煙的地方行刑嗎？屍體被留在野地，任野生動物啃咬？恐慌使得她抓住鐵柵猛拉，但血肉之軀難敵鋼鐵。

他在車道上調頭，陡然踩剎車。「可惡，」他沉聲罵。「你是哪裡蹦出來的？」

擋在路中間的是一條狗。

郡警馬丁諾大按喇叭。「媽的，給我滾開！」他罵。

熊非但不後退，反而站起前腳，搭在引擎蓋上，開始吠叫。

一時之間，馬丁諾只能看著大狗，猶豫著是否乾脆踩油門輾死牠。「可惡。擋泥板噴滿狗血更麻煩。」他喃喃罵著下車。

熊把前腳放下，慢慢走向他，低吼著。

郡警舉起槍瞄準，一心只想射中目標，渾然不知有一支鏟子正揮向他的後腦。鏟子正中他的腦袋，他倒向警車，手槍飛落雪地。

「敢射我的狗，下場就是這樣，」老鼠說。他為莫拉扯開車門。「該走了，小姐。」

「等一下，無線電！讓我叫救命！」

「妳什麼時候才肯聽我的話？」

她倉皇下車之際，看見郡警已經跪著撿回手槍，舉槍起來的時候，老鼠俯衝向他，兩人開始纏鬥，在雪地上翻滾搶槍。

爆裂聲似乎凍住了時光。

在突如其來的寂靜中，連狗也嚇得一動也不敢動。緩緩地，老鼠滾身離開，搖搖晃晃地站起來，夾克的正面濺滿紅色，但不是他自己流的血。

莫拉在郡警身旁跪下去。他仍有生命跡象，眼睛開著，驚恐的眼神狂亂，血如泉水湧出頸子。她按緊傷口為動脈止血，但郡警的鮮血已滲透積雪。他的目光已經開始黯淡。

「去開無線電，」她對著男孩大喊。「去求救。」

「我不是故意的，」男孩低語。「手槍走火了……」

郡警的喉嚨冒出咕嚕咕嚕聲，嚥下最後一口氣時，靈魂也隨之飄散，她看著死人的眼光暗沉下去，看見他頸部的肌肉也鬆懈了。從傷口泉湧而出的鮮血也緩慢成細流。飽受驚嚇的她無法動作，跪在亂雪上，沒有聽見靠近過來的車聲。

老鼠卻聽見了。他拉住莫拉的手臂，一把扯得她站起，這時她才瞧見一輛小卡車轉進車道。

老鼠撿起郡警的手槍時，對方的步槍正好射中警車。

步槍的第二發擊碎警車的窗戶，玻璃碎片紛紛刺向莫拉的頭皮。

這不帶警告意味；他只要滅口。

老鼠拔腿衝向樹林，莫拉也跟進。等到小卡車在警車後面停下時，他們已經急忙奔進樹林。

莫拉聽見第三記步槍聲，但她沒有回頭看，只把焦點放在老鼠的背影，跟隨他深入樹林尋求掩護，背包沉重。他只有在給莫拉雪鞋時才稍停。莫拉短短幾秒便綁好雪鞋。

他們繼續逃命，由男孩帶頭，直奔荒野。

26

郡警的屍體已經移走，瑞卓利凝視他的陳屍地點，儘量從雪地解讀玄機。郡警局協同懷俄明刑事調查署的人員已在現場蒐證完畢，踏亂了雪地，不過瑞卓利還能辨識至少六種鞋印。最令她關注的，也是其他調查人員最關注的一種，就是雪鞋留下的痕跡。雪鞋印從陳屍地走向樹林，去向一致的是一頭狗的足跡和一組靴印七號的女用鞋，可能是莫拉穿的。這三組腳印通向樹林，靴印才消失，取而代之的是另一組雪鞋印。

莫拉在樹林裡稍事停留，換上雪鞋，然後繼續跑。

瑞卓利在腦裡重建現場，試著為這些腳印做一番詮釋。她的第一套假設是，殺害馬丁諾的兇手帶走了警槍，押著莫拉一起進樹林。然而，腳印推翻了這種假設。她低頭注視著雪地，看見靴印踩在雪鞋印上，換言之，莫拉跟在綁匪後面走，而非被押著前進。瑞卓利站著思忖，想解開這道謎題，儘量使眼前證據合理化。莫拉為何自願跟隨襲警兇手進森林？她當初為何要打那通電話？難道她受到歹徒脅迫，才引誘郡警入陷阱嗎？

「他們採集到指紋了，到處都有。」嘉柏瑞說。

瑞卓利的丈夫剛走出屋子，她轉向他。「在哪裡？」

「被敲破的窗戶上，廚房碗櫥，電話上面也有。」

「她用的那支電話。」

嘉柏瑞點頭。「電話線被人從牆上扯斷了，顯然有人想中斷求救電話。」他的下巴比比遇害郡警的警車。「他們從車門也採集到指紋，應該不難查出凶嫌的身分。」

「她像哪門子的人質嘛？」有人斷言。「據我判斷，她自動跑進樹林裡去了，不是被人拖進去的。」

瑞卓利轉頭，觀望懷俄明刑調署與老蒙的對話。報警的人就是牧場經營人老蒙。他激動得抬高音量，引來眾人的眼光。

「我看見他們在這裡彎腰，像兩隻兀鷹一樣看著他的屍體。一男一女。男的把槍撿起來，轉向我。我猜他想射我的車，所以我開了一槍。」

「不止一槍吧。」警探說。

「對。呃，可能三、四槍吧。」老蒙斜眼瞄向警車的破窗。「算是我的過失吧。不然我能怎麼辦？我能不自保嗎？我才開幾槍，他們兩個就逃進樹林去了。」

「各自逃走嗎？或者是，女人被押著跑？」

「被押著跑？」老蒙哼了一聲。「她跟在男的後面跑，沒有人逼她。」

不跑怎麼行？有個發飆的老頭對著她開槍。老蒙把涉案人描述成鴛鴦搶匪，瑞卓利認為不妥，但她無法反駁腳印呈現的事實。莫拉並非被拖進樹林，而是主動逃跑。

安東尼說：「羅夫特斯先生，你怎麼會正巧出現在這地方呢？」所有眼睛轉向他。始終沉默的他這時才首度開口。他抵達現場後，態度孤傲，引來刑調署人員好奇的眼光，但沒有人敢質疑他進入刑案現場的用意。

雖然安東尼的口氣畢恭畢敬，老蒙聽了卻拱起背毛。「你在暗示什麼，先生？」

「這地方相當偏僻，好像不太可能碰巧出現在這裡。我在想，你怎麼會正好過來。」

「因為巴比通知我。」

「郡警馬丁諾？」

「他說他上來多以爾山了，說他認為可能有狀況。我住在東邊，離這裡不遠，所以自願過來幫他忙。」

「執法人員電請平民協助，這是本地的正常程序嗎？」

「波士頓的程序是怎樣，我不曉得，先生，不過在這裡，有人碰到麻煩時，老百姓的反應很快，會跳出來幫忙。尤其是執法人員需要幫忙的時候。」

費希警長補充說：「我相信羅夫特斯先生只是盡一盡公民的義務而已，桑索尼先生。本郡的面積很大，有時照應不過來，如果最靠近的支援遠在二十哩以外，能找到他這樣的平民算是走運了。」

「我不是在質疑羅夫特斯先生的動機。」

「是就是，還辯？」老蒙說。「哼，我知道你接下來想扯到哪裡去。你想問，殺死巴比的人是不是我。」他走向自己的小卡車，取出步槍。「拿去，帕斯特納克警探！」他把步槍交給刑調署警探。「想扣押就扣押，拿回去你們的高科技化驗室，去查個夠。」

「好了啦，老蒙。」費希嘆氣。「沒人說你是殺巴比的兇手。」

「這幾個波士頓人不相信我。」

瑞卓利插嘴。「羅夫特斯先生，完全不是這樣。我們只是想理解事情的經過。」

「我看見的東西全告訴你們了。他們讓巴比．馬丁諾流血到死，然後跑掉。」

「莫拉不會做那種事。」

「妳又不在場，沒看見她跑進樹林。我怎麼看就覺得她做錯事。」

「是你解讀錯了。」

「我的眼睛不會騙人。」

嘉柏瑞說：「這輛警車的儀表板上有攝影機，很多疑問可能解答得出來。」他望向費希警長。「應該調錄影帶出來看看。」

費希突然顯得窘迫。「恐怕有問題。」

「問題？」

「馬丁諾警官車上的攝影機沒有錄到。」

瑞卓利對著警長瞠目。「怎麼會？」

「我們不曉得。只知道是被關掉了。」

「馬丁諾為什麼會關掉攝影機？貴警局應該明令禁止關機吧？」

「也許關機的人不是他，」費希說。「說不定是別人關的。」

「這件事，你該不會也賴到莫拉的頭上吧。」瑞卓利嘟噥著。

費希臉紅了。「妳再三提醒我們，她也是執法界的人。她應該知道警車上有攝影機。」

「抱歉，」刑調署的帕斯特納克警探插嘴。「我對艾爾思醫師的背景只有一點粗淺的認識，想再深入瞭解這個人。」

儘管帕斯特納克剛才自我介紹過，這時瑞卓利才首次全心注意到他。帕斯特納克面有菜色，時時吸著鼻涕，鸛似的脖子曝露在外，神態透露著他渴望坐在溫暖的辦公室裡，不願在寒風刺骨的車道上發抖罰站。

「我可以對你說明她的背景。」瑞卓利說。

「妳跟她多熟？」

「我們是同事。我們辦過很多案子。」

「妳可以替我完整介紹她的為人處事嗎？」

瑞卓利思索著。我簡單幾句話，就能決定這人對莫拉的印象是好是壞，而取決的因素在於她選擇透露的細節。如果重點擺在莫拉的專業上，帕斯特納克看見的是一個講究科學辦案的人，為人可靠，奉公守法。但是，假如瑞卓利透露的細節有別於專業，帕斯特納克對莫拉的印象會變得模糊，莫拉的特徵會被陰影罩住。莫拉的身世難堪而血腥。莫拉與神父暗通款曲。這些背景勾勒出一個不同的女人，一個處事莽撞衝動、具有毀滅慾的女人。瑞卓利心想，只要我一不小心，帕斯特納克會一口咬定莫拉是嫌犯。

「我想徹底瞭解她，」帕斯特納克說。「搜尋小組明天會出動。我想先取得關於她的資訊，回市區開會時再向小組報告。」

「我可以這樣告訴你，」她說，「莫拉不常從事戶外活動，你們要儘快找到她，否則她在雪地支撐不了多久。」

「她失蹤將近兩個禮拜，不是活得好好的？」

「我不知道原因。」

「也許是靠她身邊的那個男人。」費希警長說。

瑞卓利朝山上望去，看見河谷已暗成黑影。短短這幾分鐘，太陽被山頂遮住，氣溫已經遽降。瑞卓利在冷風中顫抖，摟著自己，想像露宿在那座山上的情景。那座山上的森林處處有魔爪，人躲到哪裡，風都找得到。而莫拉身旁的男人是誰，他們一無所知。

日後的進展可能全靠他一人。

「我們對他的指紋不陌生，」費希警長對在場人士說。這裡是松谷鎮政府，椅子上坐滿了執法人員與志工。「他的指紋已經列入懷俄明州政府的資料庫。歹徒的全名是朱力安·亨利·普金斯，前科累累。」費希照著筆記朗讀。「竊車。擅闖民宅。流浪罪。多樁輕微竊盜案。」他的視線掃向在場人士。「這是歹徒的背景。另外，據本局所知，他現在有槍，具有威脅性。」

瑞卓利搖搖頭。「會不會是我辦案辦得麻痺了？」坐在第三排的她喊道，「照你唸出來的前科，他不太像是襲警兇手。」

「十六歲就有這樣的前科，怎麼不像？」

「歹徒是少年犯？」

帕斯特納克警探說：「他的指紋在廚房碗櫥上到處都有，馬丁諾警官的車門上也是，所以只能假設羅夫特斯先生在現場目擊的人就是他。」

「本局對這個普金斯男孩很熟，」費希說。「他犯過幾次法，被我們帶回警局做筆錄。我們無法理解的是他和這女人的關係是什麼。」

「關係？」瑞卓利說。「莫拉是他的人質！」

老蒙在前排以鼻子出氣。「我看到的可不是這樣。」

「是你誤解了。」瑞卓利駁斥。

老蒙轉頭，狠狠瞪著波士頓來的三人。「你們當時不在場。」

費希說：「小姐，我們從小就認識老蒙了。他不會隨便捏造事實。」是嗎？那就帶他去配老花眼鏡吧，瑞卓利想這樣回嘴，卻硬是嚥回喉嚨。鎮政府裡聚集了數十名本地人，等著聽案情報告，波士頓三人組在此地寡不敵眾。郡警遇害身亡一事震撼了全鎮，吸引了躍躍欲試的志工，大家急著將兇手繩之以法。志工帶著槍，臉色陰沉沉，義憤填膺。瑞卓利環視四周的人臉，冷冷感覺到不祥的警訊。她心想，這些人摩拳擦掌，想以命償命。追殺的對象是不是十六歲少年，並不重要。

一個坐在後排的女人突然高聲說：「朱力安．普金斯只是個孩子！派一大票人，拿著槍去對付他？別鬧了。」

「他槍殺了郡警，凱西，」費希說。「他不是一個單純的孩子。」

「我比在座各位更瞭解朱力安。我很難相信他會殺人。」

「抱歉，」帕斯特納克警探說，「我不是本郡的人。小姐，妳方便自我介紹一下嗎？」

這位少婦起立，瑞卓利立刻認得她。她就是瑞卓利在旅社雙屍命案碰見的社工。「我是凱西・瓦伊斯，薩布列郡兒童福利局，朱力安的個案這一年來由我負責。」

「妳不相信他會殺害馬丁諾警官嗎？」帕斯特納克問。

「不相信。」

「凱西，看看他的前科，」費希說。「這孩子不是小天使。」

「他也不是妖魔鬼怪。朱力安是受害人。他才十六歲，活在一個沒人要他的世界上，只想求生。」

「多數小孩不必闖空門、偷車，不都活得好好的？」

「多數小孩沒有被邪教利用、虐待。」

費希翻翻白眼。「妳又來了。」

「集居會的現象，我已經警告你好幾年了。他們一搬進本郡，開始打造心目中的超完美村莊，我就警告過你。現在，你們總算看到後果了吧。漠視危險訊號的下場就是這樣。戀童狂在你們眼前大搖大擺運作，你們卻轉頭假裝沒看見。」

「妳空口無憑。我們調查過妳的指控。巴比上山去查過三次了，只發現幾戶辛勤工作的人家，他們不希望被外人干擾。」

「虐待小孩，不想被外人干擾。」

「可以談正事嗎？」一位男士從座位上喊。

「對，妳不要浪費我們的時間啦！」

「我談的是正事啊，」凱西看著全廳的人說。「我談的是大家急著獵捕的男孩，一個以行動喊救命的小孩。可惜沒有人聽得進去。」

「瓦伊斯小姐，」帕斯特納克警探說，「搜尋小組明天就要出動了，他們需要盡可能收集資訊。妳說妳認識朱力安．普金斯。妳對他有多少瞭解？天黑了，外面天寒地凍，他帶著一個可能是人質的女人，有求生的能力嗎？」

「絕對有。」凱西說。

「妳確定？」

「因為他是艾索倫．普金斯的孫子。」

現場人士認得這姓名，喃喃低語起來，帕斯特納克警探一頭霧水，望向大家。「抱歉，這人很重要嗎？」

「在薩布列郡長大的人，全聽過他的大名，」老蒙說。「深山的漢子。小屋自己蓋，住在布里傑提頓山上。以前常來我的土地上打獵，被我逮到幾次。」

「朱力安大部分的童年在那座山上度過，」凱西說。「野地求生的訣竅是祖父教他的。一把斧頭在手，靠他的機智，他就能在野外討生活。所以說，對，他有求生的能力。」

「他躲在深山做什麼？」瑞卓利問。「怎麼不上學？」她不認為這是傻話，但全廳的笑聲此起彼落。

「普金斯家的小子？上學？」費希搖頭。「簡直像對著騾子教高級數學嘛。」

「朱力安在市區的生活是滿苦的，」凱西說。「他在學校常被同學欺負，時常打架，常常從寄養家庭溜走，十三個月蹺家八次。最後一次是幾個禮拜前的事，那時候天氣回暖了。臨走前，他清光了寄養家庭的食品儲藏間，所以在野地暫時不會餓肚子。」

「本局拷貝了他的相片，」費希說，一面拿著一疊紙，沿著走道發放。「讓大家瞭解一下逃犯的長相。」

人手一張大頭照之後，瑞卓利總算看清了朱力安．普金斯的面貌。這張相片是尋常的學生照，背景素淨，男孩顯然是為了照相而盡力穿得稱頭一些，長袖白襯衫結著領帶，看起來卻像螞蟻爬了一身。他的黑頭髮分邊，梳得整齊，但有幾簇叛逆的頭髮拒絕被髮膠黏定，硬是垂掛在額頭上。他深色眼珠直視鏡頭，眼神令瑞卓利想到被關在流浪動物之家籠子裡的狗。警覺。不信任人類。

「這張相片是從去年的學生紀念冊翻拍出來的，」費希說。「是本局能找到最近的一張。現在的他大概高了幾吋，肌肉也多了一些。」

「而且他搶走了巴比的手槍。」老蒙接著說。

費希看著眾人。「天一亮，搜尋小組就集合，希望每位志工自備過夜用的冬季器材。這次任務不輕鬆，所以我只希望身體最健康的人參加。」他停一下，視線落在老蒙。老蒙聽出他這話的含義。

「你想勸我別去？」老蒙說。

「我可沒這樣講，老蒙。」

「憑耐心，誰比得過我？而且我對這裡的地形比任何人都清楚。這裡等於是我家的後院。」

老蒙站起來。雖然他滿頭銀髮，臉上因常年在戶外打拚而深痕交錯，硬朗的體魄卻不輸在座任何一個男人。「我們的動作要快，以免又有人被殺。」他戴上帽子走出去。

其他人也開始離開時，瑞卓利瞧見社工起身，對社工喊：「瓦伊斯小姐？」

瑞卓利上前去，社工轉頭：「什麼事？」

「我們還沒有自我介紹過。我是瑞卓利警探。」

「我知道。你們是波士頓人。」凱西瞥向嘉柏瑞與安東尼，見到兩人仍在穿外套。「你們在本鎮留下不算淺的印象。」

「方便找個地方談談嗎？我想瞭解朱力安．普金斯。」

「現在嗎？」

「再等下去，他們會拿朱力安和我們的朋友練靶。」

凱西看手錶，點頭。「這個街區上有一間咖啡廳，我十分鐘之後過去。」

等了將近二十分鐘，凱西終於旋風似地走進咖啡廳，頭髮被風吹亂了，皺皺的衣物散發著菸臭味，瑞卓利知道她利用時間在自己車上解菸癮。這時凱西顯得亢奮，坐進瑞卓利等著她的雅座。

「兩位男士呢？」凱西對著空位問。

「他們去買露營用品了。」

「他們明天也想一起去搜尋？」

「勸他們別去，他們不聽。」

凱西寓意深遠地看她。「你們對這裡的狀況完全沒概念。」

「我正希望妳能多多指導。」

女服務生端著咖啡壺過來。「要不要來一杯，凱西？」她問。

「希望又香又濃。」

「一向都是。」

凱西等服務生離開才再開口。「情況一言難盡。」

「剛才開會時，大家講得好像很單純。派一票人出去，獵捕襲警兇手。」

「對，因為人類總是比較喜歡單純的事情，黑白分明，不是對就是錯。」凱西的咖啡不加糖，她直接灌下苦水，眉毛也不皺一下。「把朱力安講成邪惡的小孩。其實他不是那種人。」

「不然他是怎樣的人？」

凱西定睛看瑞卓利，眼神熱切。「妳聽說過『失落男孩族』嗎？」

「妳指的是什麼，我不太清楚。」

「他們是年輕人，多數還是少年，被自家人掃地出門，成了街友，被放逐的原因不是他們做錯事，只因為他們是男生。在他們的圈子裡，身為男生就是死罪一條。」

「因為男生愛惹事生非？」

「不對。因為他們是競爭對手，比較年長的男人不喜歡男孩子留下來。他們希望把所有女孩子佔為己有。」

瑞卓利的思想豁然開朗。「妳是說，這些人是一夫多妻制。」

「答對了。這些團體和正式的摩門教會沒有關聯，只是個別的教派，在具有群眾魅力的教主號召之下集合而成。美國有幾州聚集這樣的人，例如科羅拉多、亞利桑那、猶他、愛達荷。在懷俄明州的薩布列也有。」

「就是集居會？」

凱西點頭。「頭目是一個名叫傑瑞麥亞．古德的人，是所謂的先知。二十年前，他開始在愛達荷州號召信眾，在愛達荷瀑布市的西北開創公社，取名作天使平原，後來壯大成一個社區，人口接近六百，自己種菜，自己養牲口，完全自給自足，不准外人進入，所以很難瞭解裡面的真實情況。」

「裡面的人像囚犯。」

「差不多了。他們的生活作息完全被先知控制，對先知敬愛有加。邪教的運作原理就是這樣。先是有一個像傑瑞麥亞這種人，他能吸引一群意志力薄弱、迫切需要關愛、渴望他人接受的人。這些人希望教主愛他們，關心他們，修補他們殘破不堪的人生。這是他對信眾的承諾——這是第一步。所有的邪教都是這樣起步的，從統一教會到曼森家族都是。」

「妳拿查爾斯．曼森（連續殺人魔）來和傑瑞麥亞．古德相提並論？」

「對。」凱西繃緊臉皮。「這兩人是同一型。他們運用的心理是同一種，社交互動模式也相同。一旦信徒誤信美言，從此就任他擺布了。信徒把房子和資產全捐給傑瑞麥亞，然後搬進他的公社去住，任憑他指使。他利用這些人零成本的勞力，大做賺錢生意，有的是搞建築業，有的做家具，有的賣郵購果醬、果凍。看在外人的眼裡，他們像是烏托邦，人人各盡所能，得到的回報是大家都得到照顧。巴比．馬丁諾去西天村看過，他的心得大概就是這樣。」

「不然他的心得應該是怎樣？」

「獨裁國家。所有人以傑瑞麥亞為中心，所有事情順著他的心意去做。」

「他的心意是什麼？」

凱西的目光冷硬成鋼。「蘿莉控。警探，集居會的中心德目是：擁有、控制、亂幹小女生。」

隔壁雅座的女人聽見粗口，轉頭瞪她們。

幾秒後，凱西恢復鎮定，才又說：「就因為這樣，傑瑞麥亞才不喜歡太多男生留下來，」她說。「趕走他們了事。他命令信眾要棄養自家的青少年兒子，開車把男生載去鄰鎮放生。在愛達荷州，他們被丟在愛達荷瀑布市。在這裡，他們被載去傑克遜荷爾或松谷鎮。」

「信眾真的肯合作嗎？」

「邪教裡的女人是聽話的小機器人，男人如果夠忠誠，教主會以小新娘賞賜他們，美其言是性靈新娘，以免因重婚罪被起訴。男人想娶幾個老婆都行，他們說是《聖經》特准的。」

瑞卓利驚笑一聲。「有嗎？誰家的《聖經》特准的？」

「《舊約聖經》。想想看，亞伯拉罕和雅各，大衛和所羅門。《聖經》裡的大老妻妾成群。」

「信徒聽信了他的妖言？」

「因為妖言能滿足心中某種迫切的慾望。裡面的女人，也許她們渴求安全感，追求一種不必痛下抉擇的人生。男人呢？男人啊，他們追求的是什麼，用頭髮想也知道。他們可以把十四歲的小孩拉上床，而且死後還能上天堂。」

「朱力安·普金斯也是信徒之一？」

「他的母親和十四歲的妹妹還住在西天村。朱力安四歲那年，父親就過世了。母親嘛，唉，她名叫雪倫，完全靠不住。她為了追尋自我之類的鬼話，自己跑掉了，把小孩丟給他們的祖父艾索倫。」

「深山野漢。」

「對。他是個好人，把小孩照顧得很不錯。可是，過了十年，雪倫跑回來了。耶！她愛上了一個男人，而且開始信教了！她信的是傑瑞麥亞·古德的教。她把小孩帶回家，搬進集居會在懷俄明州闢建的新公社，也就是西天村。過了幾個月，小孩的祖父死了，朱力安家中的大人只剩雪倫。」凱西的語調尖銳起來。「雪倫卻背叛他。」

「她把朱力安趕走了？」

「像垃圾一樣丟掉。因為先知下令。」

兩個女人對看著，眼裡燃燒著同仇敵愾的怒火，服務生過來添咖啡，她們才收斂起來，默默啜飲熱咖啡。瑞卓利越喝越生氣。

「為什麼不把傑瑞麥亞·古德抓去關？」瑞卓利問。

「妳以為我沒試過嗎？那些人在開會時對我那麼兇，妳沒看見嗎？我只不過是本鎮的潑婦，是討人厭的女權鬥士，開口閉口都是受虐少女的事。他們聽煩了。」她稍停幾秒。「或者是，他們拿了錢，假裝沒聽見。」

「被傑瑞麥亞收買了？」

「在愛達荷州是這樣沒錯。警察、法官。集居會的現金多多，可以收買所有人。他的部落斷絕對外的通訊，沒有電話，沒有無線電。就算少女想求救也沒辦法。」凱西放下咖啡杯。「我最想見他和男信徒被銬上腳鐐。可惜，這種事大概永遠也不會發生。」

「朱力安也有同感嗎？」

「他恨他們所有人。是他告訴我的。」

「恨到動手殺人？」

凱西皺眉。「什麼意思？」

「旅社發生雙屍案，妳不是去過？那一對男女是集居會的信徒。」

「妳該不會認為是朱力安幹的吧。」

「說不定是這樣，他才開始逃亡，才不得不槍殺郡警。」

凱西鄭重搖頭。「我和他相處過。他養了一條流浪狗，對待動物溫柔得不得了。他沒有凶性。」

「人類多少有一點凶性，」瑞卓利沉聲說，「被逼急了，才會露出來。」

「唉，假如真的是他殺的，」凱西說，「法律會站在他這一邊。」

27

雪窟裡混雜了多種臭味，有濕狗毛、發霉衣物、兩具骯髒肉體的汗酸。莫拉已有幾週沒洗過澡，男孩可能更久，幸好雪窟裡的環境如狼穴一般舒適，面積只夠兩人躺平，地上鋪著松枝，老鼠生的火旺盛得劈啪響。在火光中，莫拉審視自己的羽毛夾克。原本白色的夾克，現在被炭灰和血跡玷污。她想，照鏡子的時候，不知會被自己嚇到什麼程度。我快變成野生動物了，和這兩隻沒兩樣，她心想。像一頭躲在洞穴裡的野獸。她記得讀過兒童被野狼餵大的事跡。這些小孩重回文明世界後，生性依舊野蠻，無法馴服。現在，她覺得自己也開始轉性。席地吃睡，幾天不換衣服，每晚蜷曲在熊的身邊取暖。再過不久，沒有人能認得出她。

連我也認不出自己。

老鼠朝著火堆丟進一把小樹枝，雪窟裡頓時白煙瀰漫，刺痛他們的眼睛和喉嚨。莫拉心想，要不是有這個男孩，我絕對連一晚也撐不住，屍體肯定早已凍僵，被風雪覆蓋得無影無蹤。反觀老鼠，野地似乎是他悠遊的天下。不到一小時，他就挖好這座雪窟，地點挑在小山的背風坡，朝內朝上挖出一個洞。頂著黑夜和冷死人的寒冬，兩人協力撿柴薪和松枝。

現在，她窩在火邊，感覺出奇舒適，聆聽著松枝門外的嗚咽風聲，看著老鼠在他的背包裡翻找。他取出奶精粉和一盒狗餅乾。他倒出一把狗餅乾，丟給熊，然後把盒子遞給莫拉。

「狗食？」她問。

「牠吃得還可以。」老鼠以下巴指向狗，見狗吃得好開心。「總比餓肚子好。」好不到哪裡去，她邊想邊嚼著一塊，不再多想。接下來這段時間，雪窟裡的唯一聲響是三張嘴在咀嚼。她隔著小火，望著男孩。

「我們一定要想辦法投案。」她說。

他繼續嚼著，注意力拚命集中在填飽肚子。

「老鼠，你和我一樣明白，警方會找上我們。我們無法在野地生存下去。」

「我會照顧妳的。我們不會出事。」

「靠狗食過日子？躲在雪窟裡？」

「我知道山上有個地方，逼不得已的話，我們躲整個冬天也沒問題。」他遞給莫拉幾包奶精粉。「給妳。點心。」

「警方不會善罷甘休的。因為死者是警察。」她看著被裹住的手槍。老鼠以破布包住郡警的佩槍，推向陰暗的角落，把槍視為他不想看見的屍首。莫拉記得以前驗過一具屍體，死者生前曾殺害警察，被收押之後暴斃。警方的說詞是：他抓狂了，朝我們撲過來。一定是嗑了天使塵。但莫拉在軀體上檢查到瘀傷，在臉與頭皮發現撕裂傷，與警方的說法有所出入。從那次驗屍，她學到的教訓是：襲警者必定會付出代價。她看著男孩，腦海突然浮現他躺在驗屍桌上的景象，一具被拳腳洩恨過後的殘破血屍。

「一起投案，我們才有機會說服警方，」她說。「否則，他們會認定我們奪警槍、謀殺警察。」

這番直言不諱的說法似乎震撼了他的心，他低下頭，狗食突然從手中掉落。她看不見老鼠的臉，但她看得到他在火光中顫抖，知道他在哭。

「是意外，」她說，「我會這樣告訴警方的。我會說，你只是想保護我。」

他抖得更厲害了，雙臂摟住自己，彷彿此舉能止住啜泣。熊挨近過來，哼哼叫著，大頭棲息在男孩的膝蓋上。

她伸手去碰男孩的手臂。「不投案的話，我們顯得作賊心虛。你也瞭解，對不對？」

他搖頭。

「我會讓警方相信我的。我發誓，我不會讓他們怪罪到你。」她搖一搖男孩的身體。「老鼠，你要相信我。」

他抽身。「少來。」

「我只是在為你著想。」

「別叫我做這做那。」

「總要有人替你想。」

「妳又不是我媽！」

「現在你沒媽媽管教不行！」

「我有媽媽！」他哭叫。他抬起頭來，臉上淚光閃爍。「有媽媽對我有屁用？」

她回答不出來。她默默看著男孩擦掉恥辱的淚，在髒污的臉上留下抹痕。幾天來，他極力模仿大人。他的淚提醒莫拉，他只是個孩子，是個自尊心太強的男孩，現在不肯正面看她，不願顯露他內心多恐懼。他把注意力放在一包包的奶精粉上，撕開一包，倒進自己嘴裡。

她也撕開自己的幾包。有些粉撒在她的手上，她讓熊舔掉。熊舔乾淨後，順便在她的臉舔幾下，舔得她哈哈笑。她留意到，老鼠在看他們。

「熊跟你多久了？」她摸著濃密的冬季狗毛問。

「幾個月。」

「你是在哪裡撿到牠的？」

「是牠撿到我。」他伸手，熊走回他身邊，他見狀微笑。「有天放學，我走出校門，牠自己對著我走過來，跟著我回家。」

莫拉也微笑了。「我猜牠需要朋友。」

「或者是，他知道我需要朋友。」最後他抬頭看莫拉。「妳有沒有養狗？」

「沒有。」

「小孩呢？」

她愣一下。「沒有。」

「妳不想要嗎？」

「事與願違。」她嘆氣。「我的生活太……複雜了。」

「一定是囉。連狗都養不起。」

她笑說：「對呀。我絕對應該調整一下人生的重點。」

又是一陣沉默。老鼠抬起熊的頭，以人臉搓磨狗臉。她坐在溫吞吞的火邊，看著男孩靜靜與狗交心，忽然覺得十六歲的少年比實際年齡小了好幾歲。外表是大人，內心是兒童。

「老鼠？」她輕聲問。「你的媽媽和妹妹出了什麼事，你知不知道？」

摸狗的動作停止，手僵住了。「被他帶走了。」

「先知？」

「所有事情由他作主。」

「你沒有親眼看到吧？她們被帶走時，你不在場？」

他點頭。

「你有進過其他家的房子嗎？有沒有看見……」她遲疑著。「血跡？」她輕聲問。

「我看見了。」他把視線提到她的高度，莫拉看出，男孩懂得「血跡」一事的重要性。莫拉心想，我活到現在的原因，就是他懂得那片血跡的含義。他知道，假如我待在西天村，我的命運會是怎樣。

「你妹妹？」

老鼠抱著狗，彷彿只有熊能提供他需要的安慰。「她才十四歲。她需要哥哥的保護。」

「我被帶走的時候，凱麗想阻止他們。她尖叫再尖叫，卻一直被我媽抱住。我媽告訴她，哥哥非走不可，非離開不可。」伸進狗毛裡的手握成拳頭。「所以我那天回去了。為了她。為了凱麗。」他抬頭看。「可惜她不在家。沒有人在。」

「我們會找到她的。」莫拉伸出手，握住他的手臂，與他抱住熊的動作一致。一個男孩，一個女人，一條狗，團結在一起。在艱苦的環境中，原本互不相關的三條命結合起來，培養出近似親情的情誼。或許比親情更強烈。我救不了葛雷絲，她心想，但我會竭盡我所能，挽救這個男孩。

「我們會找到她的，老鼠，」她說。「這件事總有好轉的一天。我保證。」

熊大哼一聲，閉上眼睛。

「連牠也不相信妳。」老鼠說。

28

瑞卓利看著丈夫把必需品塞進內架式背包，有條不紊，每個角落都不放過。塞入背包的物品有睡袋、睡墊、單人帳篷、冬季露營爐、冷凍乾燥餐。在背包較小的口袋裡，他塞進指南針、刀子、頭燈、降落傘繩、急救包。不浪費任何一個空間，不帶任何一盎司累贅物。鎮民大會結束後的晚上，嘉柏瑞與安東尼去買來露營器材。嘉柏瑞把用品依序排列在旅館床上，小東西放進軟提袋，水壺以萬能膠帶裹住。這種事他做過無數次了，因為他少年時期喜歡至深山健行，長大後曾進入陸戰隊服役。他的腰上繫著一把槍，暗暗提醒著，此行不是單純的雪地露營。

「我應該跟你們兩個一起去。」瑞卓利說。

「不行。妳應該留下來等電話。」

「萬一有人在野地出事了，怎麼辦？」

「出事的話，有妳平安留守旅館，我會覺得比較心安。」

「嘉柏瑞，我一向以為我們是搭檔。」

他放下背包，對她挖苦一笑。「這對搭檔當中，哪一個罹患露營不適症啊？」

「在必要的情況下我可以。」

「妳又沒有雪地露營的經驗。」

「安東尼也沒有。」

「可是他身體健康，力氣很大。妳大概連那個背包都提不動吧。去啊，試試看。」

她拎起背包，舉上床，咬著牙說：「我揹得動。」

「現在，想像一下，這東西上肩後，妳揹著爬山。想像一揹就是幾個鐘頭，連續揹幾天，而且是在高海拔地區爬山。想像一下，同行的各個男人的肌肉都比妳多二十幾公斤，妳非跟上他們的腳步不行。珍，妳知我知，妳的想法不切實際。」

她放開背包，讓背包重重摔在地板上。「你對這地區的地形不熟悉。」

「同行的人熟悉地形就好。」

「你信得過他們的判斷力嗎？」

「信不信得過，很快就能揭曉。」他拉上背包拉鏈，放進房間的角落。「重點是，我和安東尼一起去。他們可能會急著開槍，遭殃的可能是莫拉。」

瑞卓利坐上床嘆氣。「她在搞什麼鬼嘛？她的行為完全沒道理！」

「所以妳才有必要隨時接電話。她打過一通電話給妳，可能會再試一次。」

「那我怎麼和你聯絡？」

「安東尼會帶衛星電話。我們又不會從地球表面消失。」

昨晚她睡在嘉柏瑞旁邊，憂愁的正是怕失去他。他明天將徒步進荒郊，今晚睡得卻香香甜甜，不受恐懼的干擾。輾轉難眠的人反而是她，擔心自己力氣不夠大、經驗不夠多，無法跟著去。她自認和男人的能力相當，但這次她不得不認清令她遺憾的事實。她揹不動那個背包。她無法跟上嘉柏瑞的腳步。走了幾英里，她可能會腿軟，倒在雪地上，拖垮大家的行程，丟盡自己的顏面。

莫拉呢？她怎麼有辦法生存？

黎明之前她醒來，看見窗外雪花紛飛，被風打得在旅館停車場滿地跑，更加憂心莫拉的生死。她想像著，寒風刺痛莫拉的眼珠子，莫拉的肌膚被風雪急凍。天候如此惡劣，不適合動身去搜救。

太陽尚未昇起，她、嘉柏瑞、安東尼三人驅車前去會合點，搜救隊的十幾名成員已經抵達，帶來了嗅探犬。在破曉前的昏暗天色下，壯漢站著喝熱騰騰的咖啡。瑞卓利聽得出他們興奮的語調，感受到空氣裡的電能。他們就像突襲行動之前的警察，男性激素暴增，摩拳擦掌著。

嘉柏瑞和安東尼的背包上肩時，她聽見費希警長問：「兩位帶著背包，想去哪裡？」

嘉柏瑞轉向警長：「你不是在找搜救志工？」

「本局可沒有請求FBI派員支援。」

「我受過人質談判訓練，」嘉柏瑞說，「而且我認識莫拉．艾爾思。她能信任我。」

「本地的地勢崎嶇，沒概念的人爬不上去。」

「我在陸戰隊待過八年，也受過冬季山區行動訓練。你另外還想知道哪些？」

這些資歷讓費希警長無言以對，只好轉向安東尼，但他一見安東尼冷若冰霜的表情又講不出話，連質疑的動作也省了。費希哼一聲，摸摸鼻子走人。「老蒙呢？」他喊。「不能再等他了。」

「他告訴我，他不來了。」有人回應。

「昨晚他不是發了一頓脾氣嗎？我還以為他是跟定了。」

「說不定他照了鏡子，記得自己七十一歲了。」

此言引起眾人大笑，馴狗師之一喊：「狗嗅完氣味了！」

搜救隊伍開始走進樹林，嘉柏瑞轉向瑞卓利，兩人擁吻道別，然後自己上路。她曾多次羨慕他輕鬆矯健的身手，欽羡他的步態流露自信。沉篤篤的背包也壓不緩他的步伐。她站在樹林邊緣，看著丈夫，依稀仍能見到年輕陸戰隊員的身影。

「這事絕不會有好結果。」有人在喊。

瑞卓利轉身，看見凱西．瓦伊斯搖著頭。

「他們會把他當成野獸，見人就殺。」凱西說。

「我擔心的是莫拉．艾爾思，」瑞卓利說。「也擔心我先生。」

兩女並肩站著，望著漸行漸遠的隊伍在樹林裡穿梭前進。空地上的車輛開始駛離，但兩個女人站在原地看，等人影終於消失在樹林間。

「至少他看起來像個理智的男人。」凱西說。

瑞卓利點頭。「妳描述得很貼切。」

「至於其他人嘛，他們準備格殺勿論。唉，馬丁諾有可能是踩到冰跌倒，手槍走火，射到他自己。」凱西無奈地呼出一口氣。「有誰曉得真正的經過呢？又沒人看見。」

而且也沒有槍擊的錄影帶，瑞卓利心想。單單這一點，她是越想越懷疑。馬丁諾的警車攝影機明明是零故障，只是被人關掉了，有違郡警局的規定。關機前最後的影像是馬丁諾前往多以爾山的路景。在他抵達那棟民房的前幾分鐘，他刻意關掉攝影機。

她轉向凱西。「你對馬丁諾警官的認識多深？」

「我和他打過交道。」從她的語氣來判斷，兩人的相處並不融洽。

「妳有沒有信不過他的理由？」

在刺骨的拂曉時分，凱西無言盯著她，兩人吐出的蒸氣交融成一團。

「終於有人敢問這個問題了。」她說。

「巴比．馬丁諾現在被捧成英雄了。殉職英雄，壞話講不得啊。即使他們死了活該，照樣不能講。」凱西說。

「照妳的口氣，妳不欣賞他。」

「可別告訴別人喔——馬丁諾是個生性粗暴的控制狂，」凱西說，視線固定在路面上。她正在開車，路面盡是冰雪，不能粗心。瑞卓利對本地的山路不熟，慶幸駕駛不是她自己，更慶幸的是，凱西這輛車是四輪傳動而耐操的休旅車。「做我這一行一段時間，」凱西說，「本郡的哪一家人亮紅燈，我們一眼就看得出來。哪一對快離婚了，哪家的小孩曠課太多。誰的老婆黑著眼圈去上班。」

「馬丁諾的妻子？」

「她名叫派琪，現在成了前妻。她熬了太久才清醒，才要求離婚。兩年前，派琪終於離開他，搬去奧勒岡州。我只希望她留下來提出告訴，因為像馬丁諾這種男人不應該當警察。」

「打老婆還能繼續當警察？」

「這種事大概波士頓也有吧？馬丁諾這種正直的公民，怎麼會揍老婆？大家拒絕相信。」凱西以鼻子出氣。「假如開槍的人真的是那男孩，也許馬丁諾是罪有應得。」

「這句話，該不是真心話吧？」

凱西望著她。「搞不好是真心話。有點吧。我輔導的對象是受害人。小孩被虐待多年，心靈會留下什麼樣的創傷，我最清楚，也知道女人的辛酸。」

「妳越講，我越覺得妳對這事有切身之痛。」

「見多了嘛，對，是會有。再怎麼不去計較，也會在心中留下疙瘩。」

「所以說，馬丁諾是個愛打老婆的混帳。可是，這不能說明他關掉警車攝影機的原因。他在多以爾山上有什麼見不得人的秘密？」

「我答不出來。」

「他認識朱力安．普金斯嗎？」

「那還用說。那小孩接連犯法，全郡的警察幾乎都逮捕過他。」

「所以說，馬丁諾和他之間有一段過去。」

凱西思考著，一面驅車上山路，兩旁的房子越來越稀少。「朱力安不喜歡警察。一般青少年哪個會喜歡警察？警察是他們的敵人。反過來說，討厭警察也無法解釋這狀況。而且，我們不能忘記一個重點。」她瞥向瑞卓利。「馬丁諾是在上多以爾山之前關機，在他知道朱力安在山上之前。無論關機的理由是什麼，肯定和妳的朋友莫拉有關。」

莫拉的行為依舊是最大的一團謎。

「到了，」凱西說著停靠路邊。「妳不是想瞭解馬丁諾的為人嗎？這棟就是他家。」

瑞卓利望向馬路對面一棟不起眼的民房，車道上的雪被鏟向兩旁，堆積如山，房子本身好像躲了起來，窗戶似乎正從積雪上方偷窺路人。附近沒有住家，缺乏方便訪談的鄰居。

「他自己一個人住？」瑞卓利問。

「就我所知是。看起來不像有人在家。」

瑞卓利拉上夾克的拉鏈，下車，聽見風搖樹動的聲響，風吹得臉頰刺麻。一陣寒意倏然襲上心頭，是風在作怪嗎？或者是這棟房子的原因？是因為屋主死了，窗戶正從積雪下面冷眼偷窺？凱西已步向前門廊，靴子踏破冷縮的雪地，但瑞卓利在車邊裹足。沒事先申請搜索令，也沒登門的理由，只因為她覺得馬丁諾之謎待解，而兇殺案想調查得周到，少不了針對受害人深入分析。為什麼被攻擊的人是他而非別人？在多以爾山上的民房車道上，在寒風中，他做出什麼樣的行為，導致對方動手？目前為止，所有的焦點集中在槍殺警察的嫌犯朱力安上。現在應該把焦點轉移到馬丁諾。

她跟著凱西走上車道，冰地上撒著砂石，靴子踏起來多一份摩擦力。凱西已經敲著前門。

不出所料，無人應門。

瑞卓利看見腐朽的窗框，剝落的油漆，柴薪被隨便堆在門廊的一端，靠在岌岌可危的欄杆邊。她望進正面的窗戶，裡面是家具稀少的客廳，咖啡桌上有一個披薩盒和兩個啤酒罐，不見令她意外的事物，完全符合靠警察薪水度日的單身漢居家環境。

「哇，好破爛啊。」凱西指的是獨立式的車庫，屋頂積雪深厚，快把車庫壓垮了。

「妳認識他的朋友嗎？知道誰和他有深交？」

「郡警局的同事吧，只不過，想叫他們講真話？別做夢了。我說過，殉職警察永遠是英雄。」

「視警察如何殉職而定吧。」瑞卓利試試門把，發現門鎖著。她把焦點轉向獨立式車庫。通往車庫門的車道被鏟過雪，她看見輪胎的痕跡——輪距寬，應該是大車。她躡足走下滑溜的門廊階。來到車庫門口，她遲疑著，心知此門一開，她即將逾越道德的分際。她沒申請搜索令，本地根本也不是她的轄區。話說回來，馬丁諾已死，不可能爬起來申訴。到頭來，最講究的是正義公理。為馬丁諾伸張正義，也顧及涉嫌槍殺他的男孩。

門把在下面，她伸手下去往上拉，但門的軌道結冰，車庫門硬是不動。凱西過來借力，兩人一同拉。門突然動了，被兩人往上拉開。她們訝異得目瞪口呆。

裡面停著一輛黑色的大車。

「了不起喔，」凱西喃喃說。「好新，連經銷商的車牌也沒換掉。」

瑞卓利以欣賞的態度，繞著車子走，撫摸著嶄新無痕的烤漆。是福特F-450 XLT。「這輛寶貝車，少說也要五萬美金。」她說。

「馬丁諾怎麼買得起？」

瑞卓利繞向車子前面，停下來。「更貼切的問題是，他怎麼買得起那一輛？」

「什麼車？」

瑞卓利指向哈雷重型摩托車。這輛的款式是黑色V-Rod Muscle，和大車看來同樣是新出廠的車子。她不清楚這種摩托車的價格，只知道絕對不便宜。「看樣子，馬丁諾警官最近進帳一大筆，」她輕聲說。她轉向凱西，見到凱西對著哈雷機車瞠目結舌。「他該不會有個闊佬舅舅吧？」

凱西搖頭表示困惑。「就我所知，他連贍養費都拖欠。」

「那他哪來的錢買這種摩托車？這輛大車？」瑞卓利環視這間寒酸的木造車庫，看著塌陷的木頭。「這現象有點矛盾，讓人不得不質疑我們對馬丁諾的認識。」

「他是警察。說不定有人賄賂他，要他睜一眼閉一眼。」

瑞卓利再把焦點轉移到哈雷機車，儘量把它聯想到馬丁諾之死。她現在明瞭的是，馬丁諾刻意關掉攝影機，用意在於掩飾個人的行為。出發之前，總機通知他說，莫拉隻身在山上等待救援。馬丁諾接獲報案，關掉攝影機，前往多以爾山。

然後，發生了什麼事？男孩怎麼會被捲進來？也許關鍵在於男孩。

她看著凱西。「西天村有多遠？」

「從這裡，差不多三、四十英里。很偏僻。」

「不如我們開車過去，找朱力安的母親瞭解一下。」

「那邊現在沒人住了吧？我聽說冬天一來，村民全走了。」

「村民走光的這件事實是誰報告的？妳記得嗎？是多次走訪西天村的同一位郡警。他自稱沒看見不合常理的現象。」

凱西輕輕說：「巴比．馬丁諾。」

瑞卓利朝哈雷機車的方向示意：「根據我們在他家的發現，我認為馬丁諾的說法無法採信。

他被人收買了。金主的錢多的是。」

兩人都不必說出金主的姓名。傑瑞麥亞・古德。

「我們去西天村一趟，」瑞卓利說。「我想查清不准外人看的東西。」

29

車窗外，瑞卓利看見一點一點褐色的凸起物，點綴著浩瀚雪景。是野牛，依偎在一起避風，厚毛上披著一層雪。野生動物，不屬於任何人。對於城市人瑞卓利來說，這算是奇景，因為都市裡的寵物全需綁著、掛名牌、登記。寵物有人餵，有房子住，不會在惡劣的天候之中自生自滅。這就是自由的下場吧，她凝望著野牛，心想。朱力安・普金斯在寄養家庭待不住，帶走一背包的食物逃家，想必也接受了這種下場。一個十六歲的男孩子，在這種惡劣的天候如何活下來？

莫拉又怎麼活下來？

凱西好像明瞭她的心思：「如果說，有誰有辦法在野外保住她一命，那人非朱力安莫屬。他從小受爺爺的薰陶，懂得野外求生的所有訣竅。艾索倫・普金斯是本地的傳奇人物。小屋自己蓋，住在布里傑提頓山上。」

「在哪裡？」

「就是那邊的那座山脈。」凱西指著。

輪胎捲起的雪塵遮天，但瑞卓利看得到險峻無比的幾座山巔。「朱力安就在那山上長大？」

「現在列入國家森林區了。爬山上去的話，妳會經過幾棟佔地自住的老房子，和艾索倫蓋的是同一種，多數已經倒塌了，只剩地基，不過讓人看了明白當年人求生多辛苦。我呢？沒沖水馬桶，沒熱水澡，我一天也過不了。」

「那算什麼？沒有第四台可看，我活不下去。」

車子爬坡至山腳，沿途的樹林越來越濃密，建築物稀少。他們路過葛拉伯雜貨店，瑞卓利看見警語：最後一座加油站。她忍不住著急，瞄一下車子的油箱計，看見汽油仍有四分之三滿，才鬆一口氣。

車子繼續上山將近一英里，店名才突然勾起她的印象。葛拉伯雜貨店。她記得昆南對她說過，目擊莫拉的報告太多了，遍及全州各地，例如恐龍博物館、科第的俄瑪大飯店。薩布列郡的葛拉伯雜貨店也名列其中。

她掏出手機，撥給昆南。訊號一格也沒有。她將手機收回皮包。

「這可有意思。」凱西說。她把車子駛下公路，進入一條窄了許多的小路。

「什麼事？」

「雪被鏟過。」

「這條路可以通西天村嗎？」

「對。如果馬丁諾講的是真話，這座山谷應該沒人住，誰有閒工夫過來鏟雪？」

「妳來過這裡嗎？」

「去年夏天，我開車上來這裡一次，」凱西說。她繞過一個急轉彎，瑞卓利本能地抓緊扶手。「那時我剛接朱力安的個案。警方在松谷鎮逮捕他，因為他闖空門，進人家的廚房搜刮食物。」

「是在他被集居會趕走之後？」

凱西點頭。「成了失落男孩族。我開車上山，希望訪談他的母親，而且我也擔心他的妹妹凱麗。朱力安告訴我，她只有十四歲，而我知道，女孩到這個年紀，男人會開始……」凱西縮口，深呼吸。「言歸正傳。我沒有進去西天村。」

「怎麼會？」

「我轉彎開進他們的私人道路，正要開進山谷，卻衝出一輛大車攔截我。他們一定裝了某種警報系統，能偵測閒人。兩個男人，帶著無線對講機，逼問我此行的目的。他們一發現我是社工，馬上命令我離開，永遠別回來。我只從路上看見他們的村落一眼。村子裡蓋了十棟房子，另外兩棟施工中，怪手和拖拉機轟隆隆開著。看情況，他們是有擴建的計畫。這裡會成為他們下一個天使平原。」

「所以說，妳沒機會訪問到朱力安的母親。」

「對。親兒子過得好不好，她沒有關心過，一次也沒有。」她搖頭表示憤慨。「親情哪裡去了？抉擇的時候到了，一邊是邪教，另一邊是親骨肉，她決定放棄小孩。我搞不懂，妳呢？」

瑞卓利想起自己的女兒蕾吉娜，想像自己為了保護女兒所做的犧牲有多大。我願意捨身救她，想都不用想。「對，我也不懂。」

「想像看看，朱力安多可憐。被親生母親認為是可有可無的東西。大男人過來把他從家裡拖走，母親卻假裝沒看見。」

「我的天啊，真的是這樣嗎？」

「是朱力安描述的。他又哭又叫。他的妹妹也在尖叫。母親卻坐視不管，連吭一聲抗議也沒有。」

「沒用的雜碎。」

「不過，別忘了，她也是受害人。」

「不能拿這個當藉口。身為人母，本性會為親骨肉抗爭到底。」

「在集居會，人母從不抗爭。在天使平原，幾十個母親心甘情願犧牲親兒子，讓他們被拖走，載到鄰鎮去放生。那些男孩的心靈多破碎，心病好重，很多人被迫嗑藥過日子。不然就是被戀童狂性侵剝削。那些男孩子渴望有人愛他們，什麼人都行。」

「朱力安是怎麼療傷的？」

「他只想和家人團圓。他像一條挨打的狗，只想回到凶殘的主人身邊。去年七月，他偷開一輛車，竟然一路開回山谷去找妹妹，在那一帶躲了三個禮拜，最後才被集居會的人逮到，把他扔回松谷鎮。」

「所以說，這次他也可能回去西天村。」她望向凱西。「這裡距離多以爾山多遠？離馬丁諾被槍殺的地方多遠？」

「以直線距離來看，不遠，就在這些丘陵的另一邊。如果是順著路走，距離就長了好幾倍。」

「所以說，他可以徒步翻山過去。」

「如果他真的想去的話。」

「他剛殺了一個郡警，心裡一定很害怕，急著逃亡，有可能去西天村避風頭。」

凱西思索一陣，眉頭皺得更緊了。「如果他已經到了……」

「他有槍。」

「他不會傷害我。他知道我的為人。」

「我只是想說，我們非謹慎不可。我們無法預測他的下一步。」何況，莫拉在他的手上。

車子穩定爬坡近一小時，途中不見車輛、建築，整座山沒有人煙，唯有在凱西減速停車時，瑞卓利才看見標語，柱子的下半段被雪埋住。

私人道路
守望巡邏區
閒人勿近

「讓人有大受歡迎的感覺，不是嗎？」凱西說。

「也讓我懷疑，他們為何這麼怕訪客。」

「有意思。鏈條被放下來了，而且這條路也被鏟過雪。」

凱西把休旅車駛進私人道路，緩緩行駛在一吋厚的新雪上，沿路的松樹茂密，遮蔽天光，讓人有深居密室、透不過氣的錯覺。更遠的環境被常綠松林形成的布幕掩蓋，瑞卓利看不太清楚。她直盯前方，肌肉緊繃，不確定接下來會出現什麼狀況。會被兇巴巴的集居會攔截嗎？飽受驚嚇的男孩會連開幾槍嗎？忽然間，樹林開了一道，她眨著眼，仰望開闊的天空，冷冽而清亮。

凱西駛上一個居高望遠的地方，剎車停下，兩人被下方的景象震呆了。西天村變了一個模樣。

「親愛的上帝啊，」凱西低語。「這地方出了什麼事？」

山谷裡是一處處黑色的廢墟，燒焦的地基標出民房的所在地，出奇整齊的兩列為祝融之災作見證。在廢墟之中，有個東西在動，在火場之間昂首闊步，彷彿整座山谷現在以他為老大，他只是在巡視自家地。

「狼。」凱西說。

「看起來不像意外，」瑞卓利說。「我認為有人過來縱火。」她停頓一下，想到明顯的答案。「朱力安。」

「他為什麼要縱火？」

「生集居會的氣？為他被趕走的事報復？」

「什麼事都怪到他頭上，妳的動作未免太快了吧？」凱西說。

「少年縱火燒民房，這種事很常見。」

「燒掉方圓幾英里之內唯一的避風港？」凱西激動地嘆一口氣，把排檔桿推回行車檔。「我們靠近一點去看。」

她們沿著山谷路向下行駛，在間歇的松樹之間又看見村落的景象。火場的新影像是越來越慘不忍睹。這時，車聲已順著斜坡傳下去，獨行的郊狼逃向周遭的樹林去。凱西的休旅車逐步接近之際，瑞卓利瞧見深色的隆起物，遍佈在附近的雪地上。仔細一看，她發現一隻隻全是郊狼，只不過這幾頭全部臥倒，沒有動作。

「天啊，好像整群都被宰了。」瑞卓利說。

「獵人。」

「為什麼？」

「在鄉下，郊狼不太受牧場主人的歡迎。」凱西說。來到第一片焦黑的地基，凱西停車，兩人一同望向遍野的死獸。在樹林的邊緣，僅存的一匹郊狼站著看她們，彷彿牠也想知道解答。

「怪事，」瑞卓利喃喃說。「怎麼沒看到血？這幾頭不太像是被射死。」

「不然是怎麼死的？」

瑞卓利下車，差點在冰地上摔跤。火災融雪，火熄後，水瞬間結冰成堅硬的光滑表面，如今鋪蓋一層一英寸厚的白粉。她到處看見禽獸的足跡印在薄薄的雪地上。她被災情愣得說不出話。瑞卓利聽見凱西的靴子踩在冰上，但瑞卓利逗留在車邊，凝視著大片焦木與金屬，偶爾在廢墟裡認出物品：一面破鏡子、一個燒焦的門把。一個陶瓷洗手台，裡面有一小灘結冰的水，宛如迷你溜冰場。一整個村落被燒成廢物堆與灰燼。

一陣尖叫聲刺破空氣而來，撞擊到群山之後像玻璃碎片被彈回來。瑞卓利陡然直起身體，提高警覺，看見凱西站在廢墟遠遠的一端。凱西的目光固定在地面，戴著手套的手捂嘴，以僵硬如機器人的步伐倒退走。

瑞卓利開始走向她。「怎麼了？凱西？」

凱西不應，只是注視著地上，仍然蹣跚撤退中。瑞卓利走近後，發現地上有幾點顏色。有的是一小片藍，有的是一小點粉紅。她知道是破布，布的邊緣零碎。走完最後一處廢墟之後，雪地加深，覓食禽獸的足跡也更亂。足跡是隨處可見，彷彿郊狼在這裡大跳牛仔舞。

「凱西？」

凱西終於轉過頭來，面無血色，說不出話，只能指著地上，指著一頭死郊狼。

瑞卓利望過去，才發現凱西指的不是郊狼，而是兩支骨頭，像是從雪地長出來的白莖。有可能是野生動物被啃剩的骨頭吧。只不過，有一個小細節推翻這假設。繞住這兩根骨頭的物體不會出現在任何動物身上。

瑞卓利彎腰，看著粉紅色和紫色的珠珠串在橡皮圈上。是兒童的手環。

她直起身子，心臟噗噗跳。她望向雪地另一邊的樹林，看見郊狼在雪地覓食時挖出的坑洞，一見鮮肉就大快朵頤。

「他們還在這裡，」凱西輕聲說。「村民，小孩。西天村的村民根本沒走。」她凝視地面，彷彿看清腳底又有駭人聽聞的事物。「他們就在這底下。」

30

日落之後，驗屍官的尋屍小組已從冰凍的地下挖掘出第十五具屍體。這一具和其他屍首交纏在一起，亂葬窟裡的肢體交叉成醜陋的大合抱。埋屍坑挖得很淺，上面只覆蓋薄薄一層土，薄到即使埋在一呎半的雪下，專食腐肉的野獸照樣嗅得出大餐。如同之前的十四具，這一具出土時同樣是四肢被凍得僵硬，睫毛覆蓋著冰霜。這具是嬰屍，約莫六個月大，穿著棉質長袖連身裝，上面印著小飛機的圖案，屬於戶內的服飾。和其他屍體相同的是，這一具也缺乏外傷。除了死後遭野獸啃咬的缺口之外，這十五具皆異常完整，令人不解。

最完整的一具當屬這具嬰屍，眼睛閉著，宛如安睡中，皮膚光滑乳白如瓷器。瑞卓利在亂葬坑裡一看見它，第一個反應就是誤以為只是個洋娃娃。那是她一廂情願的想法。但真相在不久後大白。驗屍官帶來的人員身穿防毒裝，罩住厚重的冬衣，小心翼翼地把嬰屍抱出墳墓。

瑞卓利看著一具具遺體陸續出土，最令她感傷的莫過於這具嬰屍，因為她聯想起自己的女兒。她多想擋掉這幅影像，可惜影像已閃現腦海：蕾吉娜已無生命跡象的小臉，霜氣佈滿她的皮膚。

她陡然從墓穴轉身離去，走回停車的地方。凱西仍躲在休旅車上。瑞卓利坐進她身旁，把車門關好。車子裡有菸臭味，瑞卓利看見菸灰缸滿了。凱西雙手發抖，再點一支香菸，震顫地抽了一口。兩個女人無言並坐著。透過擋風玻璃，她們看著尋屍小組的一員把小得可憐的一包捧進停屍間的車子，把門關上。天光已剩不多，明天會再繼續挖掘，絕對會再發現更多屍體。在亂葬窟的底部，工作人員已經見到結冰的成人肢體。

「沒有刀傷。沒有彈孔，」瑞卓利看著停屍間的車子開走。「他們就像睡著了，然後死掉。」

「瓊斯鎮，」凱西喃喃說。「妳記得吧？吉姆．瓊斯牧師。他從加州帶領將近一千個信眾，帶去蓋亞納，成立自己的生活營。美國警方過去調查時，他命令信眾自殺。總共死了九百多人。」

「妳認為這也是集體自殺事件？」

「不然是什麼事件？」凱西凝望車窗外的亂葬坑。「在瓊斯鎮，他們在甜甜的潘趣（Punch）飲料裡攙加氰化物，先餵小孩喝。想像一下，把毒藥灌進奶瓶，抱自己的小寶貝起來，把奶嘴塞進小嘴裡。想像一下，看著小寶貝開始喝，心知這是他最後一次看著妳微笑。」

「我沒辦法想像。」

「不過在瓊斯鎮，他們卻辦得到。他們先毒死親身骨肉，然後自盡。原因只有一個，就是所謂的先知叫他們動手。」凱西轉向她，露出活見鬼的神態。車上越來越暗，更突顯了她眼眶的凹陷。「傑瑞麥亞．古德有權力命令他們，能叫人捐獻身外之物，對外面的世界不聞不問。他能叫人捐出自己的女兒，拋棄自己的兒子。他能端一杯毒藥給你，叫你喝，你會喝，而且會面帶微笑喝下去，因為天下最重要的事是討好他。」

「有個問題，我問過妳了，其實不問也知道答案。這事讓妳有切身之痛，對不對？」

瑞卓利的話說得很輕柔，卻讓凱西呆若木雞，手上的香菸慢慢燒成灰。她倏然捻熄香菸，與瑞卓利的目光相接。「當然有切身之痛，廢話。」她說。

瑞卓利不再多問，不發表意見。她明白，最好不要催，不要急，等凱西準備好了再說。

凱西轉開視線，凝望車外漸漸黯淡的天色。「十六年前，」她說，「我的死黨被集居會拐走了。她和我情同姐妹——甚至比姐妹更親。她名叫凱蒂．薛爾頓，住在我們隔壁，我從兩歲就認識她。她的父親是木工，經常失業，又矮又機車，自以為是什麼爛皇帝，老是對家人頤指氣使。凱蒂的母親是家庭主婦，沒什麼個性，我對她幾乎沒印象。集居會最容易吸引的就是這種家庭。這些人交不到朋友，人生缺乏目標，渴望一個存在的理由。至於凱蒂的爸爸，隨便什麼宗教，只要能讓他在家當皇帝，他都肯信，額外的好處是可以亂搞小女生。一夫多妻，最終審判、世界末日——這些東西他一概盡情擁抱。傑瑞麥亞的屁話全接受。就這樣，凱蒂一家從我們隔壁搬走了，搬去天使平原。

「凱蒂跟我約定，以後寫信常聯絡。我有寫。我寫了一封接一封，從來沒有接到回信，卻也從來沒有停止想念她，一直掛念她的近況。幾年以後，我發現她的近況。」

凱西吸一口氣鎮定情緒，瑞卓利保持緘默，即使已推斷出悲慘的結局，還是默默等凱西敘述。

「我讀完大學，」凱西繼續說，「在愛達荷瀑布市一家醫院找到工作，擔任社工。有一天，一名少婦被送進急診室。她在天使平原生產之後血崩。她是我的朋友凱蒂。死時才二十二歲。她的母親陪伴在身邊，不小心說溜嘴，講出凱蒂家裡另外有五個小孩。」凱西緊咬著牙齒。「妳自己推算看看。」

「應該報警處理吧。」

「怎麼沒有？打死我我也要報警。愛達荷警方派人去天使平原打聽，可惜太遲了，集居會早已編好一套說法。不對啦，是她聽錯了，這是凱蒂的頭胎。天使平原沒有未成年媽媽，沒有強制女童性交的事情，只不過是個祥和的社區，人人過著幸福健康的日子，是不折不扣的涅槃境界。警方拿他們沒法子。」凱西瞪著瑞卓利。「雖然來不及救凱蒂，我還是能救其他人。受困集居會裡的女孩子那麼多。基於這個想法，我成了抗議人士。這幾年來，我針對傑瑞麥亞和信眾收集資料，督促執法機關盡責保護裡面的女孩。可是，只要傑瑞麥亞不進牢，警方就沒辦法解散集居會。」

「只要他活著，逍遙法外，就有能力宰制信徒。他能下達指令，派手下去對付叛徒。如果他發現沒有退路了，他會凶性大發。瓊斯鎮的事發原因，妳記得吧？德州威科的大衛教派呢？吉姆．瓊斯和大衛．科瑞許自知難逃制裁，帶著信徒同歸於盡，男人、女人、兒童統統一起死。」

「可是，為什麼挑現在？」瑞卓利問。「傑瑞麥亞為何挑這個時間點，下令集體自盡？」

「也許他以為警方快要進攻了，也許他自知被逮捕是遲早的事。犯了性侵案的人，自知一坐牢就是幾十年，自知法網難逃的時候，陪葬的人有多少，他也管不了。橫豎是死路一跳，信眾也跟著死。」

「凱西，妳這種推論有個漏洞。」

「什麼漏洞？」

「這些屍體被人下葬了。有人把他們拖到戶外，挖了坑，想隱瞞真相。如果傑瑞麥亞說服信徒陪他集體自殺，留下來埋葬大家的人是誰？是誰放火燒房子的？」

凱西沉默下來，思考這疑點。在車子外面，尋屍小組紛紛回到自己的車上，一身圓滾滾的防毒裝，看似米其林輪胎的商標卡通。天色已經全黑，景物轉為寒冬的灰與白。在周遭的樹蔭深處，肯定有更多的野獸埋伏著，伺機而動，覬覦著人肉饗宴，殊不知同伴已被這堆的屍體毒死。

「在這裡，再挖也挖不到傑瑞麥亞的屍體。」瑞卓利說。

凱西望著西天村的廢墟。「妳說得對。他還活著。肯定是。」

有人敲凱西的車門，令兩個女人嚇一跳。車窗外站著州警探帕斯特納克，瑞卓利隔著玻璃看見他面帶菜色望進來。凱西搖下車窗，他說：「瓦伊斯小姐，我想聽妳介紹集居會的背景。」

「你終於相信我了。」

「沒人肯聽妳說，我只覺得遺憾。」他指向後座。「方便我上車陪兩位坐坐嗎？外頭的風好冷。」

「要我講，我可以全講出來給你聽，不過我要你接受一個條件。」凱西說。

帕斯特納克坐進後座，帶上車門。「什麼條件？」

「你要和我們分享資訊。」

「什麼樣的資訊？」

瑞卓利在座位上轉頭看他。「例如，你對郡警馬丁諾瞭解多少？他哪來的錢，怎麼買得起全新的哈雷和雪亮的豪華車？」

帕斯特納克的視線在兩女之間遊走，而兩女轉頭一直看他。「我們正在調查中。」

「傑瑞麥亞・古德哪裡去了？」凱西問。

「我們也在調查中。」

凱西搖搖頭。「這裡挖出一個亂葬坑，你明知誰最有可能指使這種事，怎麼能推說不知道他的去向？」

啞言片刻後，帕斯特納克點頭。「我們和愛達荷警方聯絡上了。他們告訴我，已經在天使平原的公社安排了一位線民。根據線民通報，傑瑞麥亞・古德目前不在那裡。」

「你信得過這個線民？」

「他們相信。」

凱西哼了一聲。「警探，教戰守則第一課：對手是集居會時，不要輕信任何人。」

「警方已經對他發出通緝令了，而且也派員監視天使平原。」

「他的爪牙到處都有，也準備了幾個藏身屋，可以一躲就是幾年。」

「這些資訊是妳確知的事實嗎？」

凱西點頭。「他有錢，有信徒，警方動不了他的一根汗毛。他的資金雄厚到可以收買一整批馬丁諾。」

「我們正在追查金錢的流向，相信我。在大約兩個禮拜前，馬丁諾警官的銀行帳戶有一大筆款項轉入。」

「從哪裡轉帳進來的？」瑞卓利問。

「轉帳的戶頭登記在大理集團的名下。至於這集團是什麼性質，待查。」

「絕對和傑瑞麥亞有關。」凱西說。

「問題是，我們查不到大理集團和集居會之間的關聯。大理集團的帳戶設在馬里蘭州洛克威爾的一家銀行。」

凱西皺眉。「集居會跟馬里蘭州扯不上關係。就我所知是沒有。」

「大理集團恐怕是個空殼公司，是個幌子。有人費了很大的心血來掩飾金流。」

瑞卓利凝視著墓穴，看著工作人員為坑口蓋上厚重的木板，以防止野獸進一步爭食，也能保護野生動物不會再被毒死。

「看來，馬丁諾接受賄賂的目的就在這裡，」她說。「不准洩露西天村的秘密。」

「這個秘密值得花錢去保守，」帕斯特納克說。「集體謀殺。」

「也許馬丁諾遇害的原因是被滅口，」瑞卓利說。「也許那男孩是無辜的。」

「恐怕只有朱力安・普金斯能回答這問題。」

「而且有一大票人急著追殺他。」瑞卓利望向山上。她也望向漆黑的天空，又是冷颼颼的一夜。「被他們追殺成功的話，我們唯一的證人恐怕不保。」

31

最先聽見聲音的是熊。

一整個早上的大部分時間，熊遠遠走在前頭，好像牠認得路，只不過老鼠從未帶牠上山過。他們已經爬坡數小時，互不交談，把力氣省下來登山。殿後的人是莫拉，為了跟上，每一步都走得辛苦。因此，當熊站上他們上方的一塊凸岩，停下來吠叫一聲，莫拉以為是狗在催她：快一點啦，小姐！怎麼拖拖拉拉的？

直到她聽見低吼，抬頭一看，才發現吠叫聲針對的不是她。熊瞪著東方，望著他們剛爬出來的山谷。老鼠也停下來，轉身面對同一個方向。兩人和狗沉默了片刻。松枝吱嘎響。雪片飄舞，被無影無形的風撥弄著。

隨後，他們聽見了：遠方有狗群邊追邊吠的聲音。

「速度不加快不行。」老鼠說。

「我不能再快了。」

「能，妳當然可以。」他對莫拉伸出手。「我扶妳。」

她看著男孩的手，抬頭望他的臉，一張污穢而憔悴的臉。莫拉心想，他讓我多活了幾天，現在是我回報他的機會。

「沒有我，你走得比較快。」她說。

「我不會丟下妳不管。」

「沒關係。你儘管跑，我坐在這裡等他們。」

「妳連他們是誰都不曉得。」

「我會說出那個警察出事的經過，我能解釋一切。」

「拜託妳不要。不。」男孩的語氣難掩哭音。「跟我一起走就對了，只要再越過另一座山頭就到了。」

「然後怎樣？還有下一座山要爬，然後再爬下一座？」

「只要再爬一天就到。」

「到哪裡？」

「到家。我爺爺的小屋。」

莫拉心想，他一輩子所知的安全棲身地僅此一棟，也是他接受過親情滋潤的唯一地方。

他望向山谷的另一邊，對山的雪坡上有幾點黑黑的人影在移動。

「我不知道還能去哪裡，」他輕聲說，以髒袖子拭眼。「到了那裡，我們就沒事了。一定。」

這只是他的幻想，但他僅存的也只有幻想。因為，狀況再怎麼轉變，對他也有害無益。

她仰望山頂。想攻頂，至少要再爬半天的時間，但山頂能提供制高點，對他們多一層保障。背水一戰的時候。

「老鼠，」她說，「如果他們靠得太近了，如果被他們追上，你要答應我一件事。你一定要丟下我，讓我跟他們談判。」

「要是他們不肯談判呢？」

「他們可能是警察。」

「之前那個不也是？」

「我跑不贏他們，你卻可以。你可以跑贏所有人。我只會拖垮你的腳程，所以，讓我留下來跟他們講道理。至少，我可以拖延時間，讓你有機會逃走。」

他凝視她，深色的眼珠水光乍現。

「妳真的願意？」他問。「為了幫我？」

她戴著手套，為男孩污漬遍佈的臉擦拭淚痕。「你的媽媽瘋了，」她輕聲說，「怎麼能狠心拋棄你這樣的孩子？」

熊不耐煩地汪一聲，從上向下瞪他們，表情說著：你們兩個在等什麼？

她對男孩微笑。接著，她強迫自己痠痛的雙腿再動起來，兩人跟著狗，繼續上山。

近傍晚時分，他們已走出林蔭區，追兵無疑能一眼看穿他們的行蹤。三個深色的身影在純白的斜坡上移動，不被發現也難。他們看得見我們，我們也看得見他們，莫拉心想。一方是獵人，另一方是獵物，中間僅隔一座山谷。她的動作太遲緩，右靴踩著不太牢靠的雪鞋，稀薄空氣進出肺臟時咻咻響。追兵逐漸縮小距離中。他們沒有在野地求生多日，不累不餓，衣褲也不襤褸，也沒有被一個四十二歲城市熟女拖累。這女人平日的運動僅止於去公園散散步。事情怎會演變到這種難以想像的地步？拖著腳步上山，帶著一條雜種狗，一個被棄養、誰也不信任，也沒理由信任別人的男孩。她能仰賴的只有這兩個朋友，而他們兩個也一而再、再而三證明值得信賴。

她抬頭望上坡的老鼠，見他精神飽滿地走在前方，外表比十六歲稚嫩許多，只不過是個被嚇壞的小孩，上山的動作矯健如山羊。可惜的是她已經達到耐力的極限，舉步維艱。她奮力走著山路，雪鞋被她踩得吱吱叫，心思推估著即將來臨的狀況。日落之前就會有結局。無論結果是好是壞，今晚一定會有定論，她心想。她回頭望，看見追兵已走出下方的林蔭。好接近。

再過不久，我們就進入他們步槍的射程。

她抬頭再望山，山頭仍遠在天邊，而她最後一絲氣力像灰燼，似乎在潰散，在崩塌。

「快！」老鼠回頭對她喊。

「走不動。」她停下來，癱靠在一塊巨岩，低聲說：「我走不動了。」

他往回走，踩散粉雪，揪起她的手臂。「非走不可。」

「時候到了，」她說。「是你離開我的時候了。」

他再用力扯她的手臂。「他們會殺了妳的。」

她握住男孩的雙肩，使勁搖搖他。「老鼠，聽我說。我出什麼事不重要。我要你活下去。」

「不行。我不能留下妳。」他的嗓子岔了，碎裂成小男生的哭聲，透露著男孩慌亂無助的請求。「再試試看。拜託。」他乞求著，淚水在臉上縱橫，兩手直拉著她的手臂不放，決心堅強到莫拉以為真能被他拖上山去，無論她肯不肯配合都行。她讓自己被拖著走上坡幾步。

突然，她聽見木頭折斷的聲音，右腳踝忽然一陣劇痛，原來是雪鞋被踩壞了。她向前撲倒，趕緊伸出雙手來止跌，雙手插進及肘的積雪。嘩嘩啪啪幾聲，她努力爬起來，右腳卻不聽使喚。

老鼠摟住她的腰，想拉出她的腳。

「停！」她慘叫。「我的腳被卡住了！」

他跪下去，開始掘雪，熊站在旁邊，對主人瘋狗似的動作感到迷惘。「妳的靴子被卡在石頭中間，我拔不出來！」他看著她，目光恐慌。「我再拉看看，說不定能把妳的腳拉出靴子。不過，會很痛喔。」

她往下坡望。再拖幾分鐘，她心想，追兵一進入步槍的射程，會發現她像一頭被綁在樁子上的羊。她不想這樣死，躲避無門而束手無策。她深呼吸一次，對老鼠點頭。「拉吧。」

他以雙手握住莫拉的右腳踝，開始向上拔，使勁地啊啊叫，用力到她以為腳快被拉斷了，痛到慘叫聲從她的喉嚨逸出。剎那之間，她的腳丫掙脫了靴子的束縛，她向後倒在雪地上。

「對不起，對不起！」老鼠大叫。她嗅到他的汗臭與恐懼，聽見他在寒風中咻咻喘息，抓住她的腋下，攙扶她站起來。她的右腳只穿著羊毛襪，對著雪地踩下去時，膝蓋以下全被埋進雪裡。

「靠在我身上。我們一起上山。」他讓莫拉的手臂搭在他的頸後，摟住她的腰。「快，」他催促著。「妳辦得到。我知道妳走得動。」

問題是，你走得動嗎？兩人每踏出一步，她就感覺他的肌肉卯足了氣力。她心想，假如我生了一個兒子，我希望是他這一型，和朱力安．普金斯一樣忠心、勇敢。她把他抱得更緊，奮力上山時兩人的體溫交融。她無緣擁有這種孩子，今生大概永無機會了。兩人已經滋生感情，成了患難之交。我絕不讓追兵傷害他。

雪鞋同步前進，兩人吐出的蒸氣結合成一團雲。莫拉的襪子濕透了，腳趾被凍得發疼。熊走在前面，但所有人的腳步遲緩，遲緩無比。這片坡地無避蔭，追兵必定能對他們的行進一覽無遺。

她聽見熊在低吼，抬頭向上坡望。大狗一動也不動地站著，耳朵向後貼，面對的卻不是從山谷來的追兵，而是望向山上的一片高原，看著一個移動的深色身影。

槍聲來了，峭壁產生的回音如雷。

莫拉察覺到老鼠腳步蹣跚，支撐她的肩膀忽然向下垮，手臂從她的腰間抽走，兩腿軟掉，變成她在攙扶他，但她的力氣不夠大，頂多只能稍阻他的跌勢。他倒在一群巨岩旁邊，仰躺下去，躺成小孩以手腳在雪地劃天使的姿勢。他向上凝視著她，一臉驚愕。這時，她才注意到雪上的血跡。

「天哪！」她驚叫。「不！」

「走。」他低聲說。

「老鼠。親愛的，」她喃喃說，拚命忍著不哭，儘量保持語氣平穩。「你不會有事的。我發誓，你不會有事的，寶貝。」

她拉開他的夾克拉鏈，赫然發現血染上衣，急忙撕開衣服，露出射入胸膛的彈孔。他仍在呼吸，但頸靜脈有膨脹的現象，鼓成了藍色的粗管。她觸診胸口的皮膚，摸到斷骨互相摩擦，空氣從胸腔漏進軟組織，扭曲了他的臉、他的頸子。右肺穿孔。氣胸。

熊蹦跳回來，在主人努力講話時舔他的臉。莫拉想聽他在說什麼，只好把狗推開。

「他們來了，」他低聲說。「用這把槍。拿去……」說著從夾克口袋掏槍出來。

她看著郡警的佩槍。她心想，結局竟然是這樣。追兵連警告也省了，完全沒有談判的意思。第一槍就志在索命，不給投降的機會，簡直是行刑。

而她是下一個人肉標靶。

莫拉採取蹲姿，躲在巨岩後面窺視。一個男人正從山上走下來，手持一把步槍。

熊兇狠一吠，在牠來得及從巨岩後面衝走之前，莫拉拉住牠的項圈，命令牠：「留下。留下。」

老鼠的嘴唇已發紫。他每吸一口氣，空氣便從肺臟的破洞漏進胸腔，無處可排出，胸壓越來越高，壓迫到右肺，移動了胸腔所有器官。她心想，我再不採取行動，他必死無疑。

她扯開老鼠的背包，翻找他的刀。她拉開刀鋒，發現上面滿是鏽和土。沒空管它有沒有消毒了；他只剩幾分鐘的生命。

熊再度狂吠，逼得她回頭看狗在怕什麼。現在熊面對著山下，有十幾個人正朝這裡走上來。上坡有個步槍男，下坡有更多武裝男人逼近中。我們被夾殺了。

手槍掉在老鼠身邊的雪地，她低頭看。郡警的佩槍。這場風波結束後，她和老鼠死了，警方會以這支槍證明兩人是襲警兇手。真相永無大白的一天。

「媽咪。」這兩字幾乎聽不見。自垂死青年口中出來的童言。「媽咪。」

她彎腰湊近男孩，觸摸他的臉頰。雖然他直直看著她，眼前卻似乎另有他人，而這人令他的唇角慢慢向上勾成虛弱的微笑。

「我在這裡，親愛的。」她眨眨眼，淚水流下臉頰，在她的臉皮上變冷。「你的媽咪永遠陪伴在身旁。」

樹枝折斷的聲音令她僵直。她抬頭，從巨岩後面偷窺，看見獨行步槍人也正好瞧見她。

他開槍。

子彈把雪激射進她的眼睛，她向後跌在垂死男孩身旁。

不談判。沒緩衝。

我拒絕像野獸一樣坐以待斃。她撿起郡警的佩槍，舉高槍管，對空開一槍示警，逼他慢下腳步，逼他三思。

狗群吠叫著，男人吆喝著，從下坡走上來，一步步接近。這群人開槍的話，她無從閃躲。她蹲在老鼠身邊，全身曝露在接近中的行刑隊眼裡。

「我的姓名是莫拉．艾爾思！」她呼叫。「我要投降！拜託，讓我投降！我的朋友受傷了，他需要……」她講不下去，因為一個陰影籠罩住她。她抬頭，看見步槍的槍口。

握槍的男人沉聲說：「槍給我。」

「我要投降，」莫拉懇求。「我的姓名是莫拉．艾爾思，我——」

「把槍交給我就對了。」他是一個上了年紀的男人，眼光固執無情，語氣威武。雖然他這話說得輕聲細語，命令句卻無妥協的空間。「槍給我。慢慢來。」

她正要遵命，卻忽然想到，這動作，做不得，千萬做不得。槍握在她的手。她提手，想把槍交出去。從下坡遠遠望過來的那群人，他們看見的不是即將繳械的女人，而是準備開槍的女人。

想到這裡，她立刻鬆手，讓手槍從指間自由墜落。然而，站在她面前的老人已開始舉槍，準備發射。他早有定見，非殺她不可。

槍聲令她畏縮一下。她跪跌雪地，在老鼠身邊抱頭，懷疑自己怎麼不痛，怎麼沒看見血。我為什麼還活著？

巨岩上的老人錯愕地嘟噥一聲，步槍掉出他的手。「是誰對我開槍？」他喝斥。

「後退，別碰她，老蒙！」某人命令著。

「她想對我開槍啊！我怎麼能不自保？」

「叫你後退。」

我認得這聲音。是嘉柏瑞·迪恩。

莫拉慢慢抬頭，見到不止一個熟悉的身影，而是兩個，正朝她走過來。嘉柏瑞的槍口對準巨岩上的老人，安東尼則奔向她。

「妳沒事吧，莫拉？」安東尼問。

她沒空回答問題，沒時間去驚嘆這兩人為何奇蹟似地現身。「他快死了，」她啜泣著。「幫我救救他。」

安東尼在男孩身旁跪下。「妳要我怎麼做，告訴我。」

「我要對胸腔減壓。給我一條胸管。只要是空心的東西都可以——原子筆也行！」

她拾起老鼠的刀，注視著乾癟的胸部，看著從蒼白皮膚下明顯隆起的肋骨。即使山坡地上寒冷，她握著刀的手心依然冒著汗，鼓足了勇氣，準備做她應該做的事。

她認清了地標，刀鋒貼緊男孩的皮膚，向下切入他的胸腔。

32

「要不是嘉柏瑞和安東尼制止，」莫拉說，「他一定會殺了我。他射中了老鼠，會以同樣冷血的手法槍殺我，先殺了再說。」

瑞卓利瞥向丈夫。嘉柏瑞站在窗口，向外望著醫學中心的停車場。嘉柏瑞不反駁也不證實莫拉所言，態度卻是異常緘默，讓莫拉自述經歷。電視的音量很低，除了節目的絮叨聲之外，整間加護病房訪客室無人出聲。

「山上發生的事，我怎麼想也想不透，」莫拉說。「他殺人的意志為什麼那麼堅決？」她抬頭，瑞卓利幾乎認不出摯友的長相。莫拉平日無瑕的肌膚，現在多了幾處開始結痂的擦傷，瘀青的臉龐削瘦。她穿的新毛衣顯得太寬鬆了，鎖骨在薄弱得可憐的胸部上凸出。少了時尚服飾，少了彩妝，莫拉看來和任何女人一樣脆弱，瑞卓利看了心驚。如果連冷靜、自信的莫拉也被耗成這隻憔悴的生物，遭遇相同的任何人也難逃此命運。連我也一樣。

「死了一個警察，」瑞卓利說。「警察殉職會引起什麼樣的風波，妳也知道。討公道的動作會有點粗暴。」她再次瞄向丈夫，等著他發表意見，但嘉柏瑞只靜靜望向窗外，看著晴朗亮眼的早晨。下山之後，雖然他刮過鬍子也洗過澡，臉上仍有倦容，臉皮被風吹紅，瞇著疲憊的眼睛望晨光。

「對，他上山的目的只有一個，就是要我們的命，」莫拉說。「多以爾山上的那位郡警也是。我認為，整件事和西天村有關，因為我看了不該看見的東西。」

「不該看的東西，已經被我們查出來了。」瑞卓利說。

在昨天，四十一具屍體全數出土，總計十二具男屍、十九具女屍、十具童屍——女童佔多數。大部分的遺體查無創傷的跡象，但莫拉對西天村的認識夠深，知道受害人肯定是被押著走進墳墓。樓梯下面的血跡、棄置的晚餐、被留下來餓死的寵物，在在指向集體謀殺。

「留活口，怎麼行？」瑞卓利說。「妳在村子看到太多東西了。」

「在我走出去求救的那天，我聽見鏟雪車開上山的聲音，」莫拉說。「我以為終於有人來救我們了。假如我待在那間房子裡，和其他人在一起……」

「妳的下場會跟他們一樣，」瑞卓利說。「顱骨破裂，成了廂型車車裡的焦屍。他們的做法很簡單，把車子推下河谷，放火了事。外人看來，只是一群運氣太背的觀光客，車禍喪身，查無疑點。」瑞卓利停頓一下。「都怪我，替妳把事情搞得更複雜。」

「怎麼說？」

「因為我堅稱妳還行蹤不明。我帶了妳的衣物給尋人犬去嗅認，沒想到卻方便他們追殺妳。」

「託那個男孩之福，我才能活到現在。」莫拉柔聲說。

「照我看來，妳已經報答他了。」瑞卓利伸手過去握莫拉的手。握手的感覺很怪，因為莫拉不喜歡被觸碰、擁抱。但莫拉這次並不縮手，似乎是虛脫到無法反應。

「這案子遲早會查清楚的，」瑞卓利說。「可能需要一點時間，不過我相信，警方會找到足夠的線索，證明集居會涉案。」

「主嫌是傑瑞麥亞．古德。」

瑞卓利點頭。「除非是他下令，否則不會出現這種慘案。不過，即使村民自願飲藥自盡，依然構成集體謀殺罪，因為受害人包括兒童在內，而兒童根本別無選擇。」

「這麼說，男孩的母親，他的妹妹……」

瑞卓利搖搖頭。「如果她們住在西天村，她們八成是在死者名單上。所有的死者身分還沒有查出來，今天第一具屍體才會被解剖化驗。大家都認為是氰化鉀。」

「和瓊斯鎮一樣。」莫拉輕聲說。

瑞卓利點頭。「藥性快，藥效高，而且買得到。」

莫拉抬頭。「可是，村民不是他的信眾嗎？不是被他欽點到的人嗎？為什麼傑瑞麥亞突然叫他們死？」

「這問題只有傑瑞麥亞能回答。可惜現在沒人知道他的下落。」

門開了，一位加護病房的護士進來。「艾爾思醫師？警察走了，那位男孩又想找妳。」

「警察應該讓他靜養才對，」莫拉說著從扶手椅站起來。「我已經把事情經過全告訴他們了。」頭幾秒，她看起來虛弱，站不住腳，隨時有倒地的危險，幸好她找到重心，跟著護士走出去。

瑞卓利等到門再關上，才望向丈夫。「快說吧，你在煩惱什麼事。」

他嘆氣。「所有的事。」

「願聞其詳。」

嘉柏瑞轉頭面對她。「莫拉的話百分之百正確。老蒙是打定主意要她和男孩的命。他不跟搜救小組出發，靠第六感預測男孩會去祖父的小屋避難，所以僱用直升機上山，等著埋伏他們，幸好被我們阻止，否則兩條命一定死在他的槍下。」

「他的動機是什麼？」

「他自稱只想伸張正義。本地人一概不質疑這種說法。再怎麼說，這些人全是他的朋友和鄰居。」

而我們是愛管閒事的外地人，瑞卓利心想。她望向窗外的停車場，看見安東尼正在逗熊，男人穿著體面的喀什米爾西裝外套，狗卻渾身野性，真是奇怪的人狗配。但熊似乎信任他，安東尼打開車門，準備開車回旅館，熊願意跳上車。

「馬丁諾和老蒙，」瑞卓利輕聲說，「這兩人有什麼關聯？」

「也許追查得出金錢的流向。如果馬丁諾被大理集團收買……」

她望著嘉柏瑞。「我聽說老蒙最近手頭很緊，雙L牧場幾乎保不住了，也很容易買通。」

「給他錢，叫他殺莫拉和十六歲的小孩？」嘉柏瑞搖頭。「他不像是只拿錢就砸得動的人。」

「說不定數字很大。如果金額超高，想隱瞞也難。」

嘉柏瑞看手錶。「我該去丹佛了。」

「去FBI分部？」

「這案子在馬里蘭州有個神秘的空殼公司，還有巨額款項轉來轉去，越辦越像是大案子，珍。」

「四十一具屍體，還不夠轟動？」

他沉重地甩甩頭。「搞不好只是冰山一角呢。」

33

莫拉在加護病房門口站住，看見好多管線、導管纏繞老鼠一身，不禁難過。十六歲的小孩不應該忍受這種蹂躪。幸好他的心律穩定得令人安心，而且他現在能自行呼吸。

察覺到她的到來，老鼠睜開眼睛微笑。「嘿，小姐。」

「唉，老鼠。」她嘆息。「不要一直喊我小姐了，行不行？」

「我應該怎麼稱呼妳？」

有一次不是喊過媽咪？那段往事帶來淚水，她眨一眨，淚沒掉出來。男孩的生母幾乎能肯定是死者之一，但她狠不下心對他報告噩耗，只是打起精神，以微笑回應。「隨便叫我什麼都行。不過我的名字是莫拉。」

她在病床邊的椅子坐下，伸過去握他的手。這小孩的手繭多麼厚，傷痂好多，指甲下仍藏有頑強的泥巴。從不輕易伸手碰人的她，如今把這隻歷盡風霜的手握住，毫不遲疑。感覺自然又正確。

「熊怎樣？」他問。

她笑笑說：「等你發現牠多能吃，你可要改名叫牠『豬』了。」

「所以說，牠還好？」

「我朋友把牠寵壞了。你的寄養家庭也承諾，等你回家，他們願意照顧牠。」

「喔。他們。」老鼠把目光轉移開，無神地望著天花板。「看來我會回那裡去。」

顯然是他不願去的地方。但是，莫拉又能提供他什麼替代的歸宿？她是個離婚女子，對撫養小孩的事一無所知，而且還和一個永遠不能承認交往的男人暗通款曲，能給這男孩什麼樣的家？對這男孩而言，她是一個壞榜樣，而她的人生已經夠顛簸了。儘管如此，收容他的這份心意逗留在她的唇邊，她想讓他快樂，讓他過正常的生活，想當他的母親，而她的嘴唇在發抖。唉，好意多容易說出口啊，一旦說出來了，想收回是駟馬難追。她暗忖，講求實際啊，莫拉。妳連一隻貓都養不起，哪有能力撫養一個青少年？負責任的兒福單位不會把監護權判給她。這男孩已經吃過太多閉門羹，嘗過太多失望，如果她再對他做出無法信守的承諾，未免太殘酷了。

於是，她什麼承諾也不做。她只是握著手，繼續坐在他的病床旁，等他沉沉睡去。護士進來換點滴，又匆匆離開。但莫拉留著，思索著男孩的未來，憑理智思索自己能扮演什麼樣的角色。我能做到的只有：我不會拋棄你。你永遠知道有人關心你。

有人敲窗戶，她轉頭看見是瑞卓利。

莫拉不情願地離開床邊，走出加護病房。

「第一具屍體正要開驗了。」瑞卓利說。

「西天村的死者？」

瑞卓利點頭。「科羅拉多的法醫剛到。他說他認識妳，問妳願不願意旁觀。他在樓下進行，在醫院的停屍間。」

莫拉隔窗望老鼠，看見他睡得安詳。失落的男孩，仍等人認領。我會回來的。我保證。

她向瑞卓利點頭，兩人一起離開加護病房。

來到停屍間時，她們發現等候室裡擠滿觀摩的人，費希警長和帕斯特納克警探也在其中。由於本案的死者多，案子相當轟動，引來大約十位警界、州級、郡級的官員過來見證驗屍過程。

病理學家看見莫拉走進來，舉起一隻肥厚的大手打招呼。兩年前的夏天，她在緬因州的法醫學術研討會認識福瑞德·葛魯博醫師，現在他認出熟人似乎很高興。

「艾爾思醫師，」他以雄渾的聲音呼喊。「我希望能借重另一雙專家的銳眼。要不要套一件袍子，過來合作？」

「我覺得不妥。」費希警長說。

「艾爾思醫師是法醫。」

「她不是懷俄明州的法醫。本案備受矚目，恐怕會遭人質疑。」

「有什麼好質疑的？」

「因為她進過那座山谷，現在成了證人，必須避嫌，以免有篡改、污損證物的疑慮。」

莫拉說：「我只是來觀察而已，隔著窗戶能看得一清二楚，和在場其他人一樣。能從那台螢幕上看到吧？」她指向等候室裡的一台電視機。

「我去開攝影機，好讓大家看個仔細，」葛魯博醫師說。「我請觀察人員閉門，待在這裡別走，因為本案有可能涉及氰化物中毒。」

「我本來以為，氰化物要口服才會中毒。」一位長官問。

「有可能出現排氣的現象。最危險的關鍵是在我切開胃臟時，因為氰化物的氣體可能會釋出。我的助理和我會戴防毒面具，胃臟會拿到排煙櫃去解剖。我們也帶來一台GasBadge偵測器，一偵測到氰化物會立即發出警報。如果偵測不到，我或許能讓幾位進來觀摩，不過袍子和口罩是必要裝束。」

葛魯博穿上解剖袍，戴上防毒面具，推開門進入驗屍房，助理已在裡面等候，穿戴類似。兩人打開攝影機，莫拉在螢幕上看見空桌等著屍體被抬上來。葛魯博與助理從冷藏櫃推出一具以塑膠布裹住的遺體，平移上驗屍桌。

葛魯博拉開裹屍布的拉鏈。

在閉路電視上，莫拉看得出這一具是少女屍，年約十二、三歲。從凍土挖掘出來之後，她的肌膚已解凍過，臉色是幽靈般慘白，捲捲的金髮潮濕。葛魯博與助理為她去除衣物，態度是沉默而帶敬意。被剝下來的是一件棉質的長洋裝、一件及膝的套裙、一件保守的白色內褲。一絲不掛後的屍體纖瘦如舞者。儘管入土多日，她依然異常美麗，肌膚被山谷冰點以下的氣溫保存得完好。

官員圍著螢幕，湊近過去看。葛魯博先採集血液、尿液、眼球玻璃體做毒物化驗，男人的眼睛看見不該看的景象，侵犯到少女的矜持。

「皮膚明顯蒼白，」他們聽見葛魯博透過對講機的揚聲器說。「我完全看不到殘留的紅暈。」

「這重要嗎？」帕斯特納克警探問莫拉。

「氰化物中毒有時會導致皮膚變得鮮紅，」她回答。「不過這具已經被冰凍幾天，所以我不知道會不會影響到顏色。」

「氰化物中毒另外有什麼現象？」

「如果是口服中毒，口腔與嘴唇會被腐蝕，檢查黏膜就看得到。」

葛魯博已經以戴著手套的指頭探進口腔，打開來檢查。「黏膜是乾的，並無明顯異狀。」他望向窗戶另一邊的觀眾。「螢幕上看得清楚嗎？」

莫拉對他點頭。「沒有腐蝕病變嗎？」她朝著對講機問。

「沒有。」

瑞卓利說：「氰化物不是會散發苦杏仁的味道嗎？」

「他們戴著防毒面具，」莫拉說。「嗅不到。」

葛魯博切開Y字形，拿起骨剪。剪斷肋骨時，對講機傳來喀、喀聲，莫拉留意到，幾位官員突然轉頭看牆壁。葛魯博掀開保護胸腔的胸骨和肋骨，曝露出胸腔，然後切除肺臟，捧出濕漉漉的肺葉。「感覺滿重的。我也看見這裡有些粉紅色的泡沫。」他切開肺，液體流出來。

「肺水腫。」莫拉說。

「有什麼重要性？」帕斯特納克問她。

「沒有特定的重要性，不過，有幾種藥物和毒物能導致這種現象。」

葛魯博為心肺秤重量時，靜止的鏡頭維持在解剖中的軀體上。大家看見的不再是窈窕少女。曾經讓有些人想入非非的胴體，如今轉換為被屠宰的血肉，只是一塊冷肉組成的殘骸。

葛魯博再次拿刀，戴著手套的雙手重現螢幕中。「這個該死的面罩一直起霧，」他抱怨。「我待會兒再解剖心臟和肺臟。現在，我最關心的是胃臟裡的東西。」

「你的偵測器有什麼反應？」莫拉問。

助理看一下GasBadge的顯示幕。「沒有偵測到東西。還沒有氰化物。」

葛魯博說：「接下來會比較有意思。」他望向窗戶另一邊的觀眾。「由於毒物可能是氰化物，我的處理方式會有點不同。通常，我會直接切除、秤重，然後打開腹腔裡的器官。不過這次，我會先鉗住胃臟，然後再整體切除。」

「他會在解剖胃臟之前先放進排煙櫃裡，」莫拉解釋給瑞卓利聽。「以策安全。」

「真有那麼危險嗎？」

「氰化鹽接觸到胃酸時，化學反應可能會形成有毒氣體，解剖胃臟時會把毒氣釋放到空氣中，所以他們才戴防毒面具，所以他才先把胃臟封進排煙櫃，然後再解剖。」

透過窗戶，他們看著葛魯博將鉗住的胃臟從腹腔切除，捧進排煙櫃，並向助理瞄一眼。

「GasBadge有顯示嗎？」

「一點也沒有。」

「好。把偵測器拿近一點。我開始解剖時，看看讀數會不會改變。」葛魯博的動作暫停，低頭凝視著胃臟，彷彿硬起頭皮迎接下一步驟引發的效應。排煙櫃擋住莫拉的視線，所以她看不見實際下刀的動作，只看到葛魯博的側面，見他拉長脖子，肩膀向前彎，專注在解剖上。倏然間，他打直身體，望向助理。

「怎樣？」

「沒有偵測到氰化物、氯，或阿摩尼亞氣體。」

葛魯博轉向窗戶，面罩裡的水汽模糊了他的臉。「沒有黏膜病變，胃裡也沒有腐蝕的現象。我的結論是，死因可能不是氰化物中毒。」

「不然她的死因是什麼？」帕斯特納克問。

「在目前的階段，警探，我只能臆測。我猜他們可能吸收了番木鱉鹼，不過遺體並沒有殘留角弓反張的情形。」

「什麼？」

「背部向後彎曲、僵化的反常動作。」

「肺臟的那個發現呢？」

「她的肺水腫的原因很多，從鴉片劑到光氣都有可能。我無法給你一個明確的答案，恐怕確認的工作要交給毒物分析了。」他摘下霧濛濛的防毒面具，嘆一聲，好像面罩令他透不過氣，摘下來之後大感輕鬆。「現階段，我推測死因是藥物致死，大概是某種藥品。」

「可是，她的胃是空的，」莫拉說。「你沒有解剖出膠囊的殘餘物吧？」

「藥品有可能是液態，或者先服食鎮定劑，然後再被旁人輔助窒息。」

「天堂之門事件。」莫拉聽見背後有人說。

「對。就像聖地牙哥發生的天堂之門教派集體自殺案，」葛魯博說。「信眾服用苯巴比妥，用塑膠袋封住頭，綁好，然後睡著，一覺不醒。」他轉頭回解剖桌。「既然已經排除氰化物氣體的危險，我會慢慢進行，各位只好耐著性子。事實上，有些人可能會覺得接下來的過程很枯燥，想離開的人請便。」

「葛魯博醫師，」一位官員說，「檢驗第一具要多久？冰櫃裡面還有四十具等著被解剖。」

「不替這位小淑女討回公道，我不會解凍他們任何一個。」他看著少女的屍體，目光哀傷。敞開的腹腔裡有濕潤的內臟，甫解凍的血肉混合融雪，形成粉紅色的水滴，流進驗屍桌的排水槽。然而，扣住葛魯博注意力的似乎是少女的臉。莫拉注視著螢幕，也被那張臉吸引得目不轉睛。好蒼白，好清純。一位雪地童女，在少女初長成的階段被時光凍結。

「葛魯博醫師？」助理問。「你還好吧？醫師？」

莫拉的視線迅速轉回觀摩窗。葛魯博的身體搖搖擺擺，一手按在驗屍桌上穩定身子，無奈雙腿宛如逐漸融化中。一只淺盤被打翻，鋼質器材掉落滿地。葛魯博倒下去，身體觸地時發出令人噁心的啪聲。

「我的天啊！」助理跪在他旁邊。「他好像什麼病發作了！」

莫拉抓起最靠近她的電話，撥給總機。「藍色狀況，驗屍房，」她說。「這裡發生藍色狀況！」她掛掉電話，赫然發現三位觀察者已經推開門進入驗屍房。瑞卓利正要跟進，手臂卻被莫拉勾住。

「拉什麼拉？」瑞卓利說。

「妳待在這裡別走。」莫拉從架子上扯下一件驗屍袍，急忙戴上解剖用的厚重橡膠手套。

「別再讓任何人進那間。」

「可是，他正在裡面痙攣啊！」

「他拿掉面罩之後才出事的。」莫拉慌忙地四下尋找備用的防毒面具，但在等候室裡找不到。沒辦法了，她心想，動作不快不行。她大吸三口氣，灌滿整個肺的新鮮空氣，然後推開門進入驗屍房。葛魯博摘下的面罩擺在排煙櫃上。她拿起來，罩住自己的臉，聽見鏗鏘聲，回頭看見剛衝進來的男人之一癱在洗手台邊。

「所有人快出去！」她一面大喊，一面抱住搖搖欲墜的這人，扶他走向門口。「這間裡面有毒！」

戴著面罩的驗屍助理望她一眼，表情震驚。「不會吧！GasBadge沒有偵測到東西啊！」

她彎腰下去，抓住葛魯博的腋下，但他太重了，完全拉不動。「抬他的腳！」她命令。她與助理合力，將葛魯博從解剖桌旁拖走，沿途是散落一地的器材。等到葛魯博被拖進等候室，藍色狀況小組已經抵達，連忙為三個臉色蒼白的男人戴上氧氣罩。

莫拉看著地上的葛魯博。他的臉色翻青。

「他停止呼吸了！」她大喊。

緊急小組的成員圍聚過來，莫拉後退，以免礙事。才幾秒的工夫，他們強灌氧氣進他的肺，在他的胸部貼上心律貼片。心電圖上出現一條線。

「他有竇性心律。現在是五十。」

「我量不到血壓。他的心臟停止灌流了。」

「開始心外按壓！」

莫拉說：「他剛接觸到某種物質。那裡面有某種物質。」

由於她戴著防毒面具，似乎沒有人聽見她。她的頭好痛。她摘掉面罩，燈光突然覺得太亮，眼睛一直眨。急救人員現在完全進入藍色狀況，葛魯博的上半身完全裸露，隨著每次按壓的動作，丟臉的大肚腩也跟著波動。尿臭味從他的手術房褲襠裡飄散出來。

「有這人的病歷嗎？」醫生大聲問。「大家對他有什麼瞭解？」

「在驗屍中昏倒了。」瑞卓利說。

「他好像超重差不多四十五公斤。我敢說，他得過心肌梗塞。」

「他尿濕了。」莫拉說。

她的話再度被當成耳邊風。她猶如幽靈，飄浮在現場的周邊，沒人聽見也沒人理會。她的頭疼更加嚴重了，一手按住頭，一面極力思考，儘量專心。她設法擠進急救的人群，在葛魯博的頭邊跪下，撐開他的眼瞼，查看他的瞳孔。

在淺藍色的虹膜中間，黑色瞳孔縮小成近乎針孔狀。

尿騷味從他的下體飄散出來，她望向被尿濕的手術長褲，恍然聽見乾嘔聲。她瞥向另一邊，看見驗屍助理正對著洗手台嘔吐。

「阿托品。」她說。

「點滴來了！」一位護士高喊。

「我還是量不到血壓。」

「要打多巴胺點滴嗎？」

「他要的是阿托品。」莫拉提高嗓門說。

醫生似乎這才首度留意到她。「為什麼？他的心律又沒那麼低。」

「他出現針點瞳孔現象，而且小便失禁。」

「他也有痙攣的現象。」

「進過驗屍房的人全都中毒了。」她指向驗屍助手，見他仍倚在洗手台邊。「給他阿托品，否則連他也保不住。」

醫生掀開葛魯博的眼瞼，看見瞳孔收縮的情形。「好。阿托品，兩公絲。」他指示。

「另外，應該封鎖驗屍房，」莫拉說。「大家應該馬上進走廊，盡可能遠離驗屍房。院方有必要請有毒物質小組前來處理。」

「到底出了什麼事？」瑞卓利問。

莫拉轉向她，轉得太突然，頓時覺得天旋地轉起來。「裡面有化學毒物存在。」

「GasBadge只偵測到陰性反應啊。」

「想偵測的項目呈現陰性反應，沒錯。不過，毒倒他的物質不在偵測範圍之內。」

「是什麼毒物，妳知道嗎？妳知道毒死四十一人的是什麼東西？」

莫拉點頭。「我瞭解他們的死因了。」

34

「有機磷農藥是毒性最強的農業用品之一，」莫拉說。「幾乎能透過各種管道進入人體，包括皮膚和呼吸。驗屍過程中，法醫葛魯博拿掉防毒面具，把毒氣吸進去，接觸到的毒物可能就是有機磷。幸好他在黃金時間獲得妥善的治療，康復的機率很高。」莫拉對席間的所有人說。

這裡是醫院的會議室，聚集了醫界和執法界人士。她不必贅述自己是及時做出診斷、挽回葛魯博法醫生命的人。大家都已經知道這事實。雖然她是外人，大家對她開口時，她聽得出敬意。

「解剖中毒身亡的屍體，」帕斯特納克警探說，「就能毒死人？」

「如果濃度高到能致命，是有毒死人的可能沒錯。人體有一種神經傳導物質叫做乙醯膽鹼，必須經過酵素分解才能發揮功能，有機磷能抑制這種酵素的作用。結果是，乙醯膽鹼累積太多了，導致整個副交感神經系統的傳導太急躁，形成一場神經突觸的風暴。病患會一直流汗、流口水，大小便失禁，瞳孔收縮成針點，肺臟會積水。最後，病患會開始痙攣，失去意識。」

「有件事，我搞不懂，」費希警長說。「葛魯博醫師才驗屍半個鐘頭就昏倒。尋屍小組的人員挖出四十一具屍體，裝進屍袋，載到機場的停機坪去保存，怎麼沒人被送進醫院？」

郡驗屍官德瑞普醫師發言：「我要主動說明一件事。是我昨天接到的報告，我現在才覺得重要。尋屍小組的人員當中，有四個人因腸胃型流感病倒了。他們以為是腸胃型流感。」

「卻沒有人倒地斷氣。」費希說。

「可能因為他們處理的是冰屍。何況，他們穿著防護裝，裡面又裹著厚厚的冬衣。驗屍房裡的那具是第一具解凍的屍體。」

「有差別嗎？」帕斯特納克問。「冰屍和解凍的屍體？」

眾人的目光轉向莫拉，她點頭。「氣溫較高時，有毒合成物比較容易氣態化。屍體解凍時，會開始釋放氣體。葛魯博醫師切開屍體，讓體液和內臟曝露在外，可能加速了氣態化的過程。被病患體內的毒物毒昏的例子，在他之前就有。」

「咦，我好像有印象，」瑞卓利說。「在加州，不是發生過一個案例？」

「我想妳指的是葛羅莉亞．拉米瑞茲事件，發生在一九九〇年代中，」莫拉說。「法醫研討會上常被提出來討論。」

「是什麼樣的事件？」帕斯特納克問。

「葛羅莉亞是癌症病患，因為肚子痛而被送進急診室，發生心跳暫停的現象。醫護人員對她進行急救，中途卻開始身體不適，其中有幾個人昏倒。」

「是同一種農藥嗎？」

「當時是有這樣的推論，」莫拉說。「驗屍時，病理學家全副防護裝備上陣，卻沒有查明毒物是哪一種。不過，耐人尋味的一點是，救人時反而昏倒的醫護人員後來被救活了，因為他們被施打阿托品。」

「葛魯博也因為同一種藥而獲救。」

「對。」

帕斯特納克說：「這種有機磷就是罪魁禍首，妳有幾成的把握？」

「還需要經過毒物報告證實。不過，臨床上的情形很典型。葛魯博對阿托品有反應。STAT驗血法也顯示，膽酯酶活動明顯趨緩。這又是有機磷中毒的證據之一。」

「證據這麼多，還不能百分之百確認嗎？」

「不是百分百，也差不多了。」莫拉望向同桌的與會人士，懷疑這些人除了瑞卓利之外，有多少人願意相信她。才在幾天前，她名列槍殺郡警馬丁諾的嫌犯名單。這些人即使不說，腦海勢必揮不去對她的疑慮。「西天村的居民極有可能是被一種有機磷農藥毒死的，」她說。「問題在於，是不是集體自殺？或者是他殺？或者是意外？」

此話引來社工凱西．瓦伊斯的哼聲。雖然帕斯特納克警探請她前來聽報告，她卻坐在角落，彷彿自知不能完全讓這組人接受。

「意外？」凱西說。「出了四十一條人命，原因是有人命令他們喝農藥。先知叫信眾跳一跳，他們的回應只可能是：請問要跳多高？」

「或者是，有人把農藥倒進他們的井水，」德瑞普醫師說。「這樣就構成他殺。」

「不管是他殺或集體自殺，無疑都是先知的決策。」凱西說。

「任何人都有可能在井水下毒，」費希警長指出。「有可能是有信徒心懷不滿。不能排除那個姓普金斯的男孩。」

「他絕不會做那種事。」莫拉說。

「他不是被趕出山谷了嗎？最有理由報復的人是他。」

「才怪，」凱西說，毫不遮掩她對費希的輕蔑。「十六歲的少年，自己一個人，把四十一具屍體拖到空地，用推土機把他們埋葬？」她哈哈笑。

費希的視線在莫拉與凱西之間交替，哼一聲表示不服。「妳們顯然不知道十六歲少年有什麼能耐。」

「我知道傑瑞麥亞．古德有什麼能耐。」凱西頂嘴。

帕斯特納克的手機鈴響，打斷了對話。他瞄一下來電者的號碼，趕緊從座位站起來。「抱歉。」他說著離開會議室。

室內鴉雀無聲片刻，剛才針鋒相對的緊繃情勢持續徘徊。

後來，瑞卓利說：「歹徒一定能接觸到農藥。購買農藥也必定留下交易紀錄。要毒死整村人，份量一定要夠大。」

「在愛達荷州天使平原的公社，他們種田養活自己，」凱西說。「完全是自給自足的社區。他們有可能留著這種農藥。」

「這不能證明他們有罪。」費希說。

「他們有毒藥。他們能進出西天村，能接近村民的水源。」

「仍然沒有人提到動機。傑瑞麥亞．古德要四十一個信眾死，原因何在？」

「想知道動機，應該直接去問他。」凱西怒斥。

「行啊，只要妳說出他人在哪裡，我們就去找他。」

「其實，」帕斯特納克說，「我們確實知道哪裡找得到他。」帕斯特納克警探拿著手機，出現在門口。「我剛接到愛達荷州警局的電話，他們在集居會裡的線民通報說，傑瑞麥亞・古德剛在天使平原公社裡出現。愛達荷正動員人馬，準備拂曉突襲。」

「離天亮還有至少七個鐘頭，」瑞卓利說。「為什麼要等這麼久？」

「他們調動足夠的人力。不只是找執法人員，而且要會同兒保單位和社工，由他們去處理婦孺。如果信徒反抗，場面可能有危險。」帕斯特納克望向凱西。「這時候，我們會借重妳的專業，瓦伊斯小姐。」

凱西皺眉。「什麼意思？」

「妳好像比大家更熟悉集居會的運作。」

「我已經警告大家好幾年了。」

「現在大家終於聽進去了。我想模擬信徒的反應，研判他們會不會以暴力反制。我希望多一份心理準備。」他環視會議室。「愛達荷州警要求我們的協助，希望我方能在日出之前動員完畢。」

「我在一小時之內就能動身。」凱西說。

「好，」帕斯特納克說。「妳可以搭我的車。瓦伊斯小姐，今晚妳是我的新知己。」

帕斯特納克負責駕駛，凱西坐在他旁邊，後座只有瑞卓利一人，車子行駛在夜色中。這次是警方行動，莫拉插不上手，凱西是受邀參與的唯一平民。

驅車西行的途中，凱西預測他們即將在天使平原遇到的狀況。「裡面的女人不會跟你講話，小孩也不會。他們被洗腦了，會對外人裝啞巴，所以別指望他們合作。把他們帶出公社，他們也不會合作。」

「男人呢？」

「他們會指定發言人，由傑瑞麥亞欽定，負責跟外界交涉。男人效忠他，回報是在邪教裡享受特權。」

「特權？」

「小女生，警探。傑瑞麥亞越信任你，賞賜給你的小新娘也越多。」

「天啊。」

「所有邪教的運作原理相似，全靠獎賞與懲罰。你讓先知高興，先知就讓你再娶一個小老婆。你惹毛了先知，就會被逐出教會。這些發言人是他信任的男人，頭腦並不簡單，懂得法律，會搬出法條來砸人。我們會在大門外面罰站半天，等他們逐字逐句在搜索令裡挑骨頭。」

「他們會帶武器嗎？」

「會。」

「可能也具有凶性。」後座的瑞卓利喃喃說。

凱西轉頭看她。「他們強暴未成年少女，擔心坐牢，當然會奮命一搏囉。所以，我希望大家都有應戰的準備。」

「突襲的部隊多大？」瑞卓利問。

帕斯特納克說：「愛達荷州警從幾個轄區調動人力過來，州警和聯邦都有，總指揮是大衛．麥卡菲副隊長，他是愛達荷州警的人。他保證會有重兵到場。」

凱西發出深深的嘆息。「總算要結束了。」她低聲說。

「聽妳這樣說，妳好像期待這一天很久了。」帕斯特納克有感而發。

「對，」凱西說。「好久好久了。我很高興有機會親眼看見結局。」

「對了，瓦伊斯小姐，這次行動，妳不能扮演主動出擊的角色。我不希望妳出事。」他回頭望瑞卓利。「如果妳也能繼續觀察，那是最好不過了。」

「但我是警察。」瑞卓利說。

「而且轄區在波士頓。」

「在你插手之前，我就已經在辦這案子了。」

「別對我講女權的大道理。我只是想說，這是愛達荷州的案子。他們請妳同行，是希望必要時借重妳的高見。如果他們叫妳靠邊站，那是他們的決策。我是就事論事，瑞卓利。」

瑞卓利駝著背。「好吧。不過，我要你知道，我帶槍過來了。」

「槍好好收在槍套裡。如果場面處理得當，不會動用到武器。我們的目標是安置婦孺，儘量將武力降到最低限度。」

「等一等。你們怎麼處置傑瑞麥亞？」凱西說。「你們找到他的話，應該會逮捕他吧，對不對？」

「現階段，只是偵訊而已。」

「死了四十一個信徒，還不夠用來起訴他？」

「還無法證明他涉及命案。」

「不是他，還可能有誰涉案？」

「進一步調查才知道。我們需要主動向警方陳述的證人。」他瞥向凱西。「這才是我想借重妳的地方。妳能跟那裡面的婦女溝通，勸她們合作。」

「不是三言兩語就勸得動。」

「幫助她們瞭解自己是受害人。」

「記得查爾斯·曼森嗎？他的幾個女人即使被關了幾年，仍然被他迷得暈頭轉向，還是把他當成神。她們被洗腦幾年了，你想解除腦裡的設定，不是兩三天就能成功的。更何況，如果她們堅持要搬回公社，你也無法無限期扣留她們。」

「換個角度去對付他們吧，」瑞卓利說。「做親子鑑定，揪出小孩的爸爸是哪幾個男人，查明哪幾個媽媽是未成年產婦。」

「要整死一棵樹，砍掉再多樹枝也沒用，辦法只有一個，就是連根拔起。」凱西說。

「傑瑞麥亞。」帕斯特納克說。

凱西點頭。「把他關起來，丟掉鑰匙。少了先知，邪教會自動垮台，因為傑瑞麥亞·古德就等於集居會。」

35

大軍集結到齊，紛飛的雪花籠罩著他們的身影。瑞卓利跺著腳暖身，腳趾卻早已被凍麻，燙嘴的咖啡也無法驅散愛達荷清晨的苦寒。假如她是突擊部隊的一員，這點冷算不了什麼，因為腎上腺素能讓人漠視零下低溫這種小問題。但在這天清晨，她被放逐到觀察員的邊疆，被迫旁觀，她覺得寒意啃噬入髓。凱西站在她身旁，似乎對天候完全不在乎。她紋風不動站著，冷風襲臉也不為所動。瑞卓利聽見四周的人聲越來越高亢，感覺到氣氛裡的張力，知道行動即將展開。

支隊長會合討論後，帕斯特納克大步走回來，帶著一支雙向無線電。「等他們閉門拒捕，我們就準備攻堅。」他把無線電遞給瑞卓利。「妳把凱西留在身邊。進裡面之後，我們需要借重她的意見，妳負責護送她。好好保護她。」

瑞卓利把無線電夾在腰帶上，這時通報來了。

「公社裡出現動態了。好像有兩個男人接近中。」

隔著飄落的雪，瑞卓利看見人影走過來，兩人穿的是同款式的黑色長大衣，動作毫不遲疑，直線邁向警察。讓瑞卓利訝異的是，其中一人掏出一串鑰匙，打開大門的鎖。

警方的總指揮向前去。「我是麥卡菲副隊長，愛達荷州警局。我們申請到搜索令，想進貴公社搜查。」

「搜索令不必了，」拿鑰匙的男人回應。「歡迎大家入內參觀，所有人都可以進來。」他把門大大敞開。

麥卡菲瞄向其他警官，顯然對歡迎的舉動感到錯愕。

應門人示意要來賓進入。「我們在聚會廳集合了，有位子請大家坐一坐，只要求各位把武器收起來，以維護婦孺的安全。」他展開雙臂，作勢歡迎全世界進來。「請加入我們。大家會看到，我們無所隱瞞。」

「被他們發現了，」凱西嘟噥。「可惡，被他們知道我們要來了。他們已經做好了準備。」

「他們的情報哪裡來？」瑞卓利問。

「他什麼都能收買，眼線、耳線。東買一個警察，西買一個政客。」她看著瑞卓利。「癥結在哪裡，妳看出來了嗎？他一輩子不必面對法律的制裁。」

「天下沒有動不了的人，凱西。」

「他就是。法律一直拿他沒辦法。」凱西的視線轉回敞開的外門。突襲隊伍已經踏進公社，身影漸漸被雪朦朧掉。透過無線電，瑞卓利聽得見吱喳的對話，聽見鎮定的語調與公事公辦的回應。

「第一棟檢查完畢，無狀況……」

「第三棟，無狀況。」

凱西搖著頭。「這次又被他鬥輸了，」她說。「他們不知道該查什麼。擺在狗眼前的事實，他們也看不見。」

「沒有槍械。無狀況……」

凱西凝視著遠遠的背影，如今身形已縮小成飄忽的鬼影。她不吭聲，也踏進門去。瑞卓利跟上。

她們走過一行行安靜而陰暗的建築物，踏著突襲小組的靴印前進。在前方，瑞卓利看見燭火在聚會廳窗內散發溫馨的光輝，聽見音樂聲。眾人合唱的樂章聽來柔美似天籟，童聲組成的音符將讚美詩直送天堂。柴煙的氣味與溫暖和樂的氣氛對她們招手，叫她們進來。

她們踏進聚會廳的門。

挑高的空間裡點著眾多蠟燭，擦得發亮的木質長椅上坐滿了數百名信眾。走道的一邊坐著女人與女孩，粉色系的洋裝如雲海；走道另一邊坐著男人與男孩，清一色是白襯衫與黑長褲。十幾位警官聚集在聚會廳後面，不自在地左顧右盼，不知下一步怎麼走。這一間顯然是禮拜堂。

讚美詩唱到最後，婉轉的尾音慢慢結束，現場寂靜下來，這時一位黑頭髮的男人上台，氣定神閒地審視他的信眾。他的身上不是教士袍，沒有織錦披肩，不見宗教飾品，一眼看不出他與常人有何差異或特別之處。他在台上面對信眾，服裝與男信眾沒有兩樣，差別只在於他的白襯衫袖子捲至手肘，彷彿為今天的勞動做準備。他不需要華麗的服飾，不需要醒目的亮片，就能抓住信眾的注意力。他的目光熱切，近乎輻射線，以眼神就能讓全廳的眼珠目不轉睛。

原來，這就是傑瑞麥亞．古德，瑞卓利心想。雖然他的頭髮銀絲縷縷，看起來仍像年輕人的頭髮，濃密而容易令人聯想到獅子頭，髮梢幾乎觸肩。在昏沉的冬晨，他一出場，似乎散放出一股暖意，與本廳岩造大壁爐裡的熊熊火焰具有相同的作用。他不說話，審視著觀眾，眼光最後落在站立廳尾的警察。

「親愛的朋友們，請起立歡迎貴賓。」他說。

信眾宛如單一生命體，唰然起立，轉頭望向陌生人，齊喊「歡迎光臨」。每一張臉看起來都刷洗過，臉頰紅通通，每一雙汪汪大眼顯示著純真，呈現著衛生而健康的畫面，象徵一個心滿意足、為同一目標團結的社群。

信眾再度以整齊劃一的動作坐下，協調得詭譎，長椅被同步坐出吱嘎聲。

麥卡菲副隊長高呼：「傑瑞麥亞．古德？」

台上的人莊嚴地點頭一次。「我是傑瑞麥亞。」

「我是大衛．麥卡菲副隊長，愛達荷州警局。能麻煩你跟我們走嗎，先生？」

「展現如此大陣仗的武力，請問有必要嗎？尤其是在現在，在我們急難的關頭上？」

「急難，古德先生？」

「不正是你們此行的目的嗎？為的是我們西天村兄弟遭受到的暴行？」傑瑞麥亞以肅穆的神態環視信眾。「是的，朋友們，我們都知道了，不是嗎？昨天噩耗傳來，我們聽到信眾的遭遇。全因為他們的本性，全因為他們的信仰。」

觀眾紛紛點頭，傷心地喃喃表示贊同。

「古德先生，」麥卡菲說，「我再說一遍，請你跟我們走。」

「為什麼？」

「回答幾個問題。」

「想問就在此時此地問，讓大家都聽得見。」傑瑞麥亞張開雙手，以大手勢面對信眾。此舉是裝腔作勢，他站在舞台正中央，四周是矗立的拱門，窗外的光芒照耀在他的臉上。「我對這群信眾無欺無瞞。」

「這事不適合在公開場合討論，」麥卡菲說。「這是刑事調查程序。」

「你以為我不曉得嗎？」傑瑞麥亞瞪著他，目光似乎能燒灼空氣。「我們的信眾在那座山谷被謀殺了，像羊群一樣被屠宰，屍體被野生動物撕裂、啃噬。」

「是你聽說的嗎？」

「難道不是事實？四十一個好人，包括婦孺在內，全部因為信仰而壯烈成仁。現在，你們來到這裡，受我們的邀請進門來，帶著槍，蔑視這些信念和你們相異的人。」

麥卡菲不安地換重心。在聚會廳的暖氣中，豆大的汗珠在他的額頭形成。「我再要求你一次，古德先生，你若不自願跟我們走，我們就強行逮捕你。」

「我願意呀！我剛不是說，我願意回答問題嗎？不過，想問就現在問，讓在場的好人也能聽見。或者是，你害怕全世界得知真相？」他放眼望向信眾。「我的朋友們，你們是我的保護。我呼籲大家做見證。」

一名男信眾站起來，高呼：「警察在怕什麼？要問就快問，讓我們也聽得見！」

群眾附和。「對，現在就問！」

「在這裡問他！」

群情激動起來，其他男人也起立，長椅隨之吱嘎響。幾位警官左看右看，眼神緊張。

「這麼說來，你拒絕合作？」麥卡菲說。

「我是在合作呀。只不過，如果你此行問的是西天村一事，恕我幫不了你。」

「這算哪門子的合作？」

「我無法提供答案，因為我沒有見證到事發經過。」

「你最後一次去西天村，是什麼時候的事？」

「今年十月。我走時，村子蒸蒸日上，過冬的存糧豐沛，已開工為六間新屋挖掘地基。那次是我最後一次看見那座山谷。」他望向信眾，尋求支援。「我說的是不是實話？在場有誰能指正？」

數十人為他辯護。「先知不會說謊！」

傑瑞麥亞看著麥卡菲。「我想你問到答案了，副隊長。」

「根本沾不上邊。」麥卡菲動怒了。

「看見了吧，我的朋友們？」傑瑞麥亞環視信眾說。「看他們如何率領大軍、攜帶槍械，進來褻瀆上帝的教堂？」他搖頭表示憐惜。「揮軍壓境，是小人的下策。」他對著麥卡菲微笑。「副隊長，這計策管用嗎？你現在有沒有覺得大一點了？」

這番奚落讓麥卡菲再也無法忍受，他聽了脊背僵直。「傑瑞麥亞．古德，你被逮捕了。所有兒童開始接受保護，會由人護送出這片土地，由專車接走。」

在座的女人駭然哭出來，隨後是哀嚎和啜泣聲。信眾全體起立抗議。在短短的幾秒間，麥卡菲失去全場的掌控權，瑞卓利看見警官紛紛伸手準備拔槍。隨著現場怒焰高張，暴戾之氣一觸即發，她也本能地伸手。

「我的朋友們！我的朋友們！」傑瑞麥亞高呼。「懇請各位，讓我們平靜過日子。」他高舉雙手，全廳瞬時肅靜。「這世界不久將得知真相，」他宣佈。「他們將看到，吾人秉持尊嚴和愛心行事，吾人以風度和謙恭對付蠻橫的威權。」他發出深深的哀嘆。「我的朋友們，我們別無選擇了，唯有遵從一途，而我也別無選擇，只能順從他們的意願。我只請各位記住今日所見證的事實：不公不義、拆散家庭的暴行。」他仰望天花板，彷彿直接對天堂講話。就在這時，瑞卓利才發現上方的樓台有一信眾拿著攝影機，正在側錄演說的全程。全拍進攝影機了，記錄著傑瑞麥亞．古德慷慨就義的過程。畫面一傳給媒體，全世界將知悉愛好和平的團體受欺壓的現實。

「謹記在心呀，朋友們！」傑瑞麥亞命令。

「謹記在心！」信眾齊聲應和。

他從舞台下階梯，以平靜的步伐走向靜候一旁的警官。他走在走道上，經過傻眼的信眾，聽見滿堂的哭聲。然而，傑瑞麥亞的臉上卻不見沉痛；瑞卓利從他臉上看見的是凱旋。這次集會經過他策劃、主導，盼能將畫面再三呈現給全國的電視觀眾欣賞。謙卑的先知，默默帶著尊嚴走向欺壓他的人。瑞卓利心想，他贏了這一役。也許甚至打贏了整場戰爭。他把自己刻劃成受害人，陪審團怎能定他的罪？

來到麥卡菲面前，他停下來，舉起雙手，溫馴地等著手銬過來。象徵性的此舉，露骨的程度不言而喻。麥卡菲取出手銬，喀嚓的金屬聲音量驚人。

「你會剷除我們所有人嗎？」傑瑞麥亞問。

「省省口水吧。」麥卡菲駁斥。

「你明明知道，我和西天村的案子沒有關係。」

「調查之後才知道。」

「會嗎？我倒不認為你要的是真相。因為你已經一口咬定壞人是誰，」傑瑞麥亞說。警察夾道，他昂首走過中間，接近出口時，他倏然止步，眼光固定在凱西．瓦伊斯身上，嘴角緩緩向上彎曲，因為他認出人了。「凱蒂．薛爾頓，」他輕聲說。「妳回來投靠我們了。」

瑞卓利皺眉看凱西。凱西的臉已蒼白得嚇人。

「妳不是說，凱蒂是妳的朋友？」瑞卓利說。

凱西似乎沒聽見，繼續盯著傑瑞麥亞。「這一次，結局到了。」凱西細聲說。

「結局？」他搖頭。「怎麼會，凱蒂？這事只會讓我們更壯大。在民眾的眼裡，我是義士。」他看著她被風吹散的頭髮、憔悴的臉蛋，神態近乎同情。「看來，外界並沒有善待妳。妳離開我們，多可惜呀。」他面帶微笑，轉身離開。「只不過，所有人終究有走的一天。」

「傑瑞麥亞！」凱西突然站向他的背後，雙手平舉胸前，這時瑞卓利才看見她握在兩手裡的東西。

「凱西，不要！」瑞卓利大喊，瞬間拔出自己的手槍。「放下。槍放下，凱西！」

傑瑞麥亞轉身，槍口指著他的胸，他看著槍，態度鎮定。就算他心中有恐懼，他也沒有顯露出來。瑞卓利在自己的怦怦心跳之外，聽見信徒的座位傳來驚呼聲和倉皇的腳步聲，信眾忙著尋求掩護。她相信，十幾位警官也已經拔槍對準目標了。但她的視線膠著在凱西的手，那雙被冷風吹得乾裂粗糙、握著槍的手。雖然全廳的警察個個能開槍命中她，卻沒有人扣扳機，大家像木頭人站著，忘了是否應該拿下這女人。誰知道她會帶槍來？沒道理嘛。

「凱西，求求妳，」瑞卓利沉聲說。站得最靠近凱西的人就是她，幾乎伸手就能抓住槍。

「這解決不了問題。」

「怎麼解決不了？可以做個了斷。」

「法庭自有定奪。」

「法庭？」笑聲開心中夾雜淒愴。「法院動不了他的。永遠不會。」她握得更緊，槍口上揚，傑瑞麥亞卻沒有退縮的意思，目光依然寧靜，幾乎是似笑非笑。

「看見了吧，我的朋友們？」他高呼。「我們面對的，就是非理性的憤怒和仇恨。」他沉痛地搖搖頭，看著凱西。「我想，在座各位都看得出來，妳病了，凱蒂。對妳，我心中只有愛。愛是我對妳唯一的感覺。」他再次轉身想走。

「愛？」凱西低聲說。「愛？」

瑞卓利看見凱西手腕的肌腱繃緊，看見她的手指使勁，但她自己的反射動作卻拒絕啟動，握著槍的雙手僵著。

凱西的槍聲把一顆子彈送進傑瑞麥亞的背。他猛然向前衝，跪倒下去。全廳頓時槍聲大作。警方發射的子彈接連射中凱西，她的身體抽動幾下，手槍掉落地板，整個人臉朝下撲地，趴在傑瑞麥亞的旁邊。

「停火！」麥卡菲大喊。

最後來了兩發慢半拍的子彈，寂靜才籠罩下來。

瑞卓利在凱西身旁跪下，信眾席間冒出一個女人的哭聲，高亢而悽慘，聽起來完全不像人聲。其他人隨後加入，齊聲呼天搶地，不久幾百副嗓門匯聚成震耳欲聾的嚎啕，一同為死去的先知哀悼。沒有人為凱西・瓦伊斯致哀。沒有人哭喊她的名字。唯有瑞卓利，跪在血地上，近到看得見凱西的眼神。唯有瑞卓利看見眼中的靈魂漸漸黯淡。

「殺人兇手！」有人破口大罵。「她是叛徒！」

瑞卓利看著傑瑞麥亞的屍體。即使死了，他照樣在微笑。

36

「她出生時的姓名是凱蒂・薛爾頓，」瑞卓利說。她和莫拉正駕車前往傑克遜荷爾。「十三歲那年，她成了傑瑞麥亞所謂的性靈新娘之一，被迫將身心全貢獻給他去逞獸慾。接下來的六年期間，她是傑瑞麥亞的人。但後來不知為什麼，她總算鼓足了勇氣逃走，脫離集居會。」

「那時才改名換姓？」莫拉問。

瑞卓利點頭，視線不離前方路面。「她變成凱瑟琳・薛爾頓・瓦伊斯，誓言以全力推翻傑瑞麥亞。問題是，沒有人肯聽她。她成了荒原眾多的聲音之一。」

莫拉凝視前方，看著這條已走熟的路線。她每天開這條路去醫院探視老鼠。這是最後一趟了。明天，她將啟程飛回波士頓，而她畏懼道再見，畏懼的原因是她仍不知自己能許諾他什麼樣的未來，不知自己實際上能信守什麼樣的諾言。小凱蒂的心靈深受集居會的毒害，老鼠是否也受過同樣的摧殘？莫拉真的想把這頭心疤遍佈的動物牽回家嗎？

「至少回答了幾個疑問。」瑞卓利說。

莫拉看著她。「什麼疑問？」

「旅社的雙屍命案。一男一女陳屍在汽車旅館的房間裡，現場沒有強行入侵的跡象，兇手直接走進門，敲碎丈夫的頭，把他的臉砸得稀爛。」

「發洩怒火的殺人手法。」

瑞卓利點頭。「警方在凱西的車庫找到凶器。一支鐵錘。」

「所以說，兇手鐵定是她。」

「這也能說明現場另一個讓我想不通的疑點，」瑞卓利說。「房間裡有一張嬰兒床，裡面的女嬰還活著，不但毫髮無傷，床上還有四個空奶瓶。兇手希望女嬰能活下來，甚至還不忘拿掉請勿打擾的牌子，以便確定清潔人員進去發現屍體。」她瞥向莫拉。「從這個角度去看，兇手應該是關心小孩的人，不是嗎？」

「社工。」

「凱西對集居會密切注意，任何人進市區，她都能掌握到。也許她殺害那對夫妻是想發洩怨氣，也許她只是想救女嬰。」瑞卓利悶悶點頭表示贊同。「最後，她救了好多女孩。集居會的兒童全都獲得保護了，女人也開始離開天使平原。正如凱西的預測，沒有傑瑞麥亞，邪教馬上垮台。」

「只不過，如果不是她動手，還不知集居會不會垮。」

「我可不打算批評她。想想看，教主摧毀了多少人生，連男孩也包括在內。」

「現在老鼠無依無靠了。」莫拉輕聲說。

瑞卓利看她。「他的問題多多，妳應該明白吧。」

「我明白。」

「少年犯罪的前科。寄養家庭一個換一個。而現在，他的媽媽和妹妹死了。」

「珍，妳為什麼提這件事？」

「因為我知道，妳考慮收養他。」

「我想做應該做的事。」

「妳獨居。而且工作繁忙。」

「他救了我的命。他應該過比現在更好的生活。」

「妳準備當他的媽媽囉？準備承接他所有的問題？」

「我不知道！」莫拉嘆氣，向外望著覆雪的屋頂。「我只想改善他的人生。」

「那麼，丹尼爾呢？在妳和他的感情世界裡，哪裡容得下這個男孩？」

莫拉不回答，因為她自己也不知道答案。丹尼爾呢？我們下一步該怎麼走？

車子停進醫院的停車場之際，瑞卓利的手機響起，她瞄一下來電者的號碼，接聽：「喂，寶貝，什麼事？」

寶貝。這個親膩稱謂，瑞卓利說得多輕鬆，多自在。同床共枕、共同生活的一對，就是如此相互稱呼，無論誰在旁聽也無所謂，沒有必要壓低音量，沒必要躲進暗處。當愛情走出黑暗，對世界宣示愛的存在，聲音就是如此悅耳。

「化驗室敢拍胸脯保證，報告沒錯嗎？」瑞卓利說。「跟莫拉的見解相反。」

莫拉望向她。「什麼報告？」

「好，我會轉告她。也許她能解釋清楚。晚餐再和你們兩個男生聊。」她切掉通訊，看著莫拉。「嘉柏瑞剛和丹佛的毒物化驗室通過電話。他們對女孩胃裡的物質進行STAT分析。」

「有發現有機磷嗎？」莫拉問。

「沒有。」

莫拉搖頭不解。「是典型的有機磷中毒啊！所有臨床症狀俱在。」

「她的胃裡缺乏降解產物。假如她服食農藥，多少會殘留一些吧？」

「對，應該會。」

「化驗的結果是沒有，」瑞卓利說。「她不是被有機磷毒死的。」

莫拉啞言，無法解釋化驗報告。「透過皮膚，也能吸收致命的劑量。」

「四十一人，一個個全被潑灑農藥？會發生這種事嗎？」

「他們的胃臟分析不對。」莫拉說。

「會轉送FBI的化驗室去進一步分析。不過，現在看樣子，妳的診斷出錯了。」

一輛醫學用品卡車隆隆駛進停車場，停在她們旁邊。莫拉極力凝神思考，卡車的後門轟轟打開，兩個男人開始卸下氧氣桶。

「葛魯博的瞳孔縮小成針點，」莫拉說。「而且阿托品確實在他身上發生藥效。」她坐得更直，更加確信自己。「我的診斷肯定錯不了。」

「還有什麼因素能產生那些症狀？會不會有別種毒藥，只是那間化驗室沒檢驗出來？」

金屬碰撞聲吵得莫拉無法專心，她往外瞪一眼，對那兩名送貨員感到心煩。她的視線聚焦在氧氣桶上。氧氣桶排列在拖車上，猶如綠色飛彈，這時一件往事霎然湧現，是她在西天村的山谷看見過的景象。在當時，她沒有動腦想過。和這些氧氣桶一樣，她在雪地裡發現的那件物品也是鋼瓶，差別在於顏色是灰色，而且被雪包住。她回想驗屍房發生藍色狀況，記得葛魯博的瞳孔暴縮、施打阿托品獲救。

我的診斷幾乎正確。

幾乎。

瑞卓利推開車門下車，但莫拉依然坐在位子上。

「喂，」瑞卓利說著探頭進車子。「我們不是要去看那小孩嗎？」

莫拉說：「我們該回去西天村。」

「什麼？」

「再過幾小時就天黑了。如果現在出發，我們能在天黑之前抵達。不過，我們要先在五金行停一下。」

「五金行？為什麼？」

「我想買支鏟子。」

「屍體全挖出來了，那裡已經挖不到東西了。」

「也許還有。」莫拉揮手要瑞卓利上車。「快啊，出發了！不現在出發不行。」

瑞卓利嘆氣一聲，坐上駕駛座。「這一趟下來，我們晚餐保證遲到。而且，我還沒開始整理行李。」

「這是我們見山谷的最後一次機會，也是瞭解村民死因的最後機會。」

「妳不是說，妳已經釐清了嗎？」

莫拉搖搖頭。「我錯了。」

她們開車上山，路是同一條，是倒楣的那天莫拉和道格、葛雷絲、伊蓮、阿羅的同一條山路。她依稀聽得見Suburban車上的爭吵聲，能想像葛雷絲嘛嘴耍孩子氣，也能想像道格的百折不撓的樂天態度，口口聲聲說萬難皆能排除，只要放心接受冥冥之中的安排。莫拉心想，這條山路上的幽魂依然不散，依然在我心頭縈繞。

今天沒下雪，上坡路也被鏟過雪，但眼前情景讓莫拉覺得歷歷在目，那天的景象只多了一層遮天蔽地的白幕。行經這個彎道時，他們開始討論是否調頭回去。但願如此。倘使就此調頭下山，決定返回傑克遜荷爾，結果將大不相同，可能會去一家不錯的餐廳用午餐，互道珍重再見，然後分頭回家。或許在某個平行宇宙裡，他們選擇調頭回去，而在那個宇宙裡，道格、葛雷絲、阿羅、伊蓮仍然健在。

私人道路的路標在前方浮現。這一次，沒有積雪、鏈條和閘門擋駕。瑞卓利轉進去，莫拉記得走過同幾棵松樹，道格帶頭，阿羅拖著伊蓮的滾輪式行李箱。她記得風雪在皮膚上產生的刺痛，記得周遭的黑夜漸漸深沉。

這裡也有幽魂。

她們經過西天村的路標。在車子開始駛進山谷的同時，莫拉瞥見焦黑的房屋地基，看見已挖掘完畢的亂葬窟。幾條警用的塑膠條散落在野地上，在白雪的襯托下更顯得鮮豔。

瑞卓利的車胎輾過一層冰，車子來到第一間火燒屋剩下的地基。

「屍體全被埋在那邊，」瑞卓利說，指著尚未被雪或土覆蓋的亂葬坑。「假如有東西還沒出土，要等到春天來了才會露出來。」

莫拉推開車門下車。

「妳想去哪裡？」瑞卓利問。

「散步。」說完，莫拉從車子後面抽出她剛在五金行購買的鏟子。

「我不是告訴過妳了？這片地已經被搜查過了。」

「樹林裡面也查過了嗎？」莫拉帶著鏟子，走過兩排火燒屋，靴子把冰層踩得劈啪響。她隨處可見警方地毯式搜索的痕跡，包括被踏爛的雪、不同車輛的輪胎印、菸蒂、被吹得在雪地上跑的紙屑。太陽快下山了，收走最後一絲天光。她再加緊腳步，把火燒村拋在腦後，開始走進樹林。

「等我一下！」瑞卓利喊。

和老鼠在一起時，她是從哪裡走進樹林的？她的印象模糊。兩人的雪鞋印已被後來的降雪覆蓋住。她繼續往約略的方向去尋找，回想兩男帶著尋血獵犬追殺的過程。她沒有帶雪鞋來，因此現在步步艱辛，積雪深到膝蓋。她不顧瑞卓利在後面大聲發牢騷，繼續挺進，一手拖著鏟子，累得心跳加速。走得太深入了嗎？是不是路過了那地點而沒看見？

接著，樹林出現空檔，一片空地在她眼前開展，凹凸不平的雪地表示下面埋著工地廢棄物。怪手仍停在空地另一側的邊緣，她看見新屋的骨架，仍有待施工。她找到她跌倒的地方，記得在這裡被深雪吸住，眼睜睜看著獵犬迫近而莫可奈何。這些情景一幕幕回來了，她越回想，心跳越厲害。獵犬在這裡撲向她，熊騰空攔截，牠驚吠一聲。

兩狗纏鬥的跡象已被最近的粉雪掩埋，但她仍能辨別她跌倒的地點，看得見工地廢物在白雪下起伏的輪廓。

她鏟進其中一堆，拋開一鏟子的雪。

瑞卓利終於趕上了，舉步困難，喘著氣進入空地。

「為什麼要挖這裡？」

「我以前在這裡看到一個東西。可能沒什麼重要，也可能是關鍵。」

「有說跟沒說一樣。」

莫拉再拋開一鏟雪。「我只看到一眼，不過，如果那東西符合假設的話……」莫拉突然鏟到硬物，碰撞出鈍鈍的金屬聲。「挖到了。」她跪下去，開始以戴著手套的雙手刨雪。

漸漸地，硬物露出來，曲線的表面平滑。由於這物體和底下的廢物凍結成團，莫拉拔不動。她繼續挖雪，但物體的下半部分仍埋在冰雪中，只露出鋼瓶的一端。這個灰色金屬桶漆著兩條顏色，一綠一黃，D568的代號印在桶身。

「那是什麼？」瑞卓利問。

莫拉不回答。她只顧著繼續挖掘冰雪，讓鋼瓶的表面曝露出來。瑞卓利跪下去幫她。又出現一些數目字，以綠漆印在上面。

2011-42-114

155H

M12TAT

「這些數字代表什麼，妳知道嗎？」瑞卓利問。

「我猜是序號之類的數字。」

「什麼東西的序號？」

一塊薄冰忽然鬆脫，露出幾個模板印刷的字母。莫拉直盯著。

VX GAS

瑞卓利皺眉。「VX。這不是哪一種神經毒氣嗎？」

「完全正確。」莫拉低聲說。她再傾身向前跪著，目瞪口呆。她望向空地另一邊的怪手。村民想在這裡蓋新屋，她心想。他們砍掉樹，挖掘地基，為即將遷進西天村的新鄰居做準備。這片土地下埋著不定時炸彈，他們可知？在不知情的情況下，他們逕行開挖。

「毒死村民的不是農藥。」莫拉說。

「可是妳說，那種農藥符合臨床上的症狀。」

「VX神經毒氣也有同樣的症狀，和有機磷毒死人的過程一模一樣。VX毒氣能干擾同樣的酵素，導致同樣的症候群，只不過VX的毒性更高幾倍，是一種透過空氣散佈的化學武器。如果在低窪地區釋放的話……」莫拉看著瑞卓利。「整座山谷會哀鴻遍野。」

一輛大車的引擎聲轟隆隆傳來，令兩人同時跳起來站著。我們的車停在路上，莫拉心想。來人知道我們在這裡。

「妳帶槍來了嗎？」莫拉問。「拜託，告訴我，槍在妳身上。」

「我鎖在後車廂裡。」

「趕快去拿。」

「到底怎麼一回事？」

「就是這麼一回事啊！」莫拉指向露出一半的神經毒氣鋼瓶。「不是農藥。不是集體自殺。這裡發生的是一場意外。這裡埋著化學武器啊，珍。早該在幾十年前銷毀的東西。可能埋在這裡好久了。」

「這麼說來，集居會、傑瑞麥亞——」

「他和集體死亡事件無關。」

瑞卓利望著空地，憂慮越來越濃。「大理集團呢？那個轉帳給馬丁諾警官的假公司，一定跟這案子有關，對不對？」

她們聽見樹枝折斷的聲音。

「快躲起來！」莫拉悄聲說。

兩人躲進樹林的當兒，老蒙正好踏進空地，帶著一把步槍，卻指著地面，步伐閒散，像是尚未看見獵物的獵人。她們的足跡在空地上到處都是，除非老蒙瞎了眼，否則不可能沒看見她們存在的證據。老蒙只需跟著鞋印，就能找到她們蹲藏在哪棵松樹後面。然而，他對明顯的足跡視而不見，鎮定地走向莫拉剛挖掘出來的洞，低頭看著曝露出來的鋼瓶。看著莫拉留下來的鏟子。

「一個東西，如果埋了三十年，終究會腐朽，」他說。「金屬會變得脆弱，不小心開著怪手壓過去，或是被石頭砸中，一定會破掉。」他提高音量，把樹木當成觀眾。「假如我對這罐子開一槍，你們認為會發生什麼事？」

這時莫拉才發現，老蒙的槍口指著鋼瓶。她不敢動，害怕弄出聲響。她的眼角瞄到瑞卓利慢慢潛伏進樹林深處，但莫拉自己似乎怎麼也動不了。

「VX毒氣能瞬間毒死人，」老蒙說。「三十年前承包商是這樣告訴我，付我一大筆錢來埋掉。天氣這麼冷，飄散的速度可能會慢一點，不過在大熱天，一下子就擴散出去，被風吹走，從打開的窗戶滲透進去，進入民房。」他舉起步槍，對準鋼瓶。

莫拉覺得心頭陡然一震。只要對鋼瓶開一槍，一團毒氣冒出來，所有人都跑不贏毒氣團。西天村的民眾也跑不贏它。在十一月的那天，秋老虎發威，村民打開窗戶，敞開肺臟，死神飄移進去，迅速奪走性命。玩耍中的孩童、聚集用餐的家庭，無一倖免。有位女子當時在樓梯上，暴斃前滾下階梯，流了一灘血。

「不要！」莫拉說。「求求你。」她從樹幹後面走出來。她看不見瑞卓利在哪裡，只知道老蒙已明白她的存在，自知躲不過老蒙的子彈。然而，他並沒有舉槍對準她，而是持續指著鋼瓶。

「你這是自殺。」她說。

他對她嘲諷一笑。「差不多吧，小姐，我的想法是這樣。既然我絞盡腦汁也找不到台階可下，現在無路可走了。這樣做，總比蹲監牢好。」他望向全毀的西天村。「等那些屍體的最後化驗報告出爐，警方就知道死因是什麼。到時候，警方會翻遍這片谷地，尋找不該被挖出來的東西。再過不久，警察會來我家敲門。」他發出沉重的感嘆。「三十年前，我萬萬沒有想到……」步槍的槍口更加接近鋼瓶。

「這事還有挽回的餘地，老蒙，」莫拉說。她極力穩定自己的語調。理性一點。「你可以對警方說出真相。」

「真相？」他悶哼一聲，自怨自艾。「真相是，我那年急著用錢。牧場週轉不過來。承包商想用低成本的方法解決掉這堆東西。」

「把山谷變成毒物垃圾場？」

「掏腰包製造這些武器的人是妳是我，是全美國的納稅人。但是，化學武器生產出來了，再也不能使用，不埋掉怎麼辦？」

「應該焚化銷燬才對。」

「妳以為，政府包商真的會依約花大錢蓋焚化爐？把東西運過來、埋掉，比較省錢啦。」他的視線掃向空地。「當年，這裡什麼也沒有，只是一座空谷和一條泥土路。我萬萬沒想到，後來有幾家人搬進來定居。他們不知道這地下埋了什麼東西。只要一罐，就足以毒死全村的人。」他低頭再看鋼瓶。「我發現屍體時，腦子裡只有一個想法，就是設法把屍體弄走。」

「所以，你埋掉他們。」

「承包商派自己的人過來埋。不過，後來暴風雪來了。」

就是我們進山谷的那天。這群運氣太背的觀光客無意間闖進鬼城。那場伸手不見五指的風雪讓莫拉一行人受困西天村，他們看見太多東西，得知太多事情。假如無人干涉，我們勢必揭穿整件陰謀。

老蒙再一次舉槍，瞄準鋼瓶。

莫拉驚慌地向他踏出一步。「你可以請求赦免。」她說。

「殺害無辜民眾，哪來的赦免。」

「如果你出面指證黑心包商——」

「他們有的是錢。也有律師團。」

「你可以指名道姓。」

「我已經寫下來了，在車上留了一封信，裡面寫著電話號碼、日期、姓名。」他的手握緊槍托，莫拉的呼吸凍結在咽喉裡。妳到哪裡去了，珍？

樹枝搓摩聲讓莫拉豎起耳朵。

老蒙也聽見了。在同一瞬間，他心中所有疑慮也突然消散。他低頭看著鋼瓶。

「這不能解決任何事，老蒙。」莫拉說。

「這能解決所有事情。」他說。

瑞卓利從樹林裡走出，雙手握槍平舉，對準老蒙。「放下槍。」她說。

老蒙看著她，神情是異常無動於衷，一副聽天由命的態度。

「換妳出招了，警探，」他說。「做做英雄吧。」

瑞卓利朝他跨出一步，手槍穩如磐石。「沒必要以這種結局收場吧。」

「不過是一粒子彈罷了。」老蒙說。他轉向鋼瓶。舉槍準備發射。砰的一聲，鮮血噴灑在白色地面上，老蒙似乎被吊在半空中一秒，像即將縱身躍入海面的跳水人。步槍從他的手上脫落。慢慢地，他向前傾倒，臉朝下，趴向雪地。

瑞卓利放下手槍。「天啊，」她喃喃說。「他逼我出手。」

莫拉在老蒙身旁跪下，把他翻身成仰躺姿勢。意識尚未離開他的眼神，他直直凝視著她，彷彿想記住她的長相。在目光熄滅之前，這是他看見的最後一個畫面。

「我沒有選擇的餘地。」瑞卓利說。

「對。他完全清楚。」莫拉慢慢站起來，轉向消失的西天村。她心想：四十一名村民也沒有選擇的餘地。道格、葛雷絲、伊蓮、阿羅也是。多數人來世上走一遭，從不知道何日會死，會怎麼死。

但老蒙有選擇的機會。他挑今天，選擇死在警察的槍下，在這座毒氣肆虐過的山谷裡。她徐徐吐氣，白煙裊裊升入暮光，宛如又一個靈魂擺脫肉身桎梏，飄進幽魂之谷。

37

丹尼爾站在停機坪上，等著接機。安東尼的私人飛機滑行至貴賓航廈。返回麻州時，強風延遲降落時間，這時風拉扯著丹尼爾的黑色大衣，打散他的頭髮，但他毅然迎向高速的陣風，等候飛機停下來，放下階梯。

第一個下飛機的人是莫拉。

她一步步走下來，直衝丹尼爾的懷抱。假使在幾週之前，他們重逢時會謹慎地在臉頰上親一口，友情一抱。他們會等到進了屋子，關上門，關掉窗簾，然後才擁抱。但今天是她歸鄉之日，是她死而復生的日子，丹尼爾因此將她抱得更緊，毫無遲疑。

然而，即使她委身丹尼爾的懷裡，聽他歡歡喜喜喃喃喊她的名字，對著她的臉、頭髮連親幾口，她仍不忘四周有幾雙眼睛看著他們。她也意識到，長久以來的秘密如今公諸於世，帶給她不適。

促使她太早掙脫懷抱的並非強風，而是她擔心外人的眼光。她瞥向安東尼，看到他那張陰沉難解的臉，也看見瑞卓利彆扭地轉頭，迴避她的目光。她心想，就算我死而復活，有什麼地方變了嗎？我仍是同一個女人，丹尼爾仍是同一個男人。

開車送她回家的是丹尼爾。

在她幽暗的臥房裡，兩人互相為對方脫衣，重複往常的動作。他親吻她的瘀青，親吻她即將癒合的擦傷，撫摸所有的瘦骨窟窿，觸遍如今變得太突出的骨頭。我可憐的甜心，妳掉了好幾公斤，他告訴她。他是多麼想念她。悼念她。

她醒來時仍未天亮。她在床上坐著，看他睡覺，窗外的夜幕漸漸升起。她努力記住丹尼爾的面容，記住他的呼吸聲，他的觸感與氣息。每次他來過夜，破曉時分總是帶來哀愁，因為日出表示他該走了。在今天早上，她又有同樣的感受。天亮和告別緊密契合在一起，讓她不禁懷疑，今生是否仍能在欣賞日出時不至於絕望心痛。她心想，你是我的愛，也是我的怨。而我是你的人。

她下床，走進廚房，煮咖啡。她站在窗口品嚐，看著天色逐漸轉強，照亮了覆霜的草坪。她想起西天村的那幾天，早晨寂靜而清冷，就是在那裡，她終於正視人生的真相。我受困在冰雪封鎖的山谷裡。唯一能救我的人是自己。

她喝完咖啡，走回臥房，在丹尼爾旁邊躺下，看著丹尼爾睜開眼睛，對她微笑。

「我愛你，丹尼爾，」她說。「永遠愛你。不過，分手的時候到了。」

38

四個月之後

在中學的自助餐廳，朱力安．普金斯排著隊，端著午餐的餐盤，眼睛在餐廳裡尋找空桌，可惜每一桌都有人坐。他看見有學生在瞄他，見他望過去，他們的眼光立刻轉走，擔心被他誤解成過來一起坐的邀請。他明瞭彎腰駝背坐著的含義。他不是聽障人士，聽得見竊笑、耳語。

哇塞，怪咖一個。

邪教一定把他的腦髓吸乾了。

我媽說，他應該被關進少年感化院。

朱力安終於瞧見一張空椅子，但他一坐下，同桌的同學快閃，活像他會散發輻射線似的。也許他真的具有輻射性。也許他會放射死光，射死他愛的人，愛他的人死到一個也不剩。他趕緊吃，這是他的習慣，好像唯恐野獸會跳出來爭食。他狼吞虎嚥幾口，吞下火雞肉和米飯。

「朱力安．普金斯？」老師在喊他。「朱力安在自助餐廳裡面嗎？」

朱力安覺得大家轉頭看他，因此縮起脖子，好想鑽進餐桌下面，讓老師找不到他。老師進餐廳指名找學生，絕對不是好事。其他學生喜孜孜地指著他，海卓丁老師已朝他走來，繫著他一貫的蝴蝶結，表情是他一貫的臭臉。

「普金斯。」

朱力安垂著頭。「老師好。」他喃喃說。

「校長找你。」

「我做錯什麼事了嗎？」

「你自己清楚。」

「真的，老師，我不知道。」

「去校長室一趟，不就知道了？」

巧克力布丁來不及吃，他依依不捨扔下，端著餐盤至待洗餐具的窗口，然後踏進走廊，走向戈欽斯基校長的辦公室。他真的不知道自己做錯什麼事。以前那幾次，對，他裝傻。他不該帶那把獵刀進學校。他借走普莉波老師的車子前，應該先徵求她的同意。但這一次，他想不起自己犯過什麼錯，怎麼又被請去校長室？

來到校長室，他已經準備好萬用的道歉語。我知道，那行為很蠢，校長。我永遠不會再犯了，校長。請不要再報警，校長。

來到秘書室時，戈校長的秘書頭也不抬。「直接進去吧，朱力安，」她說。「他們在等你。」

他們。複數。狀況越變越糟糕了。撲克臉的秘書和往常一樣，什麼也不透露，只顧著繼續打字。朱力安來到校長室門口，稍停，準備迎接懲罰。他心想，我大概是該罰吧。然後，他走進辦公室。

「你來了，朱力安。有人來拜訪你。」校長微笑說。從沒看過校長笑臉迎人。

校長對面坐著三人。朱力安認得新社工畢瓦莉．庫比度。連她也笑吟吟的。今天怎麼冒出這麼多友善的臉孔？他好緊張，因為他知道，最殘酷的打擊通常藏在笑臉後面。

「朱力安，」社工說，「這一年來，你吃了不少苦，我瞭解。母親和妹妹走了。為了那位郡警，你接受不少偵訊。我也知道，艾爾思醫師的寄養申請沒有被核可，你一定很失望。」

「她想收容我，」他說。「她說我可以搬去波士頓跟她住。」

「那樣安排，對你對她都不太合適。我們必須衡量輕重，為你的福利著想。艾爾思醫師單身獨居，工作非常繁忙，有時候晚上要隨傳隨到。你已經被迫獨自生活太久，沒有大人的照料，如果搬去和她住，對你這樣的男生不太好。」

怎樣的男生？該被關進少年感化院的男生。這是她的言下之意。

「所以，這幾位才遠道過來看你，」社工說著，比向剛起立迎接他的一男一女。「他們希望提供另類的選擇。他們是緬因州伊文頌學校的代表。對了，是非常不錯的學校喔。」

朱力安認得這男人。住院期間，這男人曾經過來探望。那段時間，他被止痛藥物迷得昏沉沉，腦筋不太清楚，進出病房的人有警探、護士、社工。他不記得這男人的名字，卻忘不了那對雷射光般的眼睛。這時男人盯著他，目光熱切到他覺得秘密突然被他全看穿。朱力安被他看得不舒服，轉頭看女人。

三十幾歲的她瘦瘦的，褐色的頭髮留到肩膀。儘管她的衣裝保守，穿著灰色裙裝，卻包不住她身材麻辣的事實。她站著，小蠻腰放肆地歪向一邊，頭調皮地偏著，隱約散發一種街頭搞怪女的風格。

「哈囉，朱力安，」女人說。她帶著笑臉，伸手想和他握，彷彿把他當成同儕、成年人。「我是莉莉．索爾❾。我教古典。」她停頓下來，注意到他一臉茫然。「你知道我指的是什麼嗎？」

「對不起，老師，我不知道。」

「古典史。我教的是古希臘羅馬的歷史。很有趣的東西喔。」

他垂頭。「我的歷史拿D。」

「說不定我能讓你進步。你有坐過古戰車嗎，朱力安？有沒有拿過西班牙寶劍、羅馬軍隊的寶劍？」

「你們的學校教這些？」

「不只這些。」她看見他的下巴突然抬起，露出興趣，她不禁笑了。「看吧？歷史比你想的有趣多了。你要記住，歷史講的是真人，而不是無聊的年代和條約，就會覺得好玩。本校非常特殊，周遭環境也很特別，有好多原野和樹林，所以你想帶狗過去也行。牠的名字叫熊，沒錯吧？」

「是的，老師。」

「本校的圖書館規模會讓任何一所大學羨慕。而且，各學科的老師是教育界的佼佼者，來自全球各地。本校專收具有特殊才華的學生。」

❾關於莉莉．索爾的故事請參考泰絲．格里森作品《梅菲斯特俱樂部》。

朱力安不知如何應對。他看著校長和社工，兩人都點頭贊同。

「這樣敘述伊文頌，你覺得有沒有興趣？」莉莉問。「會不會想來就讀？」

「對不起，老師，」朱力安說。「妳確定找對人了嗎？我們學校有一個學生叫做比利．普金斯。」

女老師的眼光閃現逗趣的意味。「我絕對肯定，你就是我們想找的學生。你為什麼認為我們找錯人了？」

朱力安嘆氣。「老實說，我的成績滿遜的。」

「我知道。我們看過你的成績單。」

他再次瞄向社工，懷疑她在耍花招。貴族學校為何要收我？

「這個機會很難得喔，」社工說。「全年不停課的寄宿學校，學術地位又崇高，而且有全額獎學金可拿。他們只收五十個學生，所以不會被老師忽視。」

「那他們為什麼要收我？」

他問得直接，眾人一時無言以對。最後，開口的是男人。

「你記得我嗎，朱力安？」他說。「我們見過。」

「是的，先生，」男孩說。在男人尖銳的視線下，朱力安覺得自己縮水了。「你來醫院看過我。」

「我是伊文頌的董事會成員。我對這所學校深具信心。這學校收的是獨一無二的學生，全是在某一方面證明自己有特殊才華的年輕人。」

「我？」朱力安笑說，不敢相信。「我愛偷東西咧。校方告訴過你了吧？」

「對，我知道。」

「我闖過空門。偷東西。」

「我知道。」

「我殺過一個郡警。開槍射死他。」

「為了求生。你知道，懂得絕地求生，也是一種天賦。」

朱力安的視線瞟向窗戶。在窗外，校園中庭聚集了幾群學生，在冷風中湊在一起站著，有說有笑。他心想，我永遠打不進去他們的圈子，永遠沒辦法被他們接納。這世上有哪個地方容得下我？

「百分之九十九的孩子都無法熬過你吃的苦，」男人說。「因為有你，我的朋友莫拉才能活到今天。」

朱力安看著他，突然領悟。「學校肯收我，全是她在拉關係，對不對？莫拉叫你們學校收我。」

「對。不過，我決定收你，著眼點在於伊文頌，因為我認為，你對本校的貢獻會很大。貢獻在於……」他歇口。真正的答案盡在無言中。這位男士決定暫不透露原因，以微笑替代答案。「對不起，我還沒有正式自我介紹過，有嗎？我是安東尼．桑索尼。」他伸出一手。「可以歡迎你前來伊文頌註冊了嗎，朱力安？」

男孩凝視著安東尼，想解讀他眼神中的奧秘，想明瞭隱而不談的答案是什麼。校長與社工不懂狀況，一味微笑著，渾然不知辦公室裡有一股異常的張力，一陣人耳聽不見的低頻嗡聲。這些狀況告訴朱力安，莉莉與安東尼雖然已經說明，但伊文頌學校另有玄機。他也知道，自己的人生即將出現變化。

「意下如何，朱力安？」安東尼仍未縮手。

「叫我老鼠。」男孩伸出了手。

謝辭

寫作是寂寞的行業，但我絲毫不孤單。幸運的我擁有以下人士的協助與支持：外子Jacob、文學經紀人Meg Ruley、編輯Linda Marrow。我也感激Transworld的Selina Walker、Ballantine的Brian McLendon、Libby McGuire、Kim Hovey，以及Jane Rotrosen Agency裡活力充沛、一級棒的團隊。

Storytella 98

迷蹤
Ice Cold

迷蹤 / 泰絲.格里森作 ; 宋瑛堂譯. -- 初版.
-- 臺北市 : 春天出版國際, 2020.07
面 ; 公分. -- (Storytella ; 98)
譯自 : Ice Cold.
ISBN 978-957-741-280-5(平裝)

874.57 109008041

ISBN 978-957-741-280-5
Printed in Taiwan

作　者　泰絲．格里森
譯　者　宋瑛堂
總編輯　莊宜勳
主　編　鍾靈

出版者　春天出版國際文化有限公司
地　址　台北市大安區忠孝東路4段303號4樓之1
電　話　02-7733-4070
傳　真　02-7733-4069
E－mail　frank.spring@msa.hinet.net
網　址　http://www.bookspring.com.tw
部落格　http://blog.pixnet.net/bookspring
郵政帳號　19705538
戶　名　春天出版國際文化有限公司
法律顧問　蕭顯忠律師事務所
出版日期　二〇一七年七月初版
二〇二三年五月初版二十刷

定　價　399元

總經銷　楨德圖書事業有限公司
地　址　新北市新店區中興路二段196號8樓
電　話　02-8919-3186
傳　真　02-8914-5524
香港總代理　一代匯集
地　址　九龍旺角塘尾道64號龍駒企業大廈10 B&D室
電　話　852-2783-8102
傳　真　852-2396-0050